# Les Ombres du Léman

**DU MÊME AUTEUR**

*L'Île aux peupliers*, Albin Michel, 2005.
*Vendanges écarlates*, Albin Michel, 2002.
*Porta Verde*, l'Harmattan, 1999.


53, rue Fernand-Forest – Z.A. de l'Artière – 63540 Romagnat
Achevé d'imprimer en France en février 2006
Dépôt légal : février 2006
ISBN : 2-84494-383-7

DANIEL VIGOULETTE

# LES OMBRES DU LÉMAN

De Borée
Terre de poche

*À Simone Dufour*

# I

GUSTAVE GRANGEZ, penché sur l'eau noire, dévidait ses filets. Le sudois s'était tu. Un silence inquiétant pesait sur le Léman. Sur la rive suisse, de l'autre côté du lac, il voyait les monts du Jura disparaître peu à peu. Lentement le ciel s'obscurcissait. Les cumulus se regroupaient derrière les montagnes. La tempête menaçait. Les canards avaient gagné leurs abris sous les rochers ou les pontons. Seuls les mouettes rieuses et les goélands se jouaient des courants ascendants.

Le visage du vieillard, buriné par une vie au grand air, affichait un sourire satisfait. La saison de pêche touchait à sa fin. Dans quelques jours, le lac ne serait plus sillonné que par le bateau de la compagnie maritime qui relie la France à la Suisse. La campagne avait été bonne et les caisses étaient pleines. Il pourrait profiter d'un repos bien mérité. La chance n'avait pas été au rendez-vous pour tous. Gustave le savait et sa réussite faisait des envieux.

Son corps épais était voûté par des années de labeur. Il avait du mal à faire aller ses bras noueux. Son embarcation était à couvert d'une avancée de la côte, à la limite entre le grand et le petit-lac. Il savait que, pour l'instant, il ne risquait rien. Dans ces eaux noires et profondes, le poisson pullulait.

Il leva la tête et plissa les yeux. Quelques risées froissaient la surface lisse. Le vieux sentait qu'un grain se préparait. En général, les vents gonflaient derrière les montagnes avant de se jeter en furie sur le plan d'eau. Il fallait faire vite. Bien qu'à l'abri, tout pouvait basculer en un instant. Gustave alignait ses filets avec méthode. Ses yeux noirs suivaient les fils translucides qui se perdaient dans l'eau. Absorbé par son travail, il ne pensait à rien. Il avait toujours été fasciné par la pose des filets. C'était un moment magique. Il s'attendait à une pêche miraculeuse.

Il aurait dû s'arrêter depuis longtemps, mais il avait une fille à élever. Elle était toute sa vie. Quand le courage lui manquait et que ses bras étaient sciés par la fatigue, il lui suffisait de penser à elle. Son image flottait immuablement devant ses yeux. Il l'avait toujours éloignée du lac et de la pêche. Il avait même vendu sa maison du port pour qu'elle vive loin de l'eau. Depuis ses fenêtres, on apercevait seulement un trait lumineux qui scintillait au gré du soleil. Il avait sans cesse peur qu'elle s'en approche.

« Pourquoi tu nous la caches, ta fille ? jacassaient les pêcheurs dans l'ambiance enfumée du Bar du Port. C'est-y parce qu'on serait pas assez bien pour elle ? T'as peur qu'elle attrape des maladies rien qu'en nous regardant ? »

Le vieux restait impassible devant le zinc. Les commentaires semblaient se briser sur son dos épais. Un sourire énigmatique flottait sur ses lèvres. Il se levait, jetait quelques nouveaux francs sur le comptoir et s'en allait sans un mot. Les autres pêcheurs ressassaient les mêmes questions.

« Mais d'où qu'elle vient cette môme ? avait lancé un pêcheur entre deux âges. On ne lui a jamais connu de femme au vieux Gustave.

– Il paraît qu'il l'aurait connue il y a plus de vingt ans, pendant la guerre ou quelque chose comme ça, avait repris un autre. Il aurait vécu dans la clandestinité avec elle. Pour qu'il en parle jamais, c'est que c'est louche !

– En tout cas, dans le cimetière du village d'en haut, y a bien une tombe qui porte le nom du vieux avec un prénom de femme, avait commenté le premier. Sarah Grangez : 28 octobre 1942. »

Les hommes du bar s'étaient tus. Chacun s'était renfermé dans son mutisme habituel. Ils regrettaient déjà d'avoir trop parlé.

Le vieux lisait dans l'eau froide. Il avait d'abord jeté le flotteur à son nom, surmonté du fanion rouge de début de filet. Puis il avait dévidé l'engin soigneusement plié sur une barre de bois enchâssée dans une potence. Il veillait à ce que le tamis se déploie parfaitement sous l'eau. Les mailles lestées par de petits plombs gris s'enfonçaient à un rythme lent et régulier.

Il rêvait. Ses yeux noirs se voilaient d'une tendresse infinie. Il revivait les bons moments qu'il avait passés avec sa fille, Marie : la visite des musées de Genève – les promenades dans les bois –, l'herbier qu'il avait constitué avec soin et les noms en latin qu'il avait eu le plus grand mal à écrire. Toute une vie parsemée de tendresses, d'attentions et de peurs. Dès qu'il avait pu, il l'avait mise en pension à Chambéry. Bien sûr, ç'avait été un déchirement, mais il n'avait pas eu le choix. Il fallait prendre des mesures radicales pour l'éloigner du lac.

Alors qu'il était abîmé dans ses pensées, il entendit le bruit rond et poussif d'une embarcation de pêche. Il se redressa et tint son filet en suspens au-dessus de l'eau. Ses vieux yeux tentaient d'identifier l'arrivant. Ses sourcils se froncèrent soudain.

« Joseph Servoz, marmonna-t-il. Qu'est-ce qui veut, ce fils de rien ? »

L'arrivant se dirigea droit sur lui. L'homme, que la quarantaine avait ravagé, fixait la barque du vieux Gustave d'un œil mauvais. Deux yeux sombres, enfoncés dans des orbites caves, cernées de noir, éclairaient une face à barbe hirsute et aux cheveux en bataille. Son corps tordu comme un cep de vigne se tenait de travers, laissant dépasser une bosse qui se terminait par un cou massif. Malgré le vent qui soufflait en rafales, il se tenait debout. Il avait besoin d'éprouver sa force avant d'affronter le regard glacial de Grangez.

Le bateau semblait traîner la tempête derrière lui. Les nuages quittèrent les sommets pour s'élancer vers la vallée. En quelques minutes, le lac se transforma. La lumière disparaissait derrière de lourdes masses sombres. L'obscurité gagnait peu à peu les berges. L'eau devint noire, inquiétante. Un roulement de tambour résonnait entre les montagnes. Tous les vents du lac se déchaînèrent ensemble : le sudois venu de Genève, le môlan de l'est, et le joran de l'ouest. Le Léman était devenu fou.

Le vieux Gustave suivait les événements d'un œil inquiet. Il connaissait trop bien les lieux pour ne pas envisager le pire.

Il se concentra de nouveau sur Joseph. Que voulait-il avec un air aussi méchant ? Gustave ne se souvenait pas de lui avoir causé le moindre ennui, bien au contraire. Les deux hommes ne se parlaient jamais. Ils s'évitaient soigneusement depuis plus de vingt ans.

La barque de Joseph n'était qu'à quelques centaines de mètres. Un coup de vent leva des vagues qui se jetèrent par le travers sur le canot de Gustave. Le vieux faillit passer par-dessus bord. Il laissa tomber ses filets et replaça l'embarcation face aux lames. Le lac n'était plus qu'une plaine d'encre. Un silence soudain précéda la tourmente. L'air avait un goût métallique.

Des panaches d'écume fouettèrent les coques des barques. Le sudois, chargé des lourds nuages de l'océan, se lança à l'assaut des montagnes savoyardes. Une pluie dense se mit à tomber. La tempête ravageait le Léman.

La barque de Joseph se jeta contre celle de Gustave. Le choc fit basculer le vieux. Sans attendre, Joseph agrippa le plat-bord et sauta sur le plancher.

« Y faut qu'on parle, Gustave ! » s'écria-t-il.

Gustave toisa le bossu sans un mot. Ses yeux noirs se colorèrent d'une lueur de mépris. Il fixa la ligne violette de l'horizon puis revint au pêcheur.

« J'ai rien à te dire, moi ! grommela-t-il. Ça fait des années que je t'ai pas parlé. Alors tire-toi ! D'abord t'as rien à faire par ici ! C'est pas ton coin. »

Une violente émotion s'empara de Joseph. Ses lèvres s'agitèrent d'un tremblement nerveux. Il saisit le revers de la veste de pluie de Gustave et plaqua son visage tout contre le sien. Gustave tenta de se dégager puis, comme son adversaire, lui agrippa sa veste imperméable.

« Si tu remontes pas dans ton bateau, grinça le vieux, je te fous à l'eau. J'ai rien à te dire. »

Joseph ne bougea pas. Il planta son regard dans les yeux furibonds de son interlocuteur.

« Je te dis qu'y faut qu'on parle, reprit-il. Il y a des choses graves. Il faut oublier les querelles du passé. Ça a rapport avec la guerre. Tu te souviens de ce qu'on a fait, hein ?

– Je t'ai déjà dit de te tirer ! reprit Gustave d'une voix mauvaise. J'ai pas envie de parler des saloperies de la guerre. C'est du passé. T'as compris ? Ce qu'on a fait, on l'a fait, alors c'est plus la peine d'en parler. C'est trop tard. »

Sans que rien ne le laisse prévoir, il se baissa et saisit les jambes du bossu au niveau des genoux.

Il s'arc-bouta, pesa de tout son poids sur le plancher et le décolla. Avec un han de lutteur, il pivota et tenta de le propulser par-dessus bord.

« Je t'ai dit de foutre le camp de ma barque ! lança-t-il. Tu comprends rien ! »

Joseph, qui n'avait pas lâché le col de la veste du vieux, se cambra, détourna la poussée et les deux hommes s'affalèrent sur le plancher avec un bruit sourd. Prisonniers de leurs vêtements qui gênaient leurs mouvements, ils ne parvenaient pas à se dépêtrer l'un de l'autre. Gustave frappa Joseph d'un revers de main, mais le coup tomba à plat, sans force. Enfin les deux hommes se relevèrent plus en colère que jamais. Gustave, la bave aux lèvres, lança un violent coup de pied dans la cuisse de Joseph, qui se plia en deux sous la douleur. Alors Gustave le faucha d'un crochet à l'estomac. La bouche du bossu se rétrécit pour former un « O ». Le souffle coupé, il vacilla, prêt à basculer dans le lac. Une myriade de petites étoiles dansèrent devant ses yeux. Gustave grimaça un sourire de satisfaction en voyant la bosse de Joseph se courber sur le plancher. Il joignit les mains et les leva en forme de massue, prêt à les abattre sur la nuque tendue. Une vague déferla au même instant sur l'embarcation. L'écume gifla les deux hommes, les renvoyant au fond de la barque. L'eau glaciale fit revenir Joseph à lui. D'un geste fébrile, il tendit le bras, s'appuya sur une des barres des filets et saisit la lampe-tempête fixée à un flotteur de liège. Il serra fermement le fil de fer de la poignée et la fit tournoyer au-dessus de sa tête. La peur d'être terrassé et jeté à l'eau l'avait envahi. Il ne vit pas vraiment le métal de la lampe frapper la face du vieux. Le bruit sourd se perdit dans la tourmente. Un petit arc rouge se dessina sur le front de Gustave. Le bossu ne parvenait pas à s'arrêter. La lampe traça un nouveau cercle gris dans l'air et vint frapper Gustave à la tempe. Il lança un cri rauque. Son corps s'anima d'un tremblement grotesque. Il leva son poing fermé et voulut l'abattre sur le visage du bossu, mais il bascula de tout son long sur les filets. Joseph faisait toujours tournoyer la lampe. L'autre allait peut-être se relever et l'assommer. Le sifflement du métal décrut et la lampe pendit au bout du bras du pêcheur. Le souffle court, il fixa la masse inerte de Gustave. Il attendit, puis donna un coup de pied dans la semelle de la botte. Rien ne bougea.

« Gustave ! s'écria-t-il. Arrête de faire semblant ! Relève-toi ! Faut que je te parle ! Y a des gens qui nous veulent du mal. Ils sont au courant pour ce qu'on a fait et peut-être pour le reste même. »

Il n'obtint aucune réponse.

Une gerbe blanche, fouettée par les vents, s'éleva au-dessus du plat-bord. Une lame d'eau s'abattit sur les deux hommes. Joseph se pencha sur le corps, agrippa le col de la veste et secoua fortement. Le buste était flasque et aucun signe de vie ne s'échappait des lèvres du blessé.

« Gustave, faut qu'on parle je te dis ! Tu ne peux pas rester comme ça sans bouger. Je ne vais pas partir seulement pour te faire plaisir. »

Joseph tira plus fort et retourna Gustave. Les grands yeux noirs étaient vides. Son visage exhibait une drôle de grimace. Ses lèvres pendaient et ses joues tombaient, flasques, sur le cou. Les cheveux gris dégoulinaient sur le front. La blessure ne saignait plus.

« Ben ça alors, j'pensais pas qu'un coup d'escabelle pouvait si facilement en venir à bout. »

Joseph fixa droit les yeux du vieux. Il vit la surprise sur son visage.

« Bon Joseph, faut que tu te secoues ! » dit encore le pêcheur.

Gagné par la panique, le bossu fouilla le fond de la barque d'une main fébrile. Il s'empara de l'ancre trident et ficela le corps avec la corde. Il se pencha, prit le buste à bras-le-corps, pesa de toute la force de ses cuisses et décolla le cadavre.

La barque se mit en travers des lames et tangua, malmenée de toutes parts. Joseph hissa le corps sur le plat-bord, prêt à le faire basculer dans le lac. Alors que le cadavre était en équilibre, une lame fit gîter la barque et propulsa les deux hommes dans l'eau. Joseph tenait toujours le vieux. Le cordage s'entortilla autour de son buste et l'ancre entraîna les deux hommes vers le fond. La pâle lumière du jour disparut, l'eau devint opaque. Sous la surface, tout était calme, ici la tempête n'avait pas de prise. Le bossu eut le souffle coupé. Sa tête se mit à tourner. Il ne parvenait pas à se dépêtrer ni du vieux ni du cordage. Une violente douleur transperça ses oreilles et pénétra dans son crâne. Sa tête allait exploser. Avec un geste mécanique, il se pinça le nez et souffla de toutes ses forces. La douleur cessa. La descente était toujours aussi vertigineuse. Il lui sembla même qu'elle s'accélérait. Enfin, dans un mouvement désespéré, Joseph se dégagea du vieux et cessa de descendre. Il ne vit pas le cadavre s'enfoncer. Il sentit seulement qu'il poursuivait son chemin. Tout était noir. Il n'y avait plus de haut ni de bas, seulement la nuit glaciale. Sa veste de pluie l'entravait. Il s'en débarrassa en gesticulant. Il lui sembla qu'il était sous l'eau depuis longtemps. Son corps était engourdi par le froid. Il ne sentait plus ses doigts. Il nagea de toutes ses forces vers la surface. Ses pieds brassaient l'eau vigoureusement. Son cœur tambourinait dans ses tempes. Aurait-il assez d'air pour remonter ? Il avala sa salive et poursuivit son ascension. Encore quelques mètres. Il creva la surface. Ses poumons avalèrent l'air avec boulimie. Il était heureux.

La tempête redoublait. Le lac n'était plus qu'une mer démontée. Les vents tourbillonnaient. Les vagues se chevauchaient. Les montagnes avaient disparu. Il n'y avait plus de côtes françaises ou suisses, seulement une nature déchaînée.

L'effort avait été si violent qu'une myriade de petites étoiles blanches et bleues dansèrent devant ses yeux. Il se sentit proche de l'évanouissement. L'eau lui parut tiède. Une douce chaleur le gagna. Une vague le fit revenir à lui. Il cracha, toussa et se remit à nager. La peur s'insinuait en lui. Il imaginait le corps du vieux juste sous ses pieds. Il chassa ses peurs et redoubla d'efforts. Il nageait à l'aveugle. S'il ne trouvait pas rapidement son bateau, il était perdu. Le froid aurait raison de lui. Encore quelques minutes et il ne pourrait plus flotter. D'un mouvement nerveux de la tête, il cherchait par-dessus l'écume. Le brouillard qui coiffait les crêtes des vagues transformait l'horizon en un mur gris. Son chandail lui collait au corps. Son pantalon gênait ses mouvements. Il arrêta sa progression et se maintint à la surface. Son esprit renonçait à lutter. Paralysé par le froid, il allait s'endormir et couler à pic. Il ne sentirait rien. Après tout ce n'était pas si terrible ! Un objet le frappa durement derrière la tête. Le vieux était revenu. Il avait coulé jusqu'au fond, avait poussé sur le sable et était remonté à la surface. Une vieille carne, ça ne meurt pas comme ça !

Il fit volte-face et se trouva devant l'étrave de son canot. Une bouffée de joie éclata dans sa poitrine. Avec des mouvements gauches et désordonnés, il saisit le plat-bord à pleines mains. Malgré son épuisement, il parvint à se hisser dans le bateau. Ses membres étaient engourdis. Il se laissa choir sur le plancher. Il se frotta les épaules et les mains. La pluie martelait son crâne. Il ne voyait plus rien. Où se trouvait la côte ? Il lança le moteur qui démarra en crachotant et partit droit devant.

« Je vais bien finir par arriver quelque part ! » se dit le marin.

Recroquevillé dans son canot, la manette des gaz dans la main, Joseph ne pensait plus. Le froid s'insinuait en lui. Les lèvres cyanosées, le teint blafard et les yeux plus caves que jamais, il cherchait une bande de terre. Le lac, bien qu'immense, n'était pas infini. D'autant qu'il pêchait dans le bas-lac. Pourvu qu'il n'ait pas pris la direction de l'est et de Montreux ! Là, pour sûr, il en avait pour toute la nuit ! Soudain, le brouillard se déchira et la berge apparut. À quelque distance, il distinguait la lumière d'une fenêtre. Il reconnut le château situé près du port. Il avait toujours détesté cette demeure prétentieuse, comme d'ailleurs il détestait tous ces domaines aux parcs luxueux qui ouvraient sur des ports privés. Il releva le menton. Il savait que là, tout au bout, il y avait la digue et le port. Son port. Il ne l'avait jamais tant espéré. Il était sauvé. Il se laissa choir au fond de sa barque.

## II

JOSEPH COURBAIT L'ÉCHINE. Il tenait fermement la manette des gaz. Sa pauvre embarcation luttait contre la bourrasque. Les vents paraissaient venir de toutes parts.

Une grande digue de pierre noire barrait l'entrée du port. Les vagues, poussées par le vent, s'écrasaient sur les enrochements. Des gerbes d'eau s'élevaient puis retombaient sur les gréements des bateaux à quai. Le cliquetis des drisses battait la mesure. Les girouettes s'affolaient. Les canards et les mouettes avaient déserté l'eau pour se terrer sous les pontons. Sur les quais, les habitations semblaient se serrer pour faire front à la tempête. Les fenêtres n'étaient plus que des rectangles noirs d'où filtrait un mince filet de lumière.

Ses vêtements mouillés l'enserraient dans un étau glacial. Ses lèvres bleuies tremblaient. Le bossu tentait d'oublier la morsure du vent. Encore quelques centaines de mètres et il serait à l'abri. Il guettait les fanaux d'entrée du port par-dessus son épaule. Les lumières vertes et rouges se balançaient au gré des rafales. Joseph les perdit de vue. Une frayeur s'empara de lui. Gustave se vengeait, pensa-t-il. Il voulait le perdre dans son propre lac.

L'écharpe de brouillard se déchira et les feux réapparurent, juste devant lui. Il donna un violent coup de barre et évita de justesse un enrochement.

« Saloperie de brouillard ! marmonna-t-il d'une voix rauque qui semblait appartenir à un autre. J'ai bien failli m'éventrer sur les cailloux ! »

Il ne sentait plus ses mains. Ses pieds trempés n'étaient plus que deux morceaux de bois dur. Il baissa le front et serra les dents en passant devant les balises. Le vent tomba, subitement coupé par le haut quai de pierre de taille qui protégeait le port. Joseph oublia la tempête et accosta face à sa cabane. Il la trouva tout à coup sinistre. Il n'avait qu'une envie : regagner sa maison et se poser près du poêle à bois qui chauffait en permanence. Il repensa à la mort de Gustave. Qu'allait-il dire lorsqu'on se rendrait compte de la disparition de Gustave ? Allait-on retrouver son corps ? Allait-il être arrêté par les gendarmes et menotté devant tout le village ? Comment expliquerait-il que la dispute avait dégénéré et que la peur de se noyer lui avait fait commettre l'irréparable ? Il se rassura. On ne l'avait pas vu sortir, du moins, pas dans cette direction. Et puis, il n'avait pas parlé au vieux depuis bien des années. Tous savaient qu'ils étaient fâchés.

Joseph escalada la planche de rive et sauta sur les dalles usées. Il sautilla sur le bord, s'accroupit et saisit la corde de bosse qu'il noua d'un geste sec à un anneau. D'un revers de main, il se frotta le front. La pluie l'empêchait de voir sa maison. Elle n'était pourtant qu'à quelques mètres. Il s'en alla, laissant son matériel de pêche en désordre sur le plancher de la barque.

Les yeux fixant le sol, il arriva devant chez lui. Il escalada la volée de marches du perron et saisit la poignée de la porte en cuivre poli. Il n'eut pas le courage de la tourner. Il se recula légèrement et détailla la façade en contre-plongée. La bâtisse était une belle demeure en pierre de taille. Ce n'était pas un château, mais une habitation bourgeoise avec un pignon, un balcon et une frise en dentelle de bois sous le chéneau. La pêche nourrissait décidément bien son homme ! En se faisant cette remarque, Joseph eut un rictus. Tout contre lui, un rai de lumière jaune apparut sous le volet. Il entendait une douce voix féminine. Joseph reprit courage. Une bouffée de chaleur monta en lui. Comme il aimait son épouse et son fils !

Il poussa la porte et oublia le meurtre de Gustave.

« C'est toi, Joseph, ou bien ? » interrogea la voix à l'accent suisse un peu traînant.

Le pêcheur s'arrêta dans le couloir. Ses vêtements dégoulinaient sur le carrelage laissant une petite flaque. Il tenta d'échapper à sa femme. Mais elle était déjà dans l'entrebâillement de la porte du salon.

« Mon Dieu, mais dans quel état tu es ! dit-elle avec une douceur contrite. On s'est fait du souci, Bastien et moi, avec cette tempête ! »

La femme, entre deux âges, était un peu forte. Ses cheveux blonds étaient relevés en un énorme chignon.

« Mon pauvre Joseph, pourquoi t'obstines-tu à aller pêcher sur ce maudit lac ? reprit-elle comme pour se parler à elle-même. Comme si on n'avait pas assez pour vivre ! »

Joseph détestait la tournure que prenait la conversation. Il se sentait pris en faute. Malgré la chaleur, il était frigorifié.

« C'est pas de l'argent propre et tu le sais, Geneviève ! répondit Joseph avec une hargne qu'il ne se connaissait pas.

– T'as pas toujours dit ça, Joseph ! Quand on a acheté la maison, tu pensais pas pareil !

– La maison c'était pour toi et le fils. Pour le reste, y a la pêche, un point c'est tout. »

Un silence de plomb tomba. Joseph avait retrouvé son regard fier et ombrageux. L'ombre de sa bosse se dessinait sur le papier peint des murs.

« Ne te fâche pas comme ça ! reprit Geneviève. Je disais ça pour toi. Pour t'éviter un peu de peine. Après tout, tu sais que tout le monde a oublié. C'est du passé. Et puis le mal que t'as pu faire, on te l'a déjà fait payer. Depuis que t'es tout petit, à cause de cette fichue bosse. Moi, elle m'a jamais gênée. Peut-être même que si tu l'avais pas, je crois que je t'aimerais pas autant. »

Joseph fixa sa femme. Il n'avait pas envie de s'emporter. Elle avait toujours été bonne pour lui et l'avait soutenu dans toutes les épreuves passées. Ils se connaissaient depuis l'école où elle le défendait quand les autres se moquaient de lui. Elle lui faisait ses devoirs et, parfois, quand sa bosse le faisait trop souffrir, lui portait son cartable. Les autres enfants se poussaient du coude en les montrant d'un signe du menton, comme une association contre nature. La Suissesse avec le bossu, ça faisait vraiment un beau couple ! Comme elle l'aimait ! Elle n'avait jamais envisagé la vie sans lui. Ses parents s'étaient implantés en France. Chaque matin, ils prenaient le bateau pour aller travailler à Nyon, de l'autre côté.

« Pour l'amour du ciel, lança Geneviève d'une petite voix suppliante, va te changer ! Tu vas attraper la mort. »

Elle se précipita dans une autre pièce et revint avec une grande serviette dans laquelle elle enveloppa son mari. Joseph se laissa faire. Il sentait qu'il avait besoin qu'on s'occupe de lui, même s'il avait cela en horreur.

« Mais tu es tombé dans l'eau ! s'exclama sa femme. Je vais te faire un bon grog pendant que tu te changes.

– C'est pas grave, rétorqua le pêcheur d'une voix crispée. J'ai glissé en attachant le bateau et je suis tombé dans le port. C'est vraiment bête ! »

Joseph n'attendit pas le commentaire de son épouse pour s'engouffrer dans le couloir. Quelques minutes plus tard, il réapparut vêtu d'une chemise de laine, d'un chandail à motifs jacquards et d'un pantalon brun en velours côtelé. Il avait chaussé une paire de grosses charentaises. Malgré ça, il ne parvenait pas à se réchauffer. Une angoisse lancinante s'insinuait en lui. Il se frotta les mains, rien n'y faisait. Geneviève était retournée au salon. Elle cousait un ourlet au pantalon de son fils Bastien, qui, confortablement installé dans un fauteuil Voltaire, lisait un roman.

Joseph regardait à la dérobée les va-et-vient de la longue aiguillée de fil noir. Il n'avait jamais eu une passion dévorante pour sa femme, mais il l'aimait tendrement. Elle était son équilibre, ce que la nature ne lui avait jamais donné. Elle était toujours d'humeur égale et il pouvait compter sur elle. Il savait bien qu'elle s'était mariée avec lui un peu pour l'argent, mais cela ne l'avait jamais gêné.

Joseph tourna les talons et grimpa les étages jusqu'au grenier. Il s'arrêta devant une porte de bois brut, prit une grosse clef de sa poche et fit jouer la serrure. Il tourna la tête vers l'escalier. Personne. Il pénétra dans la soupente et referma le verrou. Il saisit la cordelette qui pendait du plafonnier et tira d'un coup sec. Une ampoule fixée à une coupelle de métal émaillé éclaboussa le grenier d'une lumière crue. La pièce était mansardée. Des toiles d'araignées pendaient des solives et un œil-de-bœuf donnait sur la nuit. Joseph fit quelques pas et se planta devant la fenêtre. Le port était à ses pieds. Les lampions dansaient, malmenés par le vent. Son regard se perdit sur le lac. En face, la côte suisse avait disparu dans le brouillard. La tempête hurlait entre les cordages des bateaux. Des zébrures blanches tailladaient la surface du lac. La pluie martelait les coques des canots et les tuiles des cabanons.

Il s'arracha à ce spectacle et se plaça devant une desserte de bois blanc. Il s'assit et ouvrit lentement le tiroir. Il retrouva de vieilles coupures de journaux traitant de faits divers et des cahiers d'écolier. Joseph sortit deux enveloppes dissimulées sous la pile de papiers. Il les posa à plat et les fixa longuement.

« Saleté de lettres ! lança-t-il en frappant un coup de poing sur la table. Si je tenais l'enfant de salaud qui me les a envoyées, je lui casserais les os. »

Il en ouvrit une et déplia la feuille blanche qui était à l'intérieur. Des lettres découpées dans des journaux composaient le texte suivant :

« LES SALAUDS QUI ONT FAIT LEUR BEURRE SUR LA MORT DES JUIFS PENDANT LA GUERRE VONT PAYER ! »

À peine eut-il fini de lire la phrase qu'il sentit un poids peser sur sa poitrine. Les joues en feu, il gronda :

« Et dire que j'ai tué le vieux Gustave à cause de ce torchon ! Pourquoi n'a-t-il pas voulu me parler ? On aurait pu s'entraider. Après tout, on a fait les passeurs ensemble. Et puis, je suis pas le seul à avoir fait traverser des Juifs. Y en a eu d'autres. Pourquoi moi ? Ils ont fait autant de saloperies que moi, les autres. Et même que certains en ont plus mis de côté que moi. »

Joseph se tut. Seuls les bruits de la tempête troublaient le silence de la pièce. Il fixait les caractères collés sur la feuille. Ils étaient laids et grossiers, mais le message contenu sonnait juste. Trop juste.

Les rigueurs de l'hiver 1942 soufflèrent sur son visage. Joseph sentit le vent hérissé de neige le gifler. Ses mains crispées sur les pommeaux des rames gelaient au contact de l'eau glacée. Il les revit, terrés sur le plancher de la barque, cachés sous les filets de pêche. Ils tremblaient, transis par le froid pénétrant et la terreur d'être découverts et envoyés dans les camps de la mort. Les visages défilaient. Il ferma ses paupières et se cacha le visage dans ses mains pour tenter de les faire disparaître. Mais ils étaient toujours là.

« Laissez-moi ! hurla-t-il. Ça fait plus de vingt ans que vous me torturez. Maintenant, ça suffit. J'ai assez payé. »

Mais il les entendait hurler dans ses oreilles : des jeunes, des vieux, des enfants, des riches, des pauvres, des Juifs, des communistes, des résistants, des francs-maçons. Cette guerre à laquelle il avait échappé grâce à cette maudite bosse revenait sans cesse le hanter. Il revivait les nuits passées sur le lac avec Gustave, les tempêtes et les frayeurs à chaque fois qu'ils croisaient la marine suisse. Il se souvenait aussi des bijoux, des billets et des objets de valeur transportés par les désespérés et de son sourire ironique lorsqu'ils tentaient de négocier leur passage en Suisse.

« Le prix, c'est le prix ! lançait Joseph d'une voix dure. Si vous voulez trouver quelqu'un d'autre, faut pas vous gêner ! Vous êtes libres. »

Il finissait toujours sa tirade par un rire cruel. Les malheureux payaient en baissant les yeux.

Un volet claqua. Joseph leva les yeux et fixa le cercle noir de la fenêtre. Dehors, il devinait la bourrasque. Des feuilles, entraînées par des courants d'air ascendants, venaient s'échouer contre le carreau avant de disparaître, aspirées par le néant de la nuit. La tempête ne hurlait pas seulement dans sa tête, elle était bien réelle. D'un geste brusque, il plia la lettre anonyme, la fourra dans son enveloppe et la remit sous les vieux documents. Il referma le tiroir.

## III

PLANTÉS DANS UN ÎLOT de la place Pasteur à Grenoble, les arbres étaient un petit espace de nature perdu dans un univers de béton. Les feux tricolores éclairaient leurs troncs blafards d'éclats tantôt rouges, tantôt verts. La pluie tombait droite et glaciale. Comme le reste de la chaîne alpine, Grenoble subissait les assauts de l'hiver. Depuis quelques jours, le massif de la Chartreuse avait disparu, submergé par une mer de nuages noirs. La neige tombait et empêchait d'apercevoir les sommets.

Les hauts murs de béton gris des chambres universitaires pour jeunes filles avaient un aspect encore plus sinistre qu'à l'accoutumée. De part et d'autre de la place, les dortoirs des garçons faisaient face à ceux des filles. Ils abritaient les mêmes rêves de réussite.

Les étudiants, courbés sur leurs livres, stylo-plume en main, étaient absorbés par leurs cours. Un silence monastique régnait dans les couloirs du bâtiment. Cloîtrés dans l'unique pièce qui tenait lieu de chambre, de cuisine, de bureau et de salon, ils se concentraient sur leurs livres de médecine.

Assise à sa table de travail, Marie Grangez fixait les branches des arbres. Elle tentait d'oublier l'agitation de la ville. Elle apercevait la haute tour située dans le parc voisin.

Une petite lampe dispensait une lumière jaune sur une montagne de livres et de feuilles manuscrites. La morosité du paysage se reflétait sur les verres de ses petites lunettes rondes cerclées de fer. Ses lèvres fines, tendues comme un arc, articulaient méthodiquement des mots incompréhensibles. Des noms d'organes ou de maladies tropicales qu'elle ne croiserait probablement jamais.

« La réussite est à ce prix ! » se répétait-elle souvent pour chasser les prémices du découragement.

Elle glissa un crayon à papier dans ses cheveux blonds et joua avec une mèche. Elle ne parvenait pas à travailler et se laissait gagner par la nostalgie. Les fines branches enchevêtrées lui rappelaient les filets de pêche de son père. Elle le voyait les ravauder au retour d'une mauvaise journée où les pièges s'étaient pris dans des racines ou sur des rochers. Elle s'émerveillait lorsque ses mains habiles refaisaient chaque maille à l'identique. Elle trouvait toujours fascinant de voir les gros doigts de son père si agiles avec une aiguille et du fil de Nylon. Elle sentait l'odeur du lac et des vents qui, à chaque saison, viennent d'une direction différente. Elle retrouvait l'odeur entêtante du poisson. Elle imaginait les monts du Jura et, au centre, le miroir étincelant du Léman. Elle ne pouvait se passer de ce paysage. Il était sa vie. Elle étouffait dans cette ville cernée par les montagnes.

D'un mouvement nerveux de la main, elle chassa ses pensées et se jeta dans son ouvrage d'anatomie. Elle avait quitté la Haute-Savoie pour la faculté de médecine. Elle réussissait bien et ce n'était pas le moment de se laisser aller ! Dans quelques années elle serait pédiatre et ferait la fierté de son père ! Elle espérait retourner auprès des siens. Elle voulait contempler le lac chaque jour. Ses yeux se plissèrent et son petit front se froissa de rides soucieuses. Elle n'était pas vraiment jolie mais son sourire gagnait toutes les causes. Les cours ne parvenaient pas à entamer sa bonne humeur. Un coup sec fut frappé à la porte. Marie sursauta :

« Qui est-ce ?

– Marie, c'est moi, Antoine ! lança une voix grave. J'ai un télégramme pour toi.

– Entre ! La porte n'est pas fermée à clef. »

Un jeune homme d'une vingtaine d'années, au visage glabre, pénétra dans la petite chambre. Il était gêné. Marie le regardait avec un petit sourire inquiet :

« Ne reste pas comme ça devant la porte ! Entre ! »

Avant même que Marie ne le salue, le concierge tendit une feuille bleue pliée en deux. Son regard allait du visage tendu de la jeune femme à la table de travail. Marie se leva lentement. Elle craignait une mauvaise nouvelle et voulait repousser le moment fatidique. Elle s'empara du papier et dit :

« Tu veux boire un café, Antoine ?

– Non, Marie, ouvre plutôt ce maudit télégramme que je puisse repartir tranquille ! Ils n'annoncent jamais de bonnes nouvelles. Alors dépêche ! »

Les mains de Marie tremblaient. Avec un bruit sec, la jeune femme déchira le pli. Ses yeux verts suivirent rapidement les quelques mots dactylographiés à l'encre noire. La pièce se mit à tourner. Une chaleur étouffante enserra sa poitrine, puis tout devint doux et chaud. Les bruits lui parvenaient assourdis. Après quelques instants, elle ouvrit les yeux. Elle était allongée sur son lit. Le visage inquiet d'Antoine la fixait. Elle se sentait toute molle. Elle flottait encore dans l'air. Elle aurait aimé que cette situation durât plus longtemps. C'était si doux.

« Ça va mieux, Marie ? questionna Antoine en tenant tendrement la main de la jeune fille. Ça veut rien dire, tu sais. Il faut attendre et pas s'affoler. Il s'est peut-être réfugié quelque part en attendant que la tempête cesse. Il va revenir et tout rentrera dans l'ordre. Ce n'est pas la peine de t'inquiéter pour rien. »

Marie le dévisagea, sans comprendre ce qu'elle faisait là. Le discours du jeune homme lui parut dénué de sens. Que voulait-il ? Que faisait-elle dans cette position ridicule ? Elle s'appuya sur ses coudes et se redressa. Antoine, bras tendus, se préparait à une éventuelle rechute. Elle s'assit sur le lit et fixa le plancher. Son esprit avait le plus grand mal à reprendre pied dans la réalité. Elle détailla sa chambre. Comme elle était petite et laide ! Comment pouvait-elle passer toutes ses journées dans un endroit aussi moche ? Son regard glissa sur le bureau. Le ton bleu pâle du télégramme lui sauta au visage. Les mots dactylographiés lui revinrent en mémoire :

LUNDI 25 NOVEMBRE 1963 – 08 HEURES 06
PÈRE PORTÉ DISPARU PENDANT TEMPÊTE – STOP –
RECHERCHES EN COURS – STOP
signé LÉONINE

La tête de Marie se remit à tourner. Elle se tint au bord du lit. Antoine posa une main attentive sur son épaule. Marie se dégagea d'un geste brusque et se leva. Elle regarda par la fenêtre. Son corps tangua légèrement, puis se stabilisa. Elle dit d'une voix grave et hachée :

« Il faut que j'y aille ! Je ne peux pas rester là, à attendre qu'on m'annonce le pire. De toute façon, je ne pourrai plus travailler dans ces conditions. Je serai plus utile là-bas. Je connais tous les coins où il a pu se réfugier. Et puis si… si… Au moins, je serai déjà sur place. »

Elle pivota vers Antoine. Son visage s'était fermé. Ses lèvres étaient devenues si fines que sa bouche n'était plus qu'un trait. Ses yeux étaient rouges et remplis de larmes. Sa poitrine se souleva dans un sanglot, mais rapidement elle le retint et se retourna face à la fenêtre. Le paysage lui paraissait sinistre.

« Merci, Antoine. Merci ! »

## IV

ASSISE CONTRE LA PAROI DU COMPARTIMENT, Marie était repliée sur elle-même. Le train traversait une large vallée glacière et s'engageait sur une voie qui serpentait entre les montagnes. Elle apercevait l'ombre d'un nuage sur les sommets et devinait le souffle des vents violents sur l'arête. Le bruit assourdissant du wagon l'empêchait de réfléchir. Sa pensée était rythmée par le bruit des roues du train sur les rails. Elle serrait dans sa main le papier bleu pâle du télégramme. Ses yeux verts, rougis par une nuit de pleurs et de veille, fixaient les paysages alpins sans les voir. Assise dans le sens inverse de la marche, le paysage défilait à l'envers. La vie, elle-même, ne pouvait-elle prendre le même chemin et faire demi-tour ? Elle aurait voulu remonter le temps, revivre les événements joyeux et, bien sûr, oublier les drames. Son père était parfois dur et injuste. Il l'étouffait à force de vouloir la préserver de tous les dangers. Elle avait peu d'amies, seulement des filles d'agriculteurs ou de décolleteurs, mais aucune parmi les familles de pêcheurs. Elle s'était toujours demandé ce qui poussait son père à la tenir éloignée du lac.

Elle songea au texte du télégramme. « Porté disparu. » Deux mots qui ne pouvaient faire penser qu'à la mort. La mort d'un proche, du plus proche des proches, son père.

Le compartiment était plein. Deux vieux messieurs lissaient leur moustache en fixant la fenêtre d'un œil absent. Une femme entre deux âges tricotait pendant que son fils jouait avec un bout de ficelle. Il faisait mille compositions ahurissantes en tendant les fils entre ses doigts.

« Regarde, maman, j'ai fait la tour Eiffel ! »

La femme tourna un visage souriant vers l'enfant et caressa sa chevelure avec tendresse. Marie pensa à la tour Perret plantée au centre du parc Paul-Mistral, à deux pas de chez elle, et que tous appelaient la « tour Eiffel ». Elle revit son père la première fois qu'il l'avait aperçue. Il avait hurlé à l'abomination, puis avait hoché la tête d'un air de mépris. Ils s'étaient ensuite dirigés, bras dessus, bras dessous, vers la place Pasteur où elle avait sa chambre. Ils n'avaient plus échangé un mot. Son père pensait sûrement que cette fois elle lui échappait pour toujours. Elle allait faire sa vie loin de lui. Peut-être même ne la reconnaîtrait-il pas la prochaine fois qu'il la verrait ? Aurait-elle un jour honte de lui et de son métier de pêcheur ? Elle avait collé sa tête tout contre la toile forte de sa veste. Le vieux avait souri et un peu grogné, gêné par ce soudain élan de tendresse.

Quand elle arriva en gare de Thonon, tout lui parut triste. Le quai encombré de familles, d'amoureux et d'ouvriers, l'attente pour le billet d'autobus ; tout se déroula sans qu'elle y prêtât la moindre attention. Elle prit son mal en patience. Sa joie de vivre s'était brisée contre le mur gris du paysage.

Elle était dans l'autocar depuis une demi-heure et ressentait déjà des haut-le-cœur. Des chauds et froids lui parcouraient le dos. Une sueur désagréable lui coulait du front. L'odeur de renfermé se mélangeait aux effluves de tabac froid. L'écœurement était presque à son comble quand le bus s'arrêta. Marie se précipita vers l'avant, salua à peine le chauffeur et sauta sur le bitume. La nuit était tombée. La pluie froide avait laissé çà et là d'immenses flaques d'eau. Elle saisit son sac de voyage, baissa la tête et s'enfonça dans les rues noires du village. Elle en connaissait chaque recoin. Encore un bon kilomètre et elle serait chez elle.

Elle arriva devant la maison de son père, une grande bâtisse noire qui dominait un champ planté de deux rangées d'arbres fruitiers. Ils étaient la passion et la fierté de Gustave. Depuis le départ de sa fille, le vieux leur accordait toute son attention. Marie en avait été parfois jalouse. Souvent, dans ses lettres, il lui parlait de son verger, des pucerons noirs des cerisiers, des gelées qui avaient brûlé les bourgeons des pêchers et de la rouille qui tachait de jaune les feuilles des poiriers. Les arbres avaient semblé remplacer Marie dans le cœur du vieil homme. Le grand verger s'en allait en pente douce vers le lac.

La lune se leva. Marie posa son sac, tourna la tête et détailla la façade. Tout lui semblait hostile, même les arbres. Les fenêtres étaient fermées par de lourds volets gris. Pour la première fois, la maison lui sembla vide. Elle exhalait l'absence et la mort. Marie frissonna. Elle sentait la peur monter en elle. Elle eut envie de fuir et de revenir à Grenoble. Ses pieds restèrent pourtant figés au sol.

La lune déchira le manteau noir des nuages. Petit à petit, elle éclaira le paysage d'une lumière laiteuse. Les collines se drapèrent d'ombres fines et délicates. Marie leva la tête et regarda le défilé des nuages dans le cercle parfait de l'astre. Elle pivota face au grand verger et vit scintiller le lac. Une bouffée de joie gonfla sa poitrine. Elle eut le sentiment d'être chez elle. Elle savait, à présent, pourquoi elle était revenue.

Elle se tourna de nouveau face à la maison et sourit. Ses sombres pensées s'étaient envolées.

« C'est moi ! lança Marie à la façade d'une voix enjouée. Tu me reconnais maintenant ! »

Elle avança lentement, saisit la grosse clef en fer dans sa poche et ouvrit la porte. Elle alluma toutes les lumières et s'élança vers le poêle à bois. Sa joie de vivre reprit une fois de plus le dessus.

« Allez ! Allez, ma petite Marie ! s'écria-t-elle. Au boulot ! Ce n'est pas le moment de se lamenter. La maison ne se réchauffera pas toute seule. »

Elle saisit le tisonnier, crocheta les cercles de fonte qui obturaient le poêle et ouvrit le foyer. Elle froissa le papier journal avec application et l'enfourna. Elle empila du petit bois en quinconce puis plaça des bûchettes en ayant soin de laisser de l'espace pour que « la flamme circule », comme disait son père. Elle ouvrit la porte, gratta une allumette et enflamma le papier. Le bois se mit à chanter avec des craquements joyeux. La maison entière prenait vie au rythme du foyer. Marie eut soin de le garnir de bûches dès qu'elle se rendit compte que les petites branches étaient attaquées par les flammes.

Un ronflement sonore se propagea dans toute la bâtisse.

« Marie ! Marie, c'est toi ? » gémit une voix angoissée dans le hall d'entrée.

Marie n'avait pas entendu les coups frappés sur la lourde porte en chêne. Elle reconnut le timbre fébrile de Léonine, la femme à tout faire que son père employait depuis qu'elle était toute petite. Elle était la mère qu'elle n'avait jamais eue. Elle se leva comme un ressort et s'élança à toutes jambes vers la porte. Léonine la regarda venir avec un sourire maternel et ouvrit les bras. La jeune femme se blottit avec un soupir de soulagement.

« Marie, comme je suis heureuse de te voir ! laissa échapper Léonine. Quand j'ai vu toutes les lumières s'allumer, j'ai tout de suite su que tu étais arrivée.

– Merci d'être là, Léonine, chuchota la jeune femme d'une voix tendre.

– J'espère que le voyage n'a pas été trop long. »

Marie hocha la tête en signe de dénégation.

« J'ai cru mourir en apprenant la nouvelle de la disparition de ton père, commenta Léonine. Pourtant, on ne peut pas dire qu'il était tendre avec moi, ni avec les autres d'ailleurs. Ah, pour ça, non ! »

Marie fit une moue triste et ses yeux brillèrent d'une profonde tristesse.

« Oh ! Pardonne-moi, petite ! reprit Léonine. Je suis une vieille bique qui dit n'importe quoi. Mais si ça te fait du bien de pleurer, ne te gêne pas, je suis là pour ça. »

Les épaules de Marie se soulevèrent à un rythme saccadé, mais aucun son ne sortit de ses lèvres serrées. Un flot de larmes dévala le long de ses joues.

« Tu crois qu'on ne le reverra plus mon père ? questionna-t-elle, la voix brisée par le chagrin. Tu crois qu'il s'est noyé dans le lac ? »

Léonine prit la tête de la jeune femme entre ses paumes épaisses. Elle fixa son visage en pleurs et articula lentement d'une voix dure :

« Oui, Marie. Ça fait trois jours qu'il a disparu. Maintenant, comme tout le monde dans le pays, je crois qu'on ne le reverra plus. Je crois que ton père s'est noyé. Tu sais, le lac ne rend jamais ses morts, alors c'est pas la peine de le chercher. »

Les lèvres de l'étudiante tremblèrent et, dans un geste brusque, elle plongea son visage dans la poitrine de Léonine.

« Pleure, petite ! Pleure ! Ça fait du bien. »

# V

AVEC L'APPLICATION D'UN ÉCOLIER, un homme mince au visage fin découpait de petites lettres d'imprimerie dans des journaux locaux. Il les déplaçait délicatement avec une pince à épiler pour les enduire de colle liquide et les coller sur une feuille de papier blanc. Le silence avait pris possession des lieux. Il avait ouvert la fenêtre de la chambre. L'air froid de la nuit le revigorait.

Au loin, il apercevait les lumières de la berge suisse du lac et la masse sombre du Jura. Le ciel était étrangement teinté de rose et d'orangé. L'atmosphère était électrique. La neige n'était pas loin. Un manteau blanc allait recouvrir la campagne et transformer les endroits les plus laids en paysages de carte postale.

L'homme sentait que la nature retenait son souffle. Cette ambiance survoltée le gagnait aussi. Tout son corps frémissait sous l'excitation du travail.

Il ne tenait aucun compte de la taille des caractères pour composer ses courriers. Au contraire. Il voulait que son travail soit laid et que son correspondant en soit choqué. Dans la cheminée un feu ronflait, mais la chaleur ne parvenait pas à réchauffer la pièce refroidie par l'air venu de la fenêtre. Les arabesques des flammes dansaient sur le plafond. La pièce, pauvrement meublée, offrait un confort spartiate. Une affiche dactylographiée, placardée sur la porte, précisait les tarifs et les divers horaires de l'établissement.

Une fois son collage terminé, il plaça la missive dans une enveloppe blanche, mouilla le rabat de papier gommé d'un coup de langue nerveux et la referma. Avec une lenteur appliquée, il la posa sur une pile d'enveloppes identiques. Il se leva. Il était de taille moyenne avec un maintien presque précieux. Il se frotta les mains plus par satisfaction du travail accompli qu'en raison du froid. Ses doigts longs et fins trahissaient des habitudes d'intellectuel. Il s'étira pour chasser les courbatures et se dirigea vers la fenêtre. Il s'accouda et contempla le paysage. Il se trouvait au premier étage d'un petit hôtel de village, dans une chambre mansardée. La fenêtre encastrée dans un chien-assis ouvrait sur un avant-toit. Les tuiles plates brillaient sous l'éclairage public. Soudain, le son de la cloche de l'église retentit. Il compta les coups, se pencha nerveusement et regarda sur sa gauche. L'horloge de l'église marquait minuit.

Il revint à sa table de travail, se baissa, prit une mallette carrée noire, fit jouer la serrure et s'empara d'une machine à écrire portative. Il glissa chacune des enveloppes dans le chariot et tapa des noms accompagnés de leurs adresses. Tous avaient une consonance régionale. Un moment, il hésita sur une orthographe. Il ouvrit un petit répertoire en maroquin bordeaux et, du doigt, suivit l'ordre alphabétique jusqu'à Servoz. Une fois le nom inscrit sur l'enveloppe, il la posa calmement sur la pile de courrier.

# VI

LA PORTE DE L'ÉPICERIE S'OUVRIT avec un bruit métallique qui rappelait le timbre d'une bicyclette. La boutique était le cœur du petit village portuaire. Les deux rues principales se croisaient devant ses étals. La vitrine, encastrée dans une baie voûtée en pierre de taille, lui donnait un air moyenâgeux. Tout le bric-à-brac de l'activité humaine se trouvait rassemblé dans ses rayons. Au gré des allées, on passait de l'alimentation à la quincaillerie, de la charcuterie à la droguerie et, bien sûr, de l'accastillage à la pêche. Les filets côtoyaient les flotteurs et les ancres. Agathe, la commerçante, avait une silhouette fine, des épaules un peu voûtées et un visage constamment animé de tics nerveux. Ce jour-là, elle attendait ses clients en regardant la neige qui s'accumulait dans la rue.

Le pas lourd de Geneviève résonna sur les tommettes usées. Son panier au bras, elle se dirigea droit sur l'épicière. Agathe, appuyée sur ses coudes, attendait derrière son comptoir. Elle regarda la ménagère s'approcher avec un grand sourire.

« Bonjour, madame Servoz ! C'est vraiment mauvais pour le commerce cette satanée tempête de neige sur le lac ! Je n'ai presque pas vu un client de la semaine. Que puis-je vous servir aujourd'hui ? »

Geneviève hocha la tête d'un air entendu. Elle secoua son manteau et tapa les semelles de ses grosses chaussures sur le paillasson à croisillons métalliques. D'un mouvement lent et rond, elle tendit un morceau de papier sur lequel figurait sa liste de courses.

« Et vous, madame Servoz, votre mari, il est sorti sur le lac ? » poursuivit la commerçante.

Sans tenir compte du mutisme de sa cliente, Agathe se saisit du papier et, en clignant plusieurs fois des paupières, lut à haute voix :

« Un kilo de sucre en morceaux, un litre d'huile, un kilo de farine… Dites, pour la pêche, ce n'est vraiment pas bon ce temps ! Quoique celui qui sort et qui ramène du poisson, il est sûr d'en tirer un bon prix. Avec toute la pollution causée par les rejets d'usines et les engrais des agriculteurs, on en pêche de moins en moins ! Moi, je dis ça d'après ce que j'entends. Ils n'arrêtent pas de nous en rebattre les oreilles à la radio. Je l'ai même lu dans le journal. Il paraît aussi que le syndicat des pêcheurs est prêt à monter au créneau ! »

Agathe poursuivit son inventaire avec son accent suisse un peu traînant.

« Un kilo de café… Au fait, madame Servoz, vous savez qu'on n'a pas revu le vieux Gustave. Il a disparu dans la tempête voilà trois jours. Sa barque s'est échouée sur la plage de Chens-sur-Léman. C'est bien loin tout de même… Mais lui, on ne l'a pas revu. »

L'événement amena un rictus de tristesse sur le visage de la commerçante.

« Mais ça ne lui ressemble pas. Ce sont des choses que l'on ne souhaite à personne. »

L'épicière n'attendit pas le commentaire de Geneviève et trottina entre les rayons pour ramener les produits commandés. Alors qu'elle se trouvait au fond du magasin entre les boîtes de conserve et les produits d'entretien, elle lança :

« Qu'est-ce que vous voulez comme huile ? Remarquez, le vieux, il connaissait le lac par cœur. Il faut vraiment que la tempête ait été forte pour le surprendre. De l'huile de tournesol ou de l'huile d'olive ?

– Tournesol ! » répondit Geneviève d'une voix qui laissait entendre un soupçon d'exaspération.

Agathe revint en tenant la bouteille à bout de bras, comme une flamme olympique. Geneviève s'en fit la réflexion et son visage se fendit d'un petit sourire espiègle.

« Remarquez, madame Servoz, si le vieux s'est noyé, poursuivit Agathe, on n'est pas près de le retrouver. Vous savez ce que l'on dit : le Léman ne rend jamais ses morts. »

Comme Geneviève ne disait rien, elle reprit :

« N'empêche, c'est étonnant qu'il se soit laissé prendre par le lac. Tout le monde sentait venir la tempête. Moi, je sais que le mauvais temps arrive seulement au bruit de la corne de brume du bateau de la navette de Nyon. Quand je l'entends comme si elle était dans mon commerce, c'est que la tempête est proche. Au contraire, si j'ai l'impression qu'elle est à des lieues, c'est le beau temps qui s'annonce pour toute la journée. »

Geneviève haussa les épaules, comme si l'épicière n'avait fait qu'énoncer une évidence sans grand intérêt.

« Pourriez-vous me donner une demi-livre de beurre et six œufs, demanda-t-elle concentrée sur ses achats, s'il vous plaît, Agathe ? Je vais faire un gâteau à mon Bastien. Il est parti à Nyon par la navette et il rentre ce soir. »

À l'évocation de son fils, la voix de Geneviève s'était attendrie.

« Ah les enfants ! reprit la commerçante. Quelle chance vous avez ! Ça doit illuminer toute une vie. Moi, je n'en ai pas… Mais j'ai mon commerce. Et des fois, je me dis que si mon père m'avait laissé vivre ma vie… »

Agathe ne termina pas sa phrase et regarda la vitrine. Un voile triste passa devant ses yeux. Deux tics fermèrent ses paupières et elle tendit le cou, prête à se lancer dans une longue diatribe sur les événements qui l'avaient conduite au célibat.

« Et sa fille, la Marie, qu'est-ce qu'elle va devenir sans son père ? coupa net Geneviève.

– Elle ne va pas pouvoir continuer ses études de médecine, répondit Agathe. C'est dommage ! Malheureusement, docteur, c'est pas un métier pour une fille par ici. Les gens n'auront jamais confiance. »

Elle s'éloigna de son comptoir et rangea délicatement six œufs dans la boîte que lui tendit Geneviève. Sa silhouette semblait s'allonger au fur et à mesure qu'elle s'approchait de sa cliente.

« En plus, je ne sais même pas si je la reconnaîtrais, Marie, poursuivit Agathe. Elle est partie toute petite. Le vieux a acheté une maison dans le village d'en haut à quatre kilomètres d'ici et il a gardé seulement son cabanon du port. Si c'est pas malheureux tout de même d'avoir vendu une belle maison comme ça. En plus, il faisait le trajet avec son vélo et sa remorque tous les jours, par tous les temps. Quand Marie était petite, elle jouait sur le port, devant les canots de pêche. Gustave avait toujours peur qu'elle tombe à l'eau. Ça pouvait pas lui faire beaucoup de mal. Un bon rhume tout au plus ! Comme elle était mignonne… »

Agathe fixait sa cliente. À chaque remarque, elle attendait une réaction, mais Geneviève, qui connaissait l'épicière, ne laissait rien paraître.

« Sûr qu'elle n'était pas de Gustave, reprit Agathe. Personne ne l'a vue naître. Et personne n'a connu sa mère. Avec son fichu caractère, j'sais pas comment Gustave a fait pour trouver une femme. Un jour, elle a dû en avoir marre et partir en lui laissant la petite sur les bras. Ça pouvait être qu'une drôle de femme pour réagir comme ça. Hein, madame Servoz ! Qu'est-ce que vous en pensez, vous ? Elle est sûrement morte, vu que sa tombe se trouve au cimetière du village. Gustave a dû faire rapatrier le corps. En tout cas, personne ne l'a jamais vue.

– Ils sont beaux vos poireaux ! l'interrompit Geneviève d'un air intéressé. Je ferais bien une soupe. Par ce froid, ça nous réchauffera. »

Agathe saisit quelques légumes, coupa les feuilles d'un tour de main sec et les pesa dans sa balance Roberval à plateaux. Elle saisit le crayon à papier fiché dans son chignon et griffonna une série de chiffres sur son calepin.

« Je me demande bien comment il a fait pour l'acheter cette belle maison, chuchota-t-elle dans un souffle. C'est pas la pêche qui rapporte autant d'argent. La guerre, ça n'a pas été une mauvaise chose pour tout le monde… »

Geneviève hocha la tête en signe de contrariété. Elle allait rétorquer vivement quand elle se ravisa et fit remarquer :

« Il paraît qu'elle est déjà dans la maison du village d'en haut. C'est mon mari qui me l'a dit. »

Le visage d'Agathe s'anima de tics nerveux. Ses paupières papillonnèrent, comme si elle avait voulu chasser une mouche qui se serait posée sur son front.

« Et qu'est-ce qu'elle y fait ? demanda-t-elle. Vous croyez qu'elle veut vendre ?

– En tout cas, ça n'en prend pas le chemin, reprit Geneviève. Depuis qu'elle est là-haut, elle n'arrête pas d'ouvrir les fenêtres, de faire le ménage et de déplacer les meubles. On dirait bien qu'elle veut s'installer. On l'a même vue acheter des rideaux et des pots de peinture. »

Pendant la discussion, Agathe faisait les comptes sur un petit carnet rouge aux pages allongées.

« Neuf et cinq : quatorze. Je retiens un. Et de quoi va-t-elle vivre ? lança-t-elle, interrompant son opération.

– Pour ça, je me fais pas de soucis, reprit Geneviève. Le vieux, il était pingre, mais il avait de l'argent.

– Ah bon, et d'où lui venait sa fortune ? »

Geneviève fit une moue d'ignorance. Elle leva les bras et les laissa retomber lourdement le long de son corps avec un bruit rond.

« Ça fait vingt nouveaux francs et cinquante-cinq centimes ! laissa tomber Agathe de son ton professionnel. Je vous le marque, comme d'habitude ?

– Oui, Agathe, comme d'habitude. Avec ces nouveaux francs, je n'arrive pas à m'y faire. »

L'épicière allait reprendre son bavardage sur l'arrivée de la nouvelle monnaie quand elle remarqua les gestes d'impatience de sa cliente.

« Vous voulez que je vous aide, madame Servoz ?

– Non, merci, Agathe, ça va très bien comme ça ! »

Geneviève glissa ses courses dans son panier en osier et salua la commerçante d'un sourire entendu. Dès qu'elle fut dehors, Agathe reprit sa pose derrière son comptoir en suivant la ménagère du regard. Elle attendit que Geneviève eût passé l'angle du carrefour, quitta son attitude faussement décontractée et se précipita vers la remise. Elle jeta un fichu sur sa tête, ouvrit la porte qui sonna du tintement cristallin, retourna une petite pancarte indiquant qu'elle serait absente seulement quelques minutes, ferma le verrou et trottina vers le port.

## VII

« CETTE FOIS, ÇA Y EST. La neige va nous pourrir la vie ! lança Joseph en jetant ses filets devant sa barque sur le quai de pierre. C'est le bouquet ! On ne pêche rien, le poisson ne se vend pas et, à présent, il faut que le temps s'y mette ! »

De gros flocons épars dansaient dans l'air. La neige avait commencé à tomber dès les premières lueurs de l'aube. Le ciel était plombé et tout indiquait que les précipitations allaient durer longtemps. Le rideau blanc avait brouillé le paysage pour ne laisser qu'une eau suspendue dans un néant de brume. Les pierres de taille du quai blanchissaient et les enrochements s'étaient transformés en monticules de neige. Les colverts plongeaient régulièrement leur tête dans l'eau glacée pour fouiller la vase à la recherche d'algues. Leurs corps flottant ressemblaient à de gros bouchons. Joseph, indifférent aux charmes de la faune lacustre, rangeait ses filets en travers de sa barque. Il leva la tête, la mine mauvaise, et fixa le large :

« Dire qu'il ne reste que trois jours avant la fermeture de la pêche et ce temps va tout gâcher, marmonna le bossu à Étienne Gervaz, un pêcheur entre deux âges qui, comme lui, chargeait son matériel dans son embarcation.

– Tu vas pêcher où, Joseph ? questionna l'autre.

– Je vais poser mon grand-pic face à la pointe d'Excenevex. Après la levée de la nuit, je crois que c'est foutu jusqu'à la mi-janvier.

– Moi, je vais tenter ma chance vers Chens. Allez, salut ! » lança Étienne après avoir démarré son moteur.

Joseph regarda la petite embarcation disparaître dans le brouillard. Elle laissait derrière elle un sillon dans l'eau lisse. Le bossu lança son moteur hors-bord, accéléra et quitta le port. Il avait remonté le col de sa veste. Les flocons collaient à sa barbe et s'agglutinaient sur sa bosse qui blanchissait plus rapidement que le reste de son corps.

Joseph navigua droit devant, en direction du haut-lac. Arrivé à la limite du plateau sous-marin, il stoppa. Il avait réglé ses filets pour prendre des perches. Avec application, il les dévida dans l'eau glacée. Quelques flocons s'accrochaient aux mailles.

Le moteur ronronnait au ralenti et l'embarcation avançait au rythme lent du déroulement de ses tamis.

Joseph se pencha et scruta l'eau noire. Il était hypnotisé par le reflet des filets qui tombaient dans le lac. Son esprit se perdit. Il lui sembla tout à coup que le lac devenait orangé, rouge puis pourpre. La naissance de la nuit sûrement ! Mais Joseph y voyait bien autre chose. Il voyait toutes les haines qui s'étaient déroulées sur ce plan d'eau depuis qu'il y vivait. Il entendait les hurlements des pêcheurs dont les bateaux avaient sombré au fil des tempêtes. Il se remémorait la guerre, vingt ans auparavant, les bateaux de la marine suisse et leurs militaires casqués et armés. Il entendait les murmures des clandestins cachés dans le fond des barques. Les bateaux arraisonnés la nuit étaient éclairés par une lumière violente et crue. Les militaires criaient, les femmes, les enfants et les vieillards pleuraient. Tout explosait dans son crâne. La tête lui tournait.

Il voyait aussi, là tout au fond, le corps de Gustave flotter comme une méduse, avec l'ancre plantée dans son bras. Le vieux le regardait de ses yeux vides. Il attendait que Joseph touchât l'eau pour le tirer par le bras et l'entraîner dans les abysses. Mais il prenait son temps. Il attendait l'heure de sa vengeance. Il voulait que Joseph ait peur et qu'il renonçât à pêcher. L'eau devint cramoisie. Pour Joseph, c'était le rouge de la mort de Gustave et de toutes les morts, même celles dont on ne veut plus se souvenir.

Les plombs tiraient le filet vers le fond. Une fois tendu, les flotteurs le maintenaient à mi-eau, à la profondeur idéale pour la pêche des perches ou des féras. Joseph avait réglé les cordes pour que tout soit parfait. Il avait allumé les mèches des lampes à pétrole fixées sur les flotteurs et les avait posées sur l'eau à chaque extrémité du grand filet dérivant.

Pour le moment, il n'y pensait plus. Il ne s'occupait de rien, trop absorbé par ses visions et par ses souvenirs. Pas un souffle de vent ne ridait l'eau. La neige avait cessé, le froid était tombé sur la plaine.

Joseph s'était assis au fond de sa barque, sur le caillebotis. Il somnolait. Les heures coulaient sur ses épaules sans qu'il s'en rende compte. De temps à autre, quand le froid se faisait trop mordant, il se frottait énergiquement les bras. Il ne quittait pas sa pose hypnotique. L'humidité glaciale tombait sur son corps tordu.

Il n'avait pas envie de rentrer. Il craignait qu'une fois chez lui il n'ait plus le courage de venir relever ses filets. Il avait peur que le regard du vieux l'empêche de prendre son bateau pour affronter la nuit. Un moment, il s'ébroua et tapa des pieds pour se réchauffer. Il était là depuis trop longtemps. Les lumières dansantes des escabelles, ces lampes-tempête fixées sur des flotteurs qui signalent la position des filets, avaient disparu. Le grand-pic naviguait seul dans les eaux glacées du Léman, au rythme capricieux des courants des profondeurs.

Joseph fit un tour d'horizon. Rien ! Parfois les filets parcouraient plusieurs kilomètres. Il fallait fouiller la nuit pour les dénicher. Il eut un geste d'impuissance. Il lança le moteur et mit le cap sur la rive suisse. Les lampes ne devaient pas être loin ! La nuit était si noire qu'il lui semblait naviguer dans le néant. Joseph finit par oublier ses angoisses pour se concentrer sur la recherche de ses engins. Ce n'était pas possible, ils n'avaient pas pu aller si loin ! Après tout, il ne s'était pas arrêté bien longtemps, tout juste une demi-heure, une heure tout au plus ! Intrigué, il regarda sa montre : deux heures du matin ! Presque l'heure de relever le grand-pic. Il lança le moteur pleins gaz. Il chercha en décrivant des cercles concentriques. Le vent le giflait, faisant rouler de grosses larmes dans la broussaille de sa barbe. Il remonta le col de sa veste et se mit de profil. Rien, toujours rien ! Décidément, cette nuit était maudite. Le temps passait sans qu'il s'en rende compte et, à présent, les filets avaient disparu dans la nuit.

« Je suis sûr que c'est un coup du vieux, marmonna Joseph, oubliant la disparition de Gustave. J'ai bien fait de ne pas rentrer et d'attendre. Il m'aurait volé les engins. »

Joseph réalisa tout à coup que Gustave était mort et qu'il l'avait tué. Un goût amer emplit sa bouche. Il fixa la nuit avec des yeux absents.

Alors qu'il commençait à se décourager, il vit deux petites lumières dansantes, à peine des lucioles. C'étaient ses escabelles. Il vira de bord et se dirigea droit sur elles. Il était joyeux et retrouvait le plaisir de la pêche. Il lui tardait de remonter les tamis et de voir les poissons frétiller dans les mailles. Il aimait leur odeur fade, leur toucher poisseux et le scintillement de leurs écailles dans la lumière orangée des lampes à pétrole.

D'un coup de gaffe, il agrippa un des flotteurs. Son nom était inscrit en lettres rouges : *Joseph Servoz*. Il fut rassuré de voir qu'il s'agissait bien de son filet. Il remonta les lampes-tempête avec des gestes gourds, puis tira sur la corde. Ses muscles se tendirent. Le filet pesait lourd au fond de l'eau. Avec une grimace d'effort,

Joseph s'arc-bouta et tira de toutes ses forces. Sa bosse penchée au ras de l'eau, plus proéminente que jamais, semblait prête à tomber dans le lac. L'engin remonta avec une lenteur inhabituelle. Joseph n'avait jamais trouvé son filet si lourd. Il avait l'espoir d'une pêche miraculeuse. Son visage se fendit d'un sourire radieux. Le Léman était décidément généreux. Pour ce dernier jour de pêche, il offrait au marin bossu le plus beau des cadeaux. Il pourrait entrer au port avec fierté, envié par les autres. Oubliés, les mauvais pressentiments ! Oubliés, les hurlements, les morts, et l'eau qui rougit quand il la regarde trop longtemps ! Oublié aussi, Gustave ! Joseph retrouvait le bonheur d'être pêcheur. Il lui tardait d'enlever les poissons de son filet. Peut-être même devrait-il demander à Bastien et à Geneviève de l'aider ?

Il aurait dû emmener son fils. Il était fier de ce beau garçon à carrure d'athlète et au sourire énigmatique. La douceur de cet enfant le surprenait souvent. Jamais il ne l'avait vu se disputer avec quiconque, bien au contraire. Fin négociateur, il trouvait toujours un compromis pour éviter les querelles et obtenir ce qu'il souhaitait. Parfois son père tentait de le pousser à bout, rien n'y faisait. Plus le garçon devenait fort, plus il prenait d'assurance et de douceur. Il était respecté des autres pêcheurs qui voyaient en lui le successeur de son père. Autant le père était laid et retors, autant le fils était aimable et droit. Dans le Bar du Port, certains chuchotaient que Bastien ne pouvait être de lui.

À l'évocation de son fils, Joseph sourit. Il reconnaissait en lui les qualités de sa femme. Pourquoi l'avait-elle toujours aimé et défendu envers et contre tout ? Il fit un brusque mouvement de la tête pour chasser ces idées.

Il était parti seul pour sa dernière virée avant la fermeture. Il voulait affronter le lac.

Après avoir tiré plus de dix brasses de cordage, l'amorce du grand-pic apparut. Les mailles bleu pastel du tamis jetèrent un éclat joyeux dans l'ambiance polaire. Joseph se pencha et saisit le filet à pleines mains. Comme l'eau était froide ! À genoux, le corps plié en deux sur la planche de rive, il faillit être entraîné et passer par-dessus bord. D'un coup de reins, il se redressa et, avec une grimace de douleur, fit monter le début de l'engin sur le plat-bord. Il essuya une goutte de sueur que l'angoisse avait fait naître.

« J'aurais dû prendre Bastien avec moi, lança-t-il au vent du large. Avec sa force, on n'aurait pas eu de mal à tout remonter d'un coup. Il doit y avoir la moitié des poissons du lac. »

Et le pêcheur se mit à rire.

Son hilarité se répandit dans la nuit. Elle devait porter loin, jusqu'en Suisse. Joseph ne parvenait pas à cesser de rire. Son thorax s'agitait de soubresauts nerveux. Il conjurait le sort.

Les premières longueurs de filet s'accumulèrent sur le plancher. Rien ! Joseph n'en croyait pas ses yeux. À chaque brassée, il s'attendait à voir apparaître les agitations frénétiques des perches. Mais pas un poisson ne décorait la grande toile bleue. Non, de longues traînées d'algues vertes. L'angoisse s'empara de lui. Il tira, tira et tira encore. Le grand-pic s'amoncelait à ses pieds, dans le désordre de la précipitation. Plus le tamis sortait de l'eau, plus il était envahi de mousse aux longs filaments poisseux. Elle se prenait dans les mailles et envahissait le filet. Çà et là, rarement, une perchette s'agitait. La moitié du grand-pic était déjà dans le canot et il n'y avait pas la valeur d'un fond de seau de friture, pas une belle perche ou une belle féra, rien que des algues aux relents d'égout.

Joseph fit une pause pour reprendre son souffle. Soudain, une sueur de terreur l'envahit. Pourquoi le filet était-il si lourd ? Et si, au fond, il y avait le corps de Gustave ? Une ancre et un corps de vieux, ça pèse ! Et si Gustave lui avait joué un dernier mauvais tour en apparaissant au beau milieu de la nuit dans les rais d'un grand-pic ? Quelle ironie ! Quelle vengeance sur le crime, sur son crime ! Joseph fixa intensément le noir moiré de l'eau à la recherche d'une forme. Il vit le corps onduler à quelques brasses de la surface, pris dans les mailles. Il distingua sa forme oblongue figée dans une position grotesque. Déjà la main glaciale sortait de l'eau, l'agrippait, et, avec une force de dément, le tirait vers le fond.

Joseph, les yeux écarquillés, laissait ses terreurs le submerger et le reflet trompeur d'une algue plus longue que les autres l'entraînait au bord de la folie. Rien n'apparaissait dans l'eau. Joseph voyait simplement le filet et les algues.

Il n'osa plus tirer sur l'engin. Il regarda le reste de son filet dérivant plonger dans l'eau noire.

« Il faut que j'en aie le cœur net ! marmonna Joseph. Un cadavre reste toujours au fond de l'eau et ne navigue pas dans les courants ! Il ne peut pas se prendre dans les grands-pics. »

Le bossu hissa de nouveau les toiles. Toujours plus d'algues et moins de poissons. Il n'y avait plus de perchettes, mais des gardons et des ablettes. Tout allait de mal en pis. Dans un dernier han, il remonta la fin du filet. Le corps du vieux n'y était pas. Le poids était dû aux algues. Depuis quelque temps, elles avaient envahi les eaux poissonneuses et empêchaient les perches de se reproduire.

Joseph se retourna face au filet. Il y avait une montagne de mousse emprisonnée dans les mailles de fil de Nylon. Ses joues se gonflèrent et il cracha sur le tas.

# VIII

Les nuages bas coiffaient la plaine. Les lampes-tempête jetaient un éclat jaune sur l'eau, rapidement dissous par les premières brumes. Joseph, l'œil mauvais, naviguait droit sur le port. Devant lui, le tas de ses filets gorgés d'une glu verte lui donnait envie de vomir. Il ne parvenait pas à les oublier. Ils lui pourrissaient la vue. Il avait beau se concentrer sur la pointe d'Excenevex, son regard était sans cesse attiré par cette gangrène verte où frémissaient quelques rares prises, ridiculement petites. Il s'était fait violence pour ne pas tout rejeter à l'eau. Et tant pis pour les filets ! Il préférait les perdre plutôt que de les nettoyer devant l'air ironique des autres. Il voulait gommer cette vision d'horreur ! À l'allure où les campagnes de pêche allaient, on n'en aurait bientôt plus besoin !

Ce lac immense, grand comme une mer, profond comme un océan, que tous croyaient invulnérable, se mourait. Comme un ogre ventru qui engloutit tout ce qui passe, le Léman se gavait de phosphates. Les canalisations des usines, le lavage des sols agricoles et les rejets ménagers, tous les effluents couraient se jeter dans l'eau limpide. À force, le lac ne parvenait plus à tout laver. La prolifération d'algues était telle que les berges, les rochers, les fonds sablonneux et maintenant les pleines eaux étaient pris d'assaut. Pas un recoin sans que le mal vert ne s'en emparât. Les algues gloutonnes dévoraient l'oxygène du lac et les poissons s'asphyxiaient. Leurs ventres blancs constellaient l'eau bleu nuit d'étranges points laiteux, comme des étoiles de mort. Ils ne se reproduisaient plus et le drame annoncé prenait des dimensions dramatiques.

Longtemps Joseph s'était moqué des rapports alarmants sur l'état de santé du lac. Il considérait les membres des associations de protection du Léman comme de doux utopistes qui faisaient passer leurs visions apocalyptiques avant la réalité des choses. À présent que la pêche, sa pêche, était touchée, il voyait les choses différemment. Il sentait une rage sourde monter en lui à l'étouffer. Malgré le vent froid, son visage était cramoisi.

Un raisonnement implacable se mettait en place chez le Savoyard. Il laissait aller ses rancœurs. Il y avait un responsable ou des responsables. S'il n'y avait plus de poisson, c'était que certains en pêchaient trop. La faute en revenait à ceux du haut-lac, après Thonon et jusqu'à Saint-Gingolph. Ils prenaient tout et n'importe quoi. Ils raclaient les eaux et les alevins de perche étaient vendus pour de la friture. Il fallait que cela cesse ! Il fallait plus de contrôles. En attendant, lui, Joseph Servoz, pêcheur de père en fils et de génération en génération, perdait de l'argent. Cette pensée lui était insupportable. Il ruminait. Il imaginait des parades, des mouvements d'action. Il bouillonnait de vengeances et de brutalités. Il parlait tout seul, injuriant le vent.

Il était voûté sur la barre de son canot. Il fixait la nuit et se moquait des nuages qui couraient vers les pics acérés. Une fossette méchante se forma sous sa lèvre comme un trou. Il devenait hideux, à faire peur.

« Si y a plus de poissons, c'est qu'y a trop de pêcheurs ! »

La phrase prononcée avec une extrême lenteur tomba dans l'air glacial avec une insoutenable sauvagerie. La voix de Joseph était si forte que le ronronnement lancinant du moteur n'était pas parvenu à la couvrir. Les cheveux en bataille malmenés par le vent et les yeux enflammés, il avait l'air d'un dément.

Si la justice ne faisait pas son travail en limitant le nombre de pêcheurs, il allait s'en charger, lui.

Les moyens ne manquaient pas pour clouer les artisans à quai, quitte à crever des bateaux ou à couper des cordes de filets. Il rêvait même d'une milice. Mentalement, il recensait ses troupes. Il profiterait des haines ancestrales.

« Il serait juste que ce soit que ceux qui sont issus d'une famille de pêcheurs depuis des générations qui puissent avoir une licence. Je vais le dire aux autres. »

La barque avalait rapidement la distance qui la séparait du port. Joseph ruminait son plan d'action. Il prenait le vent, l'eau et les montagnes à témoin. À l'est, par-delà l'embouchure du Rhône, au fond des montagnes du Valais, le ciel blanchissait. L'aube tentait de percer les nuages.

Le soleil se leva. Son cercle blanc pâle sortit de la lisière des cimes. Une clarté électrique se répandit sur le lac, mais les rayons s'émoussèrent sur les voiles des brumes qui rampaient dans les vallées.

« Il faudrait limiter la pêche dans le haut-lac. Y en a trop. Peut-être même qu'y faudrait s'allier avec les Suisses. Chez eux aussi y a des braconniers. La lutte doit être internationale. »

Au loin, Joseph devina la longue digue qui s'avance dans le lac pour former un demi-arc de cercle. Comme la crosse d'un évêque, elle se terminait par un enrochement arrondi, une sorte de placette au milieu des eaux. Un vol de corbeaux, noirs et sinistres, s'élança vers le large. Qu'avaient repéré ces oiseaux de malheur ? Leurs cris lugubres firent lever la tête à Joseph. Il les regarda passer. Un frisson de dégoût le parcourut. Il préférait les mouettes. Elles représentaient la liberté, l'océan et l'air du large. Elles le faisaient rêver. Il les suivait souvent dans leurs pirouettes aériennes. Il aimait les voir se chamailler. Elles étaient belliqueuses et lui ressemblaient. Parfois, près du bord, elles disputaient des morceaux de pain aux canards avec une méchanceté gratuite, les martyrisant à grands coups de bec sur le crâne avant de les voler.

Joseph n'avait jamais été aussi mécontent. Il espérait que personne ne serait sur le quai. Il ne voulait pas être la risée du village. Il savait que sa mésaventure se répandrait comme une traînée de poudre. Il distinguait les premières maisons. Tout était calme. Joseph fronça les sourcils et détailla les berges. Il remarqua un groupe de silhouettes sombres. Ce devait être des pêcheurs qui, comme lui, rentraient du lac. Curieusement, les hommes étaient sur le quai, devant les cabanes de pêche, mais aucun ne s'affairait sur les filets. Les portes des bicoques étaient grandes ouvertes et de faibles lumières orangées se détachaient sur le noir des façades. Plus il approchait, plus il distinguait les hommes qui composaient ce petit rassemblement. Il ne s'était pas trompé. Il s'agissait bien de pêcheurs. Ils s'étaient tous rassemblés, même ceux qui n'avaient pas posé leurs engins durant la nuit. Ils étaient là et discutaient, poings sur les hanches, avec les autres.

Joseph contourna la digue et pénétra dans le port. Il coupa les gaz et navigua au ralenti. Les pêcheurs, trop absorbés, ne l'avaient pas vu approcher. Le vent de Molaine soufflait doucement depuis la berge française et le bruit du moteur ne parvenait pas à leurs oreilles. Les villageois lui tournaient le dos. Les discussions étaient animées. Joseph vit deux ou trois pêcheurs faire de grands mouvements d'exaspération et de colère. Que se passait-il ? Ce rassemblement le contrariait. Il ne passerait pas inaperçu et sa déconvenue serait exposée aux yeux de tous.

Sylvestre Lachenaz, un vieux pêcheur respecté de tous, remarqua la barque de Joseph et la montra de la main. Les autres s'alignèrent sur le quai, face au large, pour l'attendre. Joseph entendait des bruits de voix. Parmi les pêcheurs, il reconnut la fine et athlétique silhouette de son fils. Cette vision lui fit chaud au cœur. Il se sentit plus fort. Il releva la tête. Tout le poids de sa colère s'était envolé. Il était heureux de voir Bastien. Quel plaisir de le savoir là au moment où il en avait le plus besoin ! Sans lui confier son désarroi, il savait qu'il comprendrait. Il ne poserait pas de questions. Il ne demanderait même pas pourquoi son père ne l'avait pas emmené pour la dernière pêche de l'année. Joseph savait que Bastien déchargerait les filets sans une remarque. Peut-être qu'une petite moue de tristesse ou de dégoût se peindrait sur son beau visage, mais rien de plus. Ensuite, il se mettrait au travail et enlèverait cette glu verte consciencieusement, sans un geste d'énervement.

« On va bien voir ce qu'y va dire le Joseph, lança la voix dure et sèche de Sylvestre. Lui qu'est jamais d'accord ! Cette fois, sûr qui pourra pas dire le contraire ! »

Joseph contourna l'arc de cercle de la digue. À l'abri du rempart de pierres de taille, il entendait distinctement les phrases des pêcheurs. La remarque le fit grimacer. Que savaient ces rustres de son avis et comment pouvaient-ils avoir de tels propos à son égard ? Il ne se mêlait jamais des affaires du syndicat ou de la pisciculture. La colère qui serrait sa gorge avait trouvé une nouvelle raison de s'épanouir. Sa barque était à quelques mètres du quai lorsqu'un membre du groupe lui lança d'une voix où pointait l'ironie :

« Alors, Joseph, t'as fait bonne pêche ? »

Une foule de mots orduriers monta à l'assaut de la gorge du bossu. Il faillit exploser, puis il vit le regard sévère de son fils. Il comprit qu'il avait tout intérêt à attendre la suite des événements. Il immobilisa son canot le long du quai et, avec une lenteur calculée, noua la corde de bosse. Les pêcheurs, debout à quelques mètres de lui, le regardaient faire avec une pointe d'exaspération.

« Je présume que t'es comme nous, hein, Joseph ? poursuivit le même homme d'une voix moins corrosive. Cette saloperie de mousse verte t'a pourri les filets et t'as même pas pris une perchette ! »

Joseph se retourna avec un visage haineux.

« D'abord, comment que tu le sais que j'ai rien pris ? rétorqua Joseph. C'est-y que tu serais devenu voyant ? Et ensuite, ça te regarde pas. C'est pas tes affaires ce que je pêche.

– Ne t'énerve pas, Joseph, reprit l'autre. Je disais simplement ça pour parler. On voulait ton avis sur ce qui se passe sur le lac. Personne pêche plus rien à cause des algues. Eutrophisation qu'y disent à la pisciculture. Paraît qu'y a trop de phosphates, ça nourrit les algues et ça prend tout l'oxygène. Alors, les poissons y crèvent asphyxiés.

– Possible, rétorqua Joseph en se redressant. Mais qu'est-ce que j'y peux, moi ? »

L'interlocuteur à l'impressionnante carrure laissa tomber les bras le long de son buste dans une attitude de profonde exaspération.

« Faut qu'on se serre les coudes ! reprit-il après une courte pause. Toi, tu connais tout le monde et les pêcheurs te craignent. Y faut que tu nous aides ! »

Joseph sentit une pointe de fierté lui caresser le dos. Il se redressa et sa bosse sembla disparaître. Bastien le fixait avec acuité. Il craignait qu'il ne s'emporte une fois encore et qu'une rixe n'éclate entre les pêcheurs. Dès son intervention, il comprit que, pour une fois, il voulait bien se ranger du côté de l'intérêt commun.

« La seule solution, dit Joseph, c'est d'empêcher la prise des petits poissons et ensuite de réduire le nombre de pêcheurs professionnels.

– Tu en as de bonnes, toi, Joseph, rétorqua le pêcheur. Tu sais bien que ceux du haut-lac ils ont toujours pêché de la friture. C'est comme ça depuis qu'on pêche dans le lac et c'est pas près de changer. »

Joseph ressentit cette remarque comme un coup de fouet. Il tira sec sur le bout de corde qui dépassait de l'anneau fixé au quai et sauta sur la digue. Le pêcheur qui s'était adressé à lui le dépassait d'une bonne tête. Malgré sa carrure de fort des halles, son visage mafflu et son air sévère, Joseph sentait qu'il avait peur de lui. Tous craignaient ses colères légendaires qui le menaient à la limite de la folie et du meurtre. Depuis son plus jeune âge, la moindre opposition faisait monter en lui une vague de rage et de violence. Joseph plaqua son visage contre celui de son adversaire. Il le fixa au fond des yeux. La haine que l'autre y lut le fit blêmir. Il était trop bête de se battre pour des choses aussi futiles.

« Te fâche pas, Joseph ! lâcha le pêcheur. Je faisais simplement un constat. C'est tout.

– Eh bien, des constats comme ça, t'as qu'à les garder pour toi ! répliqua le bossu avec la bave aux lèvres.

– Oh, doucement, Joseph ! lança un vieux pêcheur en mettant sa main sur l'épaule du bossu. Alors, qu'est-ce que tu proposes ? »

Joseph se recula, quitta le regard apeuré du pêcheur et tourna un visage plus clément vers le nouvel intervenant.

« Faut faire entendre raison à ceux du haut-lac, reprit-il d'une voix plus calme. Il faut contrôler leurs filets et les obliger à respecter la taille des mailles. On le fait bien, nous ! Alors, y a pas de raison. Et puis, faut qu'on réunisse le syndicat pour que tout le monde se mette d'accord. »

En retrait, Bastien suivait la scène et bouillonnait. Comment son père pouvait-il être aussi borné ? Comment tous ces pêcheurs, à l'esprit simple et pratique, ne voyaient-ils pas les solutions évidentes et les vrais combats à entreprendre ? Il se tortillait les mains pour se retenir d'intervenir. Enfin, n'y tenant plus, il se lança :

« Mais enfin, vous dites n'importe quoi ! »

Les yeux de tous les pêcheurs se tournèrent brutalement vers lui. Sans leur laisser le temps d'intervenir, avec une voix tout juste sortie de l'adolescence, il poursuivit :

« Les pêcheurs du haut-lac n'y sont pour rien s'il y a des algues dans le lac. C'est la faute des industriels, des agriculteurs et des lessives. »

Les visages des pêcheurs s'étaient soudain durcis. Une colère sourde montait contre le jeune homme qui avait osé les contredire et oublier les querelles ancestrales qui les opposaient à ceux du haut-lac. Joseph dévisagea son fils d'un air sévère pour l'empêcher de poursuivre.

« Au lieu de vous battre, il faut vous unir ! reprit Bastien d'une voix de moins en moins assurée devant l'hostilité générale. Il faut faire des pétitions, aller manifester devant la sous-préfecture de Thonon et rencontrer les élus pour obliger les entreprises à cesser de jeter n'importe quoi dans l'eau. Et il faut que les entreprises dépolluent leurs rejets. Toutes les communes doivent avoir des centrales d'épuration pour traiter les déchets ménagers. Ainsi, l'eau du lac sera plus propre et on pêchera de nouveau des poissons.

– Petit, tais-toi ! s'écria Sylvestre, le vieux pêcheur. Ici, t'as pas la parole ! Tu connais rien au lac. Si t'étais pas le fils du Joseph, on t'aurait tous foutu une bonne raclée et balancé à l'eau. Alors estime-toi heureux et n'insiste pas ! »

Joseph faillit intervenir violemment, mais le vieux avait raison. Il fendit le petit groupe, prit son fils par les épaules et lui dit presque tendrement :

« Rentre à la maison et dis à ta mère que je vais pas tarder ! Pour le reste, on en parlera plus tard. »

Bastien fixa son père d'un regard où l'incrédulité se mélangeait à la haine. C'était la première fois qu'il le traitait avec tant de mépris, comme un enfant qui ne comprend pas ce qu'il dit, mais que tous pardonnent en raison de son jeune âge. Bastien allait se rebeller lorsqu'il croisa le regard courroucé de son père. Il hocha la tête en signe d'assentiment, baissa les yeux, pivota et, d'un pas contrarié, se dirigea vers les rues ventées du village.

« Faites pas attention, les gars ! reprit Joseph d'une voix où pointait la colère. Il est jeune et y sait pas ce qu'il dit. C'est parce qu'il a fait des études qu'y croit tout savoir. Nous on le sait, le lac c'est l'affaire des gens qui vivent dessus depuis toujours. »

Un brouhaha de satisfaction accueillit les propos du bossu. Puis le groupe se débanda.

À l'écart, assis sur un muret, un jeune homme, au visage en lame de couteau, aux cheveux raides et blonds et aux yeux de porcelaine, suivait la scène. Il semblait se régaler de la tournure des événements. Il se frotta les mains avec un sourire énigmatique, releva le col de son caban de feutre bleu sombre et quitta les lieux. Il se faufila dans les ruelles, comme une ombre. Son maintien avait quelque chose de mystérieux et d'inquiétant. Aucun des pêcheurs ne l'avait remarqué. Seul Bastien, en quittant le port, lui avait jeté un regard distrait.

## IX

MARIE INTRODUISIT LA GROSSE CLEF en fer dans la serrure du cabanon. Elle poussa fermement le vantail qui céda avec un craquement. Une lumière vive pénétra dans la pièce. Mille odeurs lui sautèrent au visage. Elle faillit mettre sa main devant son nez mais se ravisa. Elles lui rappelaient son père, souvent bougon, lorsqu'il revenait à la tombée de la nuit, harassé par la pose des filets. Elle se souvenait de la fragrance de l'eau de Cologne qu'il se passait sur les mains pour chasser l'odeur des poissons, en pleine nuit, après la relève des grands-pics. Elle dormait et sentait la caresse de sa paume rugueuse et le baiser râpeux qu'il déposait sur son front. Toutes ces odeurs mêlées au demi-sommeil de l'enfance étaient le bonheur de ses nuits. Elles chassaient les angoisses du départ de ce père tant aimé.

Elle ferma les yeux. Toute son enfance lui revint. Elle ne se rappelait pas être venue dans ce cabanon. C'était l'antre secret de son père. C'est ici qu'il préparait sa pêche et qu'il réparait ses filets. Pendant la période de relâche, à l'époque du frai des salmonidés, il venait remettre sa barque à neuf.

Elle glissa sa main dans la poche de son manteau et rencontra une feuille froissée. C'était la convocation de la gendarmerie. Une vague de tristesse l'envahit. Elle retint un hoquet et une larme brilla au coin de ses yeux. Elle avait trouvé ce papier dans sa boîte aux lettres, la veille au soir. D'une écriture appliquée, le militaire avait inscrit : « Bien vouloir vous rendre à la gendarmerie dans les plus brefs délais pour une affaire vous concernant. » Dès le lendemain matin, elle s'était précipitée à la brigade. Avant qu'elle n'ait le temps de poser un flot de questions, le gendarme lui avait expliqué qu'une enquête était en cours pour tenter de retrouver le corps de son père, mais qu'il y avait peu d'espoir. Afin de mettre en mouvement la procédure judiciaire, il était souhaitable qu'elle fasse une déclaration d'absence. Ainsi, dans une dizaine d'années, son père serait déclaré mort et elle pourrait entrer en possession de son héritage. Marie avait écarquillé les yeux sans comprendre. L'homme avait baissé la tête.

« Il vaut mieux vous faire une raison, mademoiselle Grangez. Réfléchissez, prenez votre temps, nous en reparlerons. Si vous avez besoin de conseils ou de quoi que ce soit d'autre, n'hésitez pas, nous sommes là pour ça ! »

Il l'avait raccompagnée et lui avait serré la main avec chaleur. Marie était restée longtemps sur le parking, puis elle avait eu envie de voir le lac et la cabane de son père.

Marie s'avança lentement. Les semelles de cuir de ses bottines crissèrent sur le sol de vieilles dalles de terre cuite. Elle ouvrit la fenêtre et poussa les volets. Une clarté laiteuse fit plisser ses yeux déjà habitués à la pénombre. Là, devant, elle voyait le quai, les barques des pêcheurs, la digue en arc de cercle terminée par un enrochement arrondi et l'eau scintillante du lac. Malgré le froid et la brume étrangement dense, Marie ne parvenait pas à soutenir cet éclat lumineux. Elle ne voyait pas la berge suisse. Le lac ressemblait à une mer avec au fond une *terra incognita*. L'inconnu d'une existence tout entière vouée à la passion de la pêche et du lac dont finalement elle ignorait tout, dont pourtant elle se sentait étrangement proche. Elle resta longtemps les yeux rivés sur cette image fascinante. Elle sentait un frémissement se glisser en elle et la submerger. Elle secoua la tête pour chasser ses idées et pivota vers le fond.

La petite pièce était entièrement garnie de filets soigneusement suspendus sur des tringles en fer gris. Dans un coin, des flotteurs de liège surmontés de fanions noirs et rouges, fixés à des cordages de Nylon blancs, tranchaient avec le camaïeu des filets. Tout cet univers marin l'envoûtait. Chaque fois que son regard accrochait un engin de pêche, elle était émue. De grandes cages en grillage étaient empilées contre le mur du fond. Elle eut un sourire mutin et pensa :

« Tiens, on dirait des cages à poules ! »

Il s'agissait sûrement des nasses qui faisaient râler son père lorsqu'il les remontait avec seulement quelques perchettes.

Un vieil établi couvert d'outils gardait un des murs de côté. Un écheveau d'étoupe et une casserole dégoulinant de goudron, posée sur le trépied d'un réchaud, trônaient dans un coin. Gustave voulait sûrement profiter de l'interdiction de pêcher pour colmater une fuite à sa barque ! Toute une vie de pêcheur était rassemblée entre ces murs tristes. Toute une vie d'espoirs, de rêves, d'angoisses, de pauvreté et de plaisir. Elle sentait le manque, l'abandon. Tout avait été laissé en plan. Les premières travées de barre étaient vides des filets qu'elles devaient supporter. En regardant de plus près, Marie s'aperçut que les fanions étaient vieux et que son père avait dû prendre les neufs pour aller pêcher. Il allait revenir. Il ne pouvait laisser les choses en l'état.

Marie se sentait bien dans cette ambiance rude. Les odeurs ne la gênaient pas. Elle était mal à l'aise dans son manteau de laine peignée et dans ses fines bottines en peau. Elle avait envie de passer une cotte de travail et des bottes de pluie jaunes avec un soufflet en haut pour empêcher que l'eau ne pénètre. Elle voulait se frotter au lac, sentir le vent et l'eau glaciale lui mordre les doigts. Elle regarda ses mains, deux paumes à la peau lisse prolongée de doigts translucides comme de la porcelaine. Elle rêvait de l'impossible.

« Bonjour, madame ! lança une voix grave. Vous cherchez quelque chose ? »

Marie sursauta. Elle fit face à l'intrus. Un jeune homme s'avança. Les yeux encore éblouis par la lumière du jour, il ne voyait qu'une mince silhouette. La jeune femme recula.

« Oh, excusez-moi ! balbutia-t-elle, gênée par cette intrusion. Je suis Marie Grangez. Je ne vais pas rester longtemps. Je voulais simplement voir à quoi ça ressemblait. J'ai trouvé le double des clefs dans la boîte de l'entrée. Alors, je voulais savoir si mon père n'avait pas laissé une indication sur le lieu de sa pêche, pour orienter les recherches. »

Le jeune homme s'arrêta net. La silhouette de Marie était éclairée par la lumière de la fenêtre. Il la fixa. L'émotion empourpra son visage, il se mit à bégayer :

« Oh ! Je suis désolé, je ne vous avais pas reconnue. Bien sûr que vous pouvez rester. Vous êtes chez vous. »

Devant l'attitude gauche du nouvel arrivant, Marie reprit confiance. Elle interrogea du regard le nouveau venu. Le garçon, décontenancé, ne parvenait pas à détacher son regard de son visage.

« Pardon ! finit-il par articuler. Je m'appelle Bastien Servoz. Je suis le fils de Joseph. Votre père a dû vous parler de lui ? »

Marie faillit lâcher un : « Ah oui, le bossu ! » Mais elle se retint.

« Je travaille à la pêche avec mon père, poursuivit Bastien, reprenant un peu d'assurance. Enfin, pour le moment, c'est la trêve, alors il n'y a plus personne sur le lac. Tout le monde répare le matériel. On ne reprendra pas avant le 15 janvier au plus tôt. De toute façon, les gardes le diront. »

Marie hocha la tête en souriant et fixa le sol. Avec des mouvements distraits de la pointe du pied, elle balaya la poussière.

« Ça fait longtemps que vous pêchez avec votre père ? questionna-t-elle.

– J'ai commencé au mois de juin, répondit Bastien. J'en avais marre d'aller à la fac à Grenoble, alors j'ai tout arrêté et j'ai décidé d'aider mon père.

– Vous étiez à Grenoble ! » s'écria Marie, ne pouvant retenir une joie puérile.

Son tempérament fougueux reprenait le dessus. Sans laisser à son interlocuteur le temps de répondre, Marie reprit :

« Moi aussi, j'y étais et je crois même que, comme vous, je vais m'arrêter.

– Ah ! Et que faisiez-vous comme études ? questionna Bastien.

– Des études de médecine, je suis en cinquième année. J'ai l'impression de ne pas en voir le bout. Toujours la tête plongée dans les bouquins, à force y en a marre ! Et vous, que faisiez-vous ?

– Je ne suis pas allé aussi loin que vous, rétorqua Bastien d'une voix enjouée, heureux d'avoir des lieux et des intérêts communs. Je faisais sciences-éco et j'étais en deuxième année. J'ai même eu mon DEUG. Mais la nature me manquait. J'avais besoin de sentir le souffle du vent. »

Ayant eu peur d'en avoir trop dit, Bastien se ferma. Marie sourit, comprenant la pudeur du jeune homme.

« Vous avez raison, reprit-elle sans rien laisser paraître, je n'en peux plus d'être enfermée dans une pièce. »

Les deux jeunes gens se turent, gênés par cette soudaine intimité. Marie n'osait questionner

Bastien sur la pêche et le lac. Elle en avait tant entendu parler qu'elle avait envie de partager sa passion. Elle voulait retrouver son père à travers ce métier.

« Je vais y aller. Désolé de vous avoir importunée, lâcha Bastien pour rompre le silence pesant qui s'installait.

– Ce n'est pas grave, au contraire », répondit Marie, soudain triste de le voir partir.

Bastien quitta la vieille bicoque, fit quelques pas sur le quai et s'apprêta à emprunter la rue du Port pour rejoindre le centre du bourg. Marie le suivit. Elle voulait encore parler avec lui. Elle ne connaissait personne dans ce village, et le visage du jeune pêcheur était si doux, si gentil qu'elle ne parvenait pas à s'en détacher. Bastien sentait son cœur tambouriner dans sa poitrine. Ses pas l'entraînaient vers chez lui, alors que son esprit voulait rester avec Marie. Il la vit apparaître comme un diable qui sort de sa boîte. Elle avait le souffle court et les joues un peu roses. Leurs regards se croisèrent. Ils ne savaient quoi dire. Enfin, Bastien murmura :

« À bientôt, j'espère.

– Oui ! À bientôt. »

# X

AGATHE RANGEAIT AVEC APPLICATION les rayonnages des articles de pêche. Elle se retourna vivement au son cristallin de la clochette de la porte d'entrée. Par réflexe, elle figea un sourire commerçant sur son visage. Ses yeux clignotèrent à l'unisson et son cou se dévissa en tics rythmés pour souhaiter la bienvenue au nouvel arrivant. Elle s'attendait à une figure connue. Dans ce petit village, en plein hiver, les clients étaient forcément des villageois ; les touristes, eux, arriveraient seulement dans quelques mois. Agathe resta interdite devant le physique du nouveau venu. Il était mince, plutôt jeune. Il aurait été beau garçon s'il n'avait sans cesse un rictus étrange aux lèvres. Agathe ne le connaissait pas, ne l'avait même jamais vu. Elle le fixa si intensément qu'elle en oublia les politesses d'usage. L'homme la dévisageait aussi. Pour rompre le silence devenu embarrassant, il lui fit un signe de tête.

Voyant que l'épicière ne répondait pas, il s'engagea entre les rayons et les parcourut d'un pas lent. Aucun article ne semblait l'intéresser. Parvenu à quelques pas de la commerçante, il s'immobilisa devant les étalages de pêche et les examina avec minutie, comme s'il y cherchait quelque chose. Il saisit une petite ancre à trois branches et la regarda fixement. Ses yeux bleus brillaient étrangement.

Agathe l'observa sans bouger. Même les tics nerveux qui agitaient d'ordinaire ses lèvres et ses yeux s'étaient interrompus. Devant le silence de ce curieux client, elle prit un magazine. Elle adorait ces revues qui évoquaient les secrets cachés des événements passés. Bien sûr, elle fondait en larmes devant les amours et les drames des têtes couronnées. Mais, au-delà, elle appréciait réellement l'histoire. Son sujet de prédilection était la Seconde Guerre mondiale. Peut-être était-ce à la suite des événements qu'elle avait vécus, des alertes et des bombardements qu'elle avait vus et de la fureur de la guerre. Elle était incollable sur les événements de la région. Elle avait toujours rêvé de publier un mémoire sur l'histoire locale, celle dont personne ne parle jamais, mais que pourtant tout le monde connaît. Agathe, perdue dans les pages d'un article, avait fini par oublier la présence du jeune homme blond.

« Vous en vendez souvent ? » articula lentement l'homme sans lever les yeux de l'ancre qu'il tenait dans sa main.

Agathe sursauta, surprise en plein milieu d'un article passionnant sur les parachutages au plateau des Glières en 1944.

« Heu ! Non, pas très. En fait, elles sont trop légères pour les bateaux d'ici. C'est pour des petites embarcations, comme des barques de pêcheurs amateurs. »

Le client hocha la tête, indiquant qu'il comprenait parfaitement. Il replaça l'objet dans le rayon et, toujours sans regarder la commerçante, il reprit :

« Il ne doit pas faire bon être sur une petite barque quand la tempête se lève sur le lac ? »

Prise au dépourvu par les curieuses questions de ce client, Agathe répondit d'une voix hésitante :

« Oui, c'est sûr. Mais quand il fait mauvais, on le sait par avance et personne ne sort.

– Mais si des fois on était sur le lac, on aurait du mal à en réchapper, non ? » questionna encore le client.

Agathe fit une moue d'approbation. L'homme pivota et lui fit face. Ses yeux se plantèrent dans le regard interrogateur de la Savoyarde. D'une voix où perçait un fort accent suisse, il dit :

« Vous qui êtes ici depuis toujours, vous devez en connaître des histoires de tempêtes et de pêcheurs ? Je ne me trompe pas, vous êtes ici depuis longtemps ? »

Agathe, totalement décontenancée, ne savait plus si elle devait répondre aimablement ou dire à ce jeune homme d'aller se faire voir. Après un instant d'hésitation, elle reprit son sourire commercial et rétorqua :

« Oh, ça oui ! Je suis ici depuis plus de vingt-cinq ans, alors des histoires, j'en ai vu et entendu plus qu'on ne pourra jamais en raconter dans n'importe quel livre sur le lac. Je connais toutes les histoires, des plus tristes aux plus joyeuses. »

L'homme siffla, admirateur.

« Vingt-cinq ans que vous êtes commerçante ! Eh bien, on peut dire que vous êtes fidèle à votre clientèle. »

Agathe se trémoussa légèrement, heureuse qu'on s'intéressât à elle. Comme un prédateur qui hypnotise sa proie, l'homme la fixait, l'incitant à poursuivre. Il semblait réellement se passionner pour ce qu'elle avait vécu.

« Vous savez, je n'ai jamais bien eu le choix. Je n'ai fait que reprendre l'affaire de mes parents. Et comme je ne voulais pas aller ailleurs, c'est bien tombé.

– En tout cas vous avez l'air de bien vous en occuper », commenta le client avec un sourire charmeur.

Le compliment la fit rougir. Elle se frotta machinalement les mains sur son tablier et se lança dans une description minutieuse de l'évolution du commerce et des difficultés qu'elle avait dû surmonter. Elle était fière d'exposer sa réussite.

« C'est vrai, je n'ai pas de mari et pas d'enfants, mais mon commerce les remplace largement. Et puis j'ai la lecture, et ça, ça remplace beaucoup de choses ! »

Décidément, Agathe trouvait ce client de plus en plus sympathique. Il ne semblait pas se lasser et n'avait montré aucun signe d'impatience, même lorsqu'elle avait fait l'inventaire de toutes les catégories d'articles qui figuraient dans les rayonnages.

L'homme baissa la tête, ses yeux tombèrent sur le magazine. Il dit d'une voix bizarre :

« Alors vous étiez déjà là pendant la guerre ? »

Il releva la tête et son regard s'alluma étrangement. Agathe ne remarqua rien.

« Comme vous dites, monsieur, j'y étais. Il s'en est passé des choses et des pas toujours bien belles !

– Vous avez l'air de vous y intéresser de près, commenta le client en désignant le magazine du menton. Vous deviez être en zone occupée, non ?

– Pas du tout. Nous étions en zone libre. Nous n'avons été envahis que beaucoup plus tard, en novembre 1942. Le 11 novembre exactement. Mais pourquoi vous me demandez ça ? Vous êtes journaliste ?

– Eh bien, oui ! Vous tombez juste. Je suis journaliste, rétorqua l'homme avec fierté.

– Je l'ai tout de suite vu quand vous êtes entré. C'est une belle profession. Beaucoup ne vous aiment pas. Mais grâce à vous, les pourris sont un peu moins impunis. Enfin pas tous ! Heureusement tout de même que vous êtes là pour en dénoncer certains. Excusez-moi de parler ainsi, mais il y a tant d'injustices ! »

Agathe se lança alors dans une longue diatribe sur les gens qui avaient manqué d'honneur durant la guerre, sur le marché noir qui avait ruiné la France, sur les collabos qui n'avaient malheureusement pas tous été fusillés, et sur les résistants qui avaient sauvé la Patrie par leur courage.

« Avec la Suisse à côté, vous avez dû en voir passer des clandestins ! Je pense même que vous avez dû entendre pas mal d'histoires…

– Oh, pour ça oui ! C'était la valse des passeurs dans le secteur… Enfin, je veux dire que beaucoup de clandestins ont tenté de passer en Suisse.

– Et les pêcheurs, ils ont dû y participer ? »

Le visage de l'homme se tendit. Il fixa intensément les lèvres d'Agathe dans l'attente de révélations. Celle-ci retint son souffle, cligna deux fois des yeux et contracta plusieurs fois les muscles de son cou. Elle était sur le point de répondre lorsque le tintement de la porte retentit. Elle se retourna vivement et s'essuya nerveusement les mains sur son tablier.

« Oui. Et qu'est-ce que ça sera pour monsieur ? lança-t-elle d'une voix assez forte pour être entendue par le nouveau venu.

– Un tube de colle pour papier, rétorqua le jeune homme, pris au dépourvu par la question.

– Bon, suivez-moi, c'est dans le rayon des fournitures scolaires ! » répondit Agathe, qui avait retrouvé son calme.

Elle fonça vers l'avant de la boutique. L'homme la suivit d'un pas rapide.

« Ah, bonjour, Germain ! lança Agathe au nouveau client. Je m'occupe de vous tout de suite. »

Germain fit un signe de la main indiquant qu'il n'était pas pressé.

Agathe alla chercher le tube demandé, revint au comptoir, l'emballa dans un sachet de papier kraft et le tendit au jeune homme. Elle tapa nerveusement le prix de l'article sur les touches rondes de sa caisse enregistreuse qui tinta du même son de timbre à vélo que la cloche de la porte d'entrée.

« Ça vous fera cinquante centimes, dit Agathe. Monsieur… ? Au fait, je ne connais pas votre nom, reprit-elle à voix basse.

– Simon Beurel ! rétorqua le client d'une voix pressée. Mais appelez-moi Simon ! »

Profitant que Germain avait disparu dans le fond du magasin, Agathe chuchota :

« Vous savez, ici, les gens n'aiment pas qu'on raconte les vieilles histoires de la guerre, surtout aux journalistes, surtout celles des passeurs de Juifs. Moi, je dis que tout ça doit se savoir. Revenez plus tard, monsieur Simon, on parlera et je vous expliquerai tout ! »

Simon s'empara du sachet avec un sourire énigmatique et se dirigea vers la sortie. Agathe le regarda s'éloigner d'un œil attendri.

« Ah ! Journaliste, on a beau dire, c'est tout de même un beau métier ! »

Germain, qui avait guigné le départ du client, se rapprocha du comptoir et demanda :

« C'était qui celui-là ?

– Personne, un touriste », répondit Agathe.

Ignorant le vieux pêcheur, elle revint à son magazine. Elle tourna les pages pour retrouver l'article qu'elle lisait avant l'entrée de Simon. Elle était hypnotisée par le texte. Au fur et à mesure qu'elle lisait, elle pensait que ces renseignements intéresseraient sûrement son client. Elle se remémorait les dates et les événements historiques avant de revenir aux mesures locales prises en application des lois de Vichy. Elle se régalait d'avance de la prochaine visite de Simon.

« Mais au fait, il ne m'a pas dit quand il allait revenir ! » se dit-elle.

# XI

La journée avait été morne. Le temps ne s'était pas réellement levé. La brume noyait le petit port et le lac était caché par un épais rideau blanc. Les côtes suisses n'étaient que des visions fantomatiques. Les platanes dépouillés avaient des allures de spectres.

Une pâle lumière jaune s'échappait des fenêtres des baraques de pêche. Les artisans vivaient au rythme des réparations et des préparatifs pour la prochaine campagne. Ils allaient d'une cabane à l'autre, s'entraidant pour les opérations délicates et pénibles. Une vie simple aux accents de solidarité et d'amitié liait cette petite communauté d'hommes rudes.

Sylvestre Lachenaz réparait ses pièges. Le grillage neuf des nasses à perches, accroché par l'éclairage cru de l'ampoule nue qui pendait du plafond, lançait de petits éclairs vifs. Une odeur de poissons séchés, mêlée aux senteurs fortes de goudron et d'alcool à brûler, envahissait la pièce.

Après avoir remplacé une partie des tamis de ses pièges, Sylvestre enleva les anciens flotteurs de ses marques qui, surmontés de fanions rouges ou noirs, signalaient la position des filets dormants. Le liège, mangé par l'humidité, partait en lambeaux. Les drapeaux avaient manqué couler lors de sa dernière pêche. Il était si concentré sur son travail qu'il n'entendit pas Joseph.

« Putain de liège, marmonnait le pêcheur avec un rictus de dégoût, faut le changer tous les ans maintenant ! Si ça continue, on finira par le changer tous les mois ! Les marchands, y s'en foutent plein les poches !

– Peut-être qu'un jour ils inventeront une matière qui pourrit pas ? » lança la voix ironique de Joseph.

Sylvestre se retourna avec une tête mauvaise.

« Qui c'est-y qui t'a dit d'entrer, Joseph ? Ici, c'est pas un moulin et je crois pas t'avoir invité.

– Oh ! Tout doux ! lança Joseph. Je venais en voisin, juste pour voir si t'avais pas besoin d'aide.

– J'ai besoin de l'aide de personne et surtout pas d'un bossu comme toi », rétorqua Sylvestre.

Joseph fit une moue grinçante.

« Sylvestre, je venais te voir pour ce qu'on a dit l'autre jour sur le port, après que j'ai pêché que des algues.

– Ouais et alors, qu'est-ce que j'y peux, moi ?

– Fais pas ta mauvaise tête, Sylvestre ! Il faut qu'on se serre les coudes si on veut encore pêcher des poissons dans le lac. »

Sylvestre reprit son ciseau à bois et son maillet et frappa à grands coups sur le flotteur. La lampe trembla sur sa base. Le liège éclata et les morceaux frappèrent des filets et les murs. Un petit éclat atteignit Joseph à la joue. Instinctivement, sous l'effet de la piqûre, il se frotta le visage d'un revers de main. Il se retint d'intervenir. Il connaissait trop le vieil entêté et savait qu'avec un peu de patience, il obtiendrait ce qu'il voulait.

« Qu'est-ce que tu veux, Joseph ? finit par lancer Sylvestre en arrêtant de frapper.

– Tu te souviens de ce qu'on a dit l'autre jour ? reprit le bossu.

– Viens-en au fait, Joseph ! Ce n'est pas la peine de tourner autour du pot. Qu'est-ce que tu veux ?

– Je veux qu'on soit moins nombreux à pêcher sur le lac. Voilà ce que je veux ! C'est d'ailleurs ce qu'on veut tous !

– T'en as de bonnes, toi ! rétorqua le vieux pêcheur. Et puis d'abord, qu'est-ce que j'y peux, moi, si les gens pêchent sur le lac ? C'est leur droit, s'ils ont un permis. »

Joseph le dévisagea méchamment. Il serra les poings et respira profondément.

« Tu te dégonfles, c'est ça ! » s'écria-t-il, la voix mauvaise.

Il avait sa lippe des mauvais jours, un trou se creusa sous sa lèvre inférieure. La lumière de l'ampoule du plafond l'éclairait, accentuant l'importance de sa bosse.

« Mais qu'est-ce que tu racontes ? questionna le vieux.

– Je raconte qu'on s'était mis d'accord pour dérouiller les nouveaux pêcheurs. Ceux qui sont pas de chez nous et qu'ont rien à faire sur le lac. On devait leur foutre la trouille pour pas qu'y nous prennent notre poisson. Maintenant qu'il n'y en a pas assez de poisson pour tout le monde, c'est le moment de s'entraider. T'es avec nous ou pas ?

– Mais, ma parole, t'es complètement fou, Joseph ! Tire-toi de chez moi et ne t'amuse pas à y remettre les pieds, sinon je te mets une dérouillée dont tu te rappelleras.

– On est déjà un petit groupe et si tu veux pas te joindre à nous, libre à toi. Nous, on sait ce qu'on a à faire ! Après, tu viendras pas pleurer. »

Le vieux leva le maillet en buis et menaça Joseph.

« Fous le camp, je te dis, avant que je me retienne plus ! »

Joseph, plus de guingois que jamais, la bosse en avant, se rapprocha du vieux et plaqua son visage contre le sien. Ses yeux étaient deux braises ardentes.

« Vas-y, essaye un peu pour voir ! » s'écria-t-il avec une moue vicieuse.

Un instant, un éclair de folie passa dans le regard de Sylvestre. Sa tête tourna. Il sentit son bras fléchir et s'abattre sur le crâne du bossu. Il rêvait de le voir éclater, se répandre sur les murs de la pièce et orner les filets de petites décorations rouges. Mais il se retint. Son épaule trembla et son bras retomba le long de son corps.

« Va-t'en, Joseph ! Tu me fatigues. »

Le vieux baissa la tête, saisit son ciseau à bois et frappa sur le flotteur de liège. Joseph se détourna et sortit lentement sur le port.

Le jour allait tomber. Dans quelques dizaines de minutes, il ferait nuit noire. La brume s'était épaissie et les lumières des lampadaires ne parvenaient pas au-delà du petit cercle des grilles de fonte.

Joseph s'avança sur le quai jusqu'au ras de l'eau, la pointe de ses bottes dans le vide, et regarda la barque amarrée au premier anneau du port. Sans réellement y prêter attention, il la détailla. Il remarqua alors que c'était la première fois qu'il la voyait. À qui pouvait-elle bien appartenir ? En cette période de l'année, il n'y avait pas de passage et encore moins pour les embarcations de pêche. Elle était parée comme si son propriétaire s'apprêtait à partir sur le lac. Tout était méticuleusement rangé. Ce n'était pas une barque neuve, mais elle avait été nettoyée et tout avait été fait pour qu'elle serve à nouveau. Intrigué, Joseph reprit le chemin de la cabane de Sylvestre. Sans ménagement, il poussa la porte et se planta devant le vieux. Sylvestre, le maillet à la main, le regarda avec stupeur et un brin d'inquiétude.

« À qui elle appartient la barque accrochée au premier anneau ? questionna Joseph, les yeux exorbités. Je l'avais jamais vue avant. »

Le vieux Sylvestre, stupéfait par la question, ne sut que répondre et resta coi.

« Je te parle, le vieux ! poursuivit Joseph d'une voix menaçante. Tu vas me répondre ou y faut que je me fâche ? »

Le visage de Joseph avait un aspect démoniaque. Sa bosse était tombée sur le côté et il avait des allures de Quasimodo. « Ce qu'il est moche ! » pensa Sylvestre. Il ne comprenait pas ce soudain intérêt pour une barque inconnue.

« Alors dis, c'est un nouveau, c'est ça ? reprit Joseph. Et c'est pour ça que tu veux pas être des nôtres. Dis, est-ce que je le connais au moins, ton protégé ?

– Ben, il est pas d'ici, rétorqua Sylvestre. C'est un jeune pêcheur de Thonon. Je sais pas, moi, comment y s'appelle. Mais je sais qu'il est tout jeune, à peine vingt-deux ans. Il a pu avoir une licence de première catégorie vu que son père était pêcheur du côté de Meillerie. Lui, je crois qu'y travaillait en usine. Il s'est arrêté chez nous pour voir un copain, qu'il a dit. Et j'en sais pas plus. Ce soir, il reprend sa barque et retourne à Thonon. C'est un brave gars, en tout cas. »

Joseph resta stupéfait. Puis son visage se déforma. Une rage folle tambourinait à ses tempes. Il avait envie de briser quelque chose, de se venger sur les objets. Il étouffait.

« C'est pas possible. Il a pas le droit, s'écria-t-il d'une voix dure. Quand y a plus assez de poissons pour tout le monde, on n'a pas le droit de prendre une licence.

– Ben, y peut avoir une licence puisqu'il est fils de pêcheur, rétorqua Sylvestre.

– Mais bon sang, ils ne comprennent rien à la préfecture ! S'ils veulent la guerre, eh bien, ils vont l'avoir !

– Les enfants des pêcheurs peuvent s'installer si ça leur chante, c'est la loi, répondit Sylvestre avec calme.

– Mais qu'est-ce qu'il va en faire de sa licence ? lança Joseph.

– Ben, il va pêcher, pardi ! répondit Sylvestre avec ironie. Je l'ai vu s'installer dans le cabanon du bout du port de Rives à Thonon. Tu sais, celui qui était abandonné depuis la mort de ce pauvre Fanfoué. Il a bien travaillé, le petit. Il a tout remis en état, un vrai bosseur, celui-là, pour sûr ! T'as vu le canot, et ben la cabane, c'est pareil !

– Mais qui lui a donné l'autorisation d'utiliser cette foutue cabane ? reprit Joseph d'une voix de plus en plus mauvaise.

– Ben la femme du vieux, tiens, et crois-moi, c'était pas donné. »

Le vieux Sylvestre se tut. Son visage s'éclaira soudain :

« Puisque tu veux moins de pêcheurs sur le lac, t'as qu'à commencer par l'empêcher de pêcher, lui ! Allez, laisse-moi travailler, Joseph ! À moins que tu veuilles pas que je pêche, moi non plus ?

– Ça se pourrait bien que je commence par faire un exemple avec ce jeune blanc-bec, s'écria Joseph. Je vais lui faire rentrer les coutumes dans le crâne et à coups de pied au cul s'il le faut. »

Joseph tourna les talons.

« Il est vraiment cinglé le Joseph, monologua Sylvestre. Bossu et cinglé ! En tout cas, je serais le jeune, je me méfierais. Il est capable de s'en prendre à lui juste pour faire un exemple, comme il dit. »

# XII

LA NUIT TOMBAIT SUR LE PORT DE THONON. Les vieux fermaient leurs volets et se calfeutraient près de leurs cheminées. Les derniers passants, enfouis dans leurs manteaux de laine, se hâtaient de rentrer chez eux.

– Alors Sylvain, t'as fini ta journée ? lança un vieux pêcheur qui sortait de sa bicoque à un jeune homme planté sur le quai à regarder le soleil disparaître de l'autre côté du lac, derrière le Jura suisse.

– Toi, ça te fait rien de voir le soleil en hiver sur le lac et de respirer à pleins poumons l'air pur ? rétorqua le jeune homme. Moi, c'est la première fois. Avant, j'étais en usine, alors je le voyais pas beaucoup le soleil et pour ce qui est des odeurs, j'étais servi !

Le vieux hocha la tête en signe d'acquiescement et se frotta les mains.

« En tout cas, y fait pas chaud. Moi, je vais aller manger la soupe de ma femme. Reste pas trop longtemps ! Si tu prends froid, tu pourras pas commencer ta première campagne de pêche. »

Le jeune homme fit un signe de la main en guise de remerciement et se dirigea vers sa cabane. Il jeta un dernier coup d'œil aux monts du Jura. Ils formaient une barrière bleu outremer aux reflets violets qui se détachait sur un ciel flamboyant.

« Comme c'est beau ! » laissa-t-il échapper.

Alors que Sylvain empruntait la petite allée qui desservait les bicoques, il ne remarqua pas un groupe de silhouettes blotties dans l'angle d'un mur. Les hommes, vêtus de tenues sombres et coiffés de bonnets de laine noire, étaient collés les uns contre les autres. Ils ne bougeaient pas et semblaient même ne pas respirer.

« C'est lui ? questionna une des ombres à voix basse.

– Ta gueule ! répondit une autre. Qui veux-tu que ce soit ? »

La nuit rampait dans la plaine avant de gagner les montagnes. Le soleil éclaboussa une dernière fois les hauts plateaux de la Moura, puis disparut. Les lampadaires éclairaient difficilement les quais. Un silence, seulement troublé par le tintement sonore des filins contre les mâts des bateaux, tomba sur le port. Seule la fenêtre de la cabane de Sylvain était éclairée. Les ombres se déplacèrent avec précaution pour gagner la façade de la baraque mitoyenne. Trois ombres trapues et une autre bizarrement difforme se distinguaient dans la lumière blafarde. Cette dernière semblait donner les ordres. Les trois autres pestaient par moments, mais se taisaient dès qu'elle parlait.

« Mais qu'est-ce qu'y fout ? lança de nouveau l'ombre.

– Tu peux pas te taire ? répondit celui qui semblait être le chef. Y va pas rester dans son cabanon toute la nuit, alors un peu de patience. »

La lumière s'éteignit enfin et le jeune pêcheur sortit. Il ferma sa porte avec application et se dirigea d'un pas mesuré vers le poste de douane qui se trouvait sur le quai.

« C'est bon les gars, allez-y ! ordonna l'ombre difforme. Et le ratez pas, si vous voulez pas qui retourne sur le lac !

– Tu vas voir ce que tu vas prendre, petit salopard ! reprit une autre. On va t'apprendre à voler le poisson des autres ! »

La troisième ombre, la plus trapue, sans un mot, se baissa et fonça comme un taureau qui charge. Sylvain s'immobilisa au centre de l'allée et pivota face aux trois hommes. La terreur l'envahit. Il ne comprenait pas d'où ils venaient ni ce qu'ils faisaient là. Pétrifié, il les vit fondre sur lui. Le plus trapu le percuta en premier. Sylvain poussa un cri et bascula à terre. Il sentit une violente douleur lui transpercer la poitrine. Deux formes sombres se précipitèrent alors sur lui et le frappèrent à coups de pied et de poing. Ils ne parvenaient plus à se contrôler. Ils avaient tant attendu dans le froid qu'ils voulaient le lui faire payer. Les coups pleuvaient. Au début, Sylvain tenta de les parer, puis il se mit en boule, les mains sur la tête et ne bougea plus. Il laissait la tempête se déchaîner. Les coups lui faisaient terriblement mal. Sylvain pensa d'abord qu'ils avaient bu et qu'ils se défoulaient sur le premier venu. Mais leur hargne le surprit et il pensa alors à une vengeance.

« Allez-y les gars ! encourageait une voix restée en arrière. Faites-lui comprendre qu'y a pas de la place pour tout le monde sur le lac ! »

Enfin, l'ombre tordue s'approcha, écarta les trois pugilistes et donna un violent coup de pied en plein dans le visage du jeune pêcheur.

« Tiens, voilà pour toi, petite tête ! » grinça-t-il.

Il sembla à Sylvain que sa tête éclatait, puis plus rien. Son corps devint flasque. Une douce chaleur l'envahit. Les trois ombres continuaient à frapper. L'une leva les bras et tapa sur les épaules des autres.

« Arrêtez-vous, y bouge plus ! J'espère qu'il est pas mort au moins ?

– Ça crève pas comme ça, les salopards ! répondit le bossu. Ça a la peau dure ! »

La première ombre se pencha et lui prit le pouls.

« Son cœur bat encore, mais pas fort. Y faut appeler les pompiers !

– Et puis quoi encore ? rétorqua l'ombre tordue d'une voix cruelle. Tu veux pas qu'on le berce aussi ? Allez ouste, on se tire ! Y a bien quelqu'un qui le trouvera. Et s'il crève, ça sera pas une perte ! »

Les autres hésitèrent. Malgré le froid, la sueur coulait sur leurs fronts. Le bossu s'approcha de nouveau de Sylvain et lui asséna un violent coup de pied dans les reins. L'ombre trapue l'attrapa par le bras et lança d'une voix dure :

« Ça suffit maintenant, Joseph, il a son compte ! C'était pas la peine de faire ça. »

Les quatre hommes avaient pris la direction du quai. Soudain Joseph quitta le groupe en direction de la cabane du jeune pêcheur.

« Où tu vas ? questionna le plus trapu.

– Faut lui donner une leçon qu'il oubliera pas, si on veut pas qu'y pêche sur le lac ! »

L'homme hésita puis suivit Joseph. Les autres continuèrent leur chemin, sans se détourner, jusqu'à la rue de Rives, puis vers le centre-ville.

« Qu'est-ce que tu veux faire, Joseph ?

– T'inquiète ! » rétorqua le bossu.

Parvenu devant la bicoque, Joseph saisit une pierre et frappa sur la porte de toutes ses forces. Le bruit sourd se répandait sur le port pour se perdre sur le lac.

« Mais t'es complètement maboule ! Tout le monde va nous voir.

– Et après ! Y z'ont qu'à venir, on leur foutra une dérouillée à eux aussi !

– Moi, je reste pas ! Je veux pas me faire coffrer pour tes conneries ! On en a déjà assez fait comme ça !

– C'est ça, tire-toi ! répondit Joseph. J'ai besoin de personne. »

L'homme se faufila à vive allure entre les cabanons et disparut derrière le bâtiment des douanes. Joseph le regarda partir, puis reprit sa besogne.

La porte céda après quelques coups. Joseph la poussa du pied et pénétra dans le petit espace clos. Il fut accueilli par une odeur de peinture. Le jeune pêcheur avait restauré le vieux cabanon. Tout était propre et fonctionnel. Joseph eut une moue de dégoût. Il fouilla la pièce à tâtons et, dans un coin, découvrit, soigneusement rangée, la nourrice d'essence du moteur hors-bord. Son visage s'éclaira d'un sourire sadique. Il saisit le jerrican en tôle rouge à pleines mains et fut satisfait de constater qu'il était plein.

« On va bien rigoler, mon gaillard ! » ricana-t-il.

Méticuleusement, il ouvrit le bouchon, sortit le bec-de-cygne, le fixa et répandit le carburant dans toute la cabane. Il eut soin de n'oublier aucun espace. Il voulait que son travail soit parfait, que tout brûle. Une odeur irrespirable envahit l'air. Joseph sortit en faisant couler une petite mèche de liquide jusqu'au pas-de-porte. Par réflexe, il regarda alentour. Personne ! Il n'avait pas été remarqué. Il lança un coup d'œil en direction du pêcheur. Le jeune homme était toujours allongé dans l'allée mais semblait se réveiller. Ses bras bougeaient, animés de gestes lents. Il se touchait la tête avec des gémissements de douleur.

Joseph prit une boîte d'allumettes dans sa salopette de travail. Il en frotta une sur la toile brune. Une petite flamme jaillit. Joseph alluma le chiffon qu'il avait eu soin de récupérer parmi les affaires de peinture. Le feu mangea instantanément le tissu imbibé d'essence. La lumière de la torche improvisée déchira la nuit. Joseph la leva à hauteur de ses yeux et la fixa étrangement. Un halo éclaira son visage. Il était déformé par une jouissance malsaine.

« Allez, mon vieux, fais ton travail ! » ricana Joseph en jetant le chiffon enflammé.

Instantanément l'essence s'enflamma. Le feu s'engouffra dans le cabanon et un violent souffle ébranla les murs. Joseph reçut le souffle brûlant en plein visage. Il se mit à rire. Les flammes s'accrochaient aux murs en mangeant la peinture fraîche et les vieilles poutres de bois craquaient, assaillies de toutes parts par une horde de flammèches. Les tôles ondulées du toit se tordaient dans des grincements sinistres. Joseph rit de plus belle.

« Allez-y, mes petites, mangez tout ! Ne laissez rien ! »

Il se détourna, presque à regret, et s'enfuit à grands pas dans la nuit. Il remarqua, au passage, que le jeune pêcheur s'était relevé. Assis en tailleur, il contemplait les flammes. Il sembla au bossu que des larmes coulaient de ses yeux rougis. Après tout, il l'avait cherché. Quelle idée avait-il eue de vouloir s'installer pendant une période si difficile pour tout le monde ?

Une fois parvenu sur la route qui domine le port, Joseph ne se retourna pas. Il avait fait ce qu'il fallait, un point c'est tout.

## XIII

« OÙ VAS-TU, MARIE, habillée comme ça ? » lança Léonine d'un ton qu'elle voulait autoritaire.

Les mains pleines de farine, elle était en train de préparer une tarte aux pommes pour le déjeuner. Marie traversa le couloir et entra comme un tourbillon dans la pièce. Elle embrassa affectueusement la vieille dame.

« J'ai trouvé une vieille salopette de papa, dit la jeune femme sur un ton mutin. Elle était un peu grande, alors j'ai fait quelques pinces et j'ai serré la ceinture au dernier cran. Je nage dans le pull, mais j'aime bien ça. Papa disait toujours que si l'on ne veut pas avoir froid, il ne faut pas que les vêtements soient trop serrés. Une bonne couche d'air chauffé par le corps isole de la bise ! »

En prononçant ces paroles empruntées à son père, une ombre de tristesse passa sur son visage.

« Et qu'est-ce que tu vas faire ? » reprit Léonine d'une voix où pointait l'inquiétude.

La vieille servante avait peur de la réponse de Marie. Depuis que la jeune femme était revenue, elle craignait qu'elle retourne au lac sur les traces de son père. Elle avait peur qu'elle s'épuise dans des recherches inutiles qui ne pouvaient lui apporter que tristesse et malheur.

Marie eut une petite moue cachottière.

« Tu seras fière de moi, Léonine. Je sais que tu n'approuveras pas, mais c'est ma décision.

– Alors, tu ne veux pas me dire où tu vas ? questionna Léonine, de plus en plus inquiète.

– Mais si ! Je vais d'abord au lac, dit Marie en embrassant de nouveau la vieille femme. Je dois ranger la cabane de papa et puis je bricolerai sur le canot. Il est en mauvais état. »

Léonine comprit que Marie ne voulait pas lui en dire plus. Elle en fut contrariée.

« Mais laisse donc cette vieille bicoque tranquille et ce bateau qui ne vaut plus grand-chose ! »

Marie se mordit les joues.

« Après, j'irai à la pisciculture de Thonon. J'ai l'intention de prendre des cours de pêche. Je ne te l'ai pas dit, mais j'ai demandé une licence de première catégorie et je vais bientôt l'obtenir. Il faut simplement que j'apprenne les rudiments du métier. Papa n'a jamais rien voulu me montrer. Il ne voulait pas que j'aille sur le lac. L'eau, je ne l'ai vue que depuis le jardin et encore s'il avait pu m'en empêcher, je crois qu'il l'aurait fait.

– Pour une fois, je suis d'accord avec lui, s'exclama Léonine du fond du cœur. Ce n'est pas un métier pour toi. La pêche c'est dur et, en plus, y a pas de femmes. Et tes études de médecine, tu y as songé ? »

Marie baissa la tête, soudain triste, puis elle fixa Léonine et un sourire éblouissant se peignit sur son visage :

« Léonine, depuis la disparition de papa, j'ai compris que ma place était sur le lac. Tout est beau ici et on respire la vie à pleins poumons. Depuis que je suis née, j'ai toujours vécu en vase clos ! Depuis quelques années, c'est encore pire. Je ne lève pas les yeux des livres. Ça ne m'intéresse plus. Je suis fatiguée d'étudier et de passer des examens. Je veux vivre au milieu de la nature et, cette fois, j'en ai réellement l'occasion. Je ne la laisserai pas passer.

– Mais ce n'est pas un jeu, c'est un métier, la pêche, et c'est dur. Il faut sortir par tous les temps et, parfois, on ne pêche rien. D'autres fois le poisson ne se vend pas et, pourtant, il faut payer les traites. C'est pas aussi simple que tu l'imagines. Et puis les autres ne vont pas te faire de cadeaux. Et tu as pensé qu'il te fallait un compagnon ? Tu ne pourras pas y arriver seule.

– Mon père y arrivait bien, lui ! rétorqua Marie, blessée dans son amour-propre.

– Lui, c'était un homme fort comme un taureau, alors ça compte pas, répondit Léonine.

– Eh bien, j'en trouverai un ! lança Marie d'un air buté.

– Personne ne voudra, reprit la vieille en se détournant de la jeune femme et en se remettant à pétrir sa pâte.

– C'est ce qu'on verra », lança Marie en s'élançant dans le couloir.

Dehors, la bise blanche qui soufflait depuis plusieurs jours tenait en respect les masses nuageuses dans les vallées du Jura. Un splendide ciel bleu azur dominait la plaine. Au bout du verger, le lac brillait d'un éclat de diamant. Marie sentit l'émotion lui serrer la poitrine. Son cœur se mit à battre plus vite. Oui ! Elle en était sûre, c'était bien ce qu'elle voulait. Même s'il n'y avait jamais eu de femme patron pêcheur, elle serait la première. Elle sentait intimement, depuis sa plus tendre enfance, que sa vie était liée au lac. Il restait pour elle un mystère et une joie immense.

Elle baissa la tête devant le vent glacial qui soufflait par rafales. Elle contourna la maison, sortit son vélo qui était remisé sous l'appentis et l'enfourcha. D'une main, elle enfonça son bonnet de laine et courba le dos. En quelques coups de pédale, elle rejoignit la petite route empierrée et dévala la pente qui menait au port. Par moments, le vent la faisait dévier de sa trajectoire. Elle manqua plusieurs fois de tomber dans le fossé. La petite route dominait le lac. Les ris du vent faisaient naître d'étranges reflets moirés, parfois gris perle, parfois violets à la limite du noir et d'autres fois rose fuchsia. Devant ce spectacle grandiose, la jeune femme eut la conviction que sa vie allait vraiment commencer. Pour la première fois, elle décidait d'elle-même.

Elle revécut la scène devant le directeur de la pisciculture, lorsqu'elle était allée déposer son dossier pour demander une licence de première catégorie. La secrétaire l'avait dévisagée sans paraître comprendre sa demande. Puis, comme si les papiers l'avaient brûlée, sans un mot pour Marie, elle s'était levée et était entrée dans le bureau de son directeur. Un instant après, un homme rougeaud était apparu.

« Vous désirez, mademoiselle ? » avait-il lancé d'une voix agressive.

Marie avait renouvelé sa demande avec calme et détermination.

« Ce n'est pas possible ! avait tout d'abord rétorqué l'homme. Les femmes ne peuvent avoir une licence de pêche. Elles peuvent seulement aider leur mari comme compagnon. »

Avec une voix posée Marie avait exposé la réglementation et précisé qu'il n'était nullement indiqué qu'une femme ne pouvait obtenir de licence. Tous les enfants de pêcheur avaient le droit, sans exception de sexe, de prétendre à l'obtention d'une licence de première catégorie. Elle pouvait légitimement devenir patron pêcheur.

À peine avait-elle fini que le rougeaud explosa d'une colère hors de propos. Du coin de l'œil, il zieutait sa secrétaire. Marie resta stoïque. Il n'était pas question d'un passe-droit. Enfin, le directeur lui avait proposé d'entrer dans son bureau. Une fois dans la petite pièce, l'homme avait changé d'attitude. Il était presque devenu courtois.

« Vous savez, avait-il avoué, ma secrétaire est femme de pêcheur, alors ce n'est pas toujours facile. Je dois parfois me livrer à de petites scènes un peu théâtrales pour donner le change. Nous sommes assis sur une poudrière. Mais prenez place ! »

Marie avait opiné de la tête et s'était assise dans un fauteuil un peu raide.

« La situation de la pêche sur le lac ne va pas très bien, avait repris le directeur d'une voix calme. La pollution l'a envahi et les prises sont de moins en moins bonnes. Le syndicat des pêcheurs s'en prend aux nouveaux arrivants. Et je ne voudrais pas que vous en fassiez les frais. Même si vous êtes la fille de Gustave Grangez, ils ne se gêneront pas pour tenter de vous décourager. Je ne peux pas vous apporter mon soutien, mais je ferai mon possible pour vous empêcher les ennuis. »

Marie avait souri. Elle avait tendu son dossier, sachant qu'il était correctement rempli. L'homme s'était emparé de la chemise, avait consulté toutes les pièces avec un hochement d'approbation et avait dit :

« Repassez dans une petite semaine, votre licence sera prête ! »

Pour donner le change à la secrétaire, Marie était sortie du bureau avec une mine faussement dépitée. La secrétaire avait paru jubiler et le directeur apprécier, en connaisseur, le numéro d'actrice de Marie.

Marie pédalait toujours avec vigueur contre le vent. Le souffle glacial ne la décourageait pas, bien au contraire. Il était la respiration dure et froide du lac. Après être passée devant deux fermes et avoir longé des pâturages où des vaches paissaient calmement, Marie bifurqua et piqua droit en direction du centre du bourg. Elle traversa la place de la Mairie, puis s'engagea dans la rue du Port. Les pavés la faisaient tressauter. Retenant son souffle et baissant la tête, elle passa devant la vitrine de l'épicerie d'Agathe. Elle imagina la commerçante derrière son comptoir, les yeux rivés sur les moindres allées et venues des villageois. Elle la voyait se réjouir du passage de « la petite Marie Grangez » avec des clignements d'yeux de plus en plus nerveux. Elle entendait déjà ses commentaires de commère et sentait qu'elle lui serait hostile. Les gens du port ne l'aimeraient pas, elle en était sûre. Ils n'aimaient pas les étrangers ! Même si son père était un des plus vieux pêcheurs du pays, elle savait qu'ils la rejetteraient.

La pente douce de la rue menait sur le quai. À l'angle de la jetée, elle aperçut le cabanon de son père, les volets bleus délavés, et eut un petit pincement au cœur. Elle pensa qu'ils avaient souffert des intempéries et qu'il faudrait les repeindre.

Elle posa son vélo contre le mur, enleva son bonnet, secoua la tête et regarda le port. Les platanes alignés sur le quai ressemblaient à des candélabres. L'image la fit sourire. Sans les connaître, elle les aimait déjà. Ils étaient le baromètre des saisons. En hiver, leurs troncs, coiffés de bonnets de neige, s'ornaient de frises de glace. Au printemps, les longues pousses étaient comme de longs doigts crochus habillés de feuilles vert tendre. En été, ils formaient de jolies boules d'un vert soutenu. Marie regrettait que son père ne l'eût jamais conduite dans ce petit port. Comme il était beau ! Les mouettes virevoltaient autour des barques et des arbres avec des cris stridents, elle suivit leurs évolutions d'un œil amusé.

Elle sortit la grosse clef de sa salopette de travail et pénétra dans le cabanon. Les odeurs de poisson lui montèrent à la tête. Elle ressentit le même enchantement qu'à chacune de ses précédentes visites. Elle retrouva les objets comme elle les avait rangés. Depuis quelques jours, elle avait pris possession des lieux. Elle ressortit avec divers ustensiles pour nettoyer la barque de son père. Après la disparition de Gustave, les courants du lac l'avaient ramenée à Chens-sur-Léman. Elle avait dû dériver plusieurs jours : la tempête ne l'avait pas ménagée. Malgré la tristesse qui l'envahissait chaque fois qu'elle approchait le canot, Marie avait décidé de le repeindre et de le rebaptiser. Il allait commencer une nouvelle vie, alors il fallait lui trouver un nouveau nom.

En face, à l'autre bout du port, Marie aperçut les lumières des bicoques des pêcheurs. Les hommes réparaient et bricolaient en attendant de reprendre la pêche. Elle n'y prêta guère attention. Elle savait qu'ils suivaient le moindre de ses mouvements, mais qu'ils évitaient soigneusement de la croiser pour ne pas avoir à la saluer ou à lui parler. La disparition de Gustave les mettait mal à l'aise et ils voyaient d'un mauvais œil sa fille s'installer moins d'un mois après la mort du vieux.

Le cabanon de Gustave était la première baraque du port. Les travailleurs du lac passaient devant pour se rendre chez eux. Marie n'avait pas remarqué cette particularité. Elle s'en rendit compte quand, vers midi, elle vit défiler tous les hommes. Arrivés à quelques mètres de la cabane de Marie, ils baissaient la tête ou détournaient le regard vers le large. Cette cabane portait malheur. Certains s'étaient frayé un chemin à l'autre bout du port, droit à travers les prés de la colline. Ils évitaient ainsi l'entrée de la digue.

Marie se surprit à détailler les artisans qui défilaient devant ses fenêtres. À chaque nouveau visage, son cœur tressautait. Elle comprit qu'elle espérait voir Bastien. Depuis leur rencontre fortuite, elle pensait à lui chaque jour.

Marie travaillait à remplacer les tamis des filets. Alors qu'elle découpait les mailles entrelacées dans la corde plombée, ses ciseaux tombèrent.

Elle se pencha pour les ramasser et, quand elle reprit sa place, elle vit le visage de Bastien dans l'encadrement de la fenêtre. Elle se sentit pâlir, ses mains tremblèrent et la tête lui tourna. Elle était si surprise qu'elle ne parvenait pas à se maîtriser. Elle avait rêvé de le voir, mais elle ne s'attendait pas à le trouver en face d'elle.

« Vous allez bien ? questionna Bastien, inquiet.

– Oui, oui, répondit la jeune femme machinalement.

– Vous êtes sûre, vous avez l'air malade.

– Non, non, ce n'est rien. Je me suis baissée et, comme je me suis relevée trop brusquement, ma tête s'est mise à tourner, voilà tout.

– Je peux entrer ? »

Avant que Marie n'ait donné son accord, Bastien était entré. Comme lors de leur première entrevue, le soleil éclairait son visage de côté et le rendait encore plus séduisant.

« Je voulais vous voir, Marie. J'ai des choses importantes à vous dire, annonça le jeune homme.

– Ah bon ! répondit Marie, la gorge serrée.

– J'ai appris que vous aviez obtenu une licence de pêche de première catégorie. Vous savez, ici, les pêcheurs ne vous voient pas d'un bon œil. Le poisson se fait rare et les nouveaux venus sont considérés comme des voleurs. Je ne voudrais pas qu'il vous arrive quelque chose. »

Marie écoutait Bastien d'une oreille distraite. Sa voix mélodieuse lui parvenait comme une musique douce, mais le sens de ses propos lui échappait. Il était charmant et seule sa présence comptait.

« Vous comprenez ce que je vous dis, Marie ? » lança Bastien d'une voix plus appuyée et moins caressante.

Marie parut se réveiller et le dévisagea avec de gros yeux ébahis :

« Euh, non ! Je n'ai pas été très attentive. Pourriez-vous répéter, s'il vous plaît ? »

Bastien réitéra son discours avec plus de détails. Marie comprit parfaitement ce que le jeune homme lui expliquait. Elle comprenait aussi qu'il était venu la prévenir contre ses pairs. Ses joues s'empourprèrent quand Bastien s'avança. Elle se recula contre l'établi.

« Pardonnez-moi de pénétrer ainsi chez vous, mais mon père rentre à la maison et je ne voudrais pas qu'il me voie chez vous. Il ne serait pas très content. »

Marie fit une petite moue de déception. Son chevalier servant manquait un peu de courage. Mais l'important était qu'il soit de son côté.

La silhouette bancale de Joseph traversa le jour de la porte. Le bossu s'en alla de son pas de hyène, sans un regard pour l'intérieur. Bastien se plaqua contre le mur. Son bras touchait celui de Marie. La jeune femme ressentit une vive chaleur lui monter au visage. Lorsque Bastien retrouva sa présence d'esprit, il remarqua leur intimité. Il se recula brusquement comme s'il venait de se brûler.

« Veuillez m'excuser pour le sans-gêne dont j'ai fait preuve ! » bafouilla-t-il.

Marie éclata d'un rire frais et cristallin. Les propos du jeune homme étaient si déplacés dans cet environnement un peu rustre qu'elle n'avait pu se retenir.

« Vous pouvez me tutoyer ! lança-t-elle entre deux hoquets. Nous avons pratiquement le même âge et nous faisons partie de la même profession. »

Pour la première fois, il se sentit mal à l'aise. Il remarquait sa fraîcheur et sa beauté. Il s'écarta, baissa les yeux pour ne pas qu'elle remarque le trouble qui l'avait envahi et en partant l'avertit :

« Faites attention à vous ! »

Marie le regarda s'éloigner en hâtant le pas. Elle sortit de son cabanon et suivit sa silhouette qui remontait la rue. Parvenu à l'angle de la rue de l'église, Bastien se retourna et fit un signe de la main. Une bouffée de joie lui monta à la gorge. Il pensait déjà à elle !

## XIV

« *THONON-LES-BAINS, QUAI DE RIVES : Un pêcheur battu, son cabanon partiellement détruit par les flammes.* »

Agathe, éternellement vêtue de son tablier bleu, le visage déformé par des tics nerveux, lisait le journal avec un intérêt inhabituel. Elle était pratiquement à plat ventre pour lire les grandes feuilles étalées sur le comptoir. Elle suivait les lignes du doigt pour être sûre de ne rater aucun mot. Elle ponctuait chaque phrase par un : « C'est pas Dieu possible des choses pareilles ! »

*« Un jeune pêcheur a été passé à tabac, dans la soirée de jeudi, par un groupe d'individus masqués. Après avoir molesté leur victime qu'ils ont laissée sans connaissance, les agresseurs ont mis le feu à son cabanon. L'arrivée rapide des secours a permis de circonscrire l'incendie. Les cabanes des*

*autres pêcheurs n'ont pas été endommagées. La victime, âgée d'une vingtaine d'années et résidant depuis peu de temps à Thonon, n'a pas souhaité déposer plainte. »*

« Mon Dieu, quelle horreur ! s'écria Agathe. Et dire que ça se passe à seulement quelques kilomètres d'ici. On n'est plus tranquille nulle part ! »

Agathe poursuivit sa lecture d'une voix enflammée :

*« La situation économique de la pêche est devenue difficile ces derniers mois. Cette agression pourrait bien avoir un rapport avec les tensions qui animent les divers milieux halieutiques. La diminution constante des prises et la montée croissante de la pollution du lac rendent les professionnels de la pêche nerveux. Si les pouvoirs locaux restent inactifs, cet événement dramatique pourrait bien être le premier d'une longue série. »*

La sonnette de la porte du magasin retentit de son sempiternel tintement de timbre à vélo. Agathe leva un visage contrarié quand elle rencontra le regard clair de Simon.

« Ah, monsieur Beurel, ça me fait plaisir de vous voir ! » lança-t-elle d'une voix mielleuse.

Simon s'avança d'un pas souple. Il détailla le journal et lui lança un regard interrogateur. Elle dit :

« Vous avez vu cette histoire d'agression à Thonon, monsieur Beurel ? On vit dans un monde de fous !

– Heu… non. »

Agathe lui relut l'article avec plaisir, heureuse de faire partager son indignation.

« Qu'est-ce que vous en pensez, vous, monsieur Beurel ?

– Appelez-moi Simon ! Je sais qu'en Suisse les pêcheurs rencontrent des problèmes de pollution identiques. Mais je crois avoir entendu dire que le gouvernement fédéral a pris des mesures pour limiter les rejets industriels dans le lac. Je ne sais pas si ce genre de décisions a été pris en France ! »

Agathe était sous le charme de Simon. Elle minaudait et une vive émotion lui parcourait le dos.

« Vous, les journalistes, vous en savez des choses !

– Je m'informe, comme tout le monde, c'est tout, dit Simon un peu gêné. Enfin, c'est une drôle d'affaire tout de même, cette agression. Il faut que les gens soient vraiment à bout pour en arriver à de pareilles extrémités. »

Agathe ferma le journal, le plia soigneusement, le replaça sur la pile des hebdomadaires, puis lui refaisant face :

« Alors, monsieur Simon, ça faisait longtemps que je ne vous avais pas vu. Je me demandais si vous alliez revenir.

– Je ne voulais pas vous déranger, répondit-il, un peu mal à l'aise.

– Au fait, je voulais vous demander : pour quel journal travaillez-vous en Suisse ? »

Simon répondit d'une voix aux accents de fierté :

« Je travaille comme pigiste pour de nombreux journaux et magazines. Actuellement, je collabore à *La Feuille* de Lausanne.

– Je connais, c'est un bon journal, commenta Agathe. Il m'arrive parfois de le lire. Maintenant je ferai attention aux noms des journalistes qui signent les articles. »

Simon hocha la tête, un peu embarrassé. Agathe égalisait les piles de journaux d'une main distraite.

« Alors, vous voulez faire un article sur les passeurs de Juifs pendant la guerre ?

– Oui, c'est bien ça ! J'ai déjà commencé du côté suisse et, à présent, j'explore la rive française.

– Vous connaissez un peu l'histoire de notre région pendant cette époque ?

– Vaguement, mais si vous voulez me rafraîchir la mémoire, je ne demande pas mieux. »

Agathe rayonnait, elle se réjouissait de lui faire partager ses connaissances. Elle rajusta son tablier bleu, comme si elle allait donner une conférence, et se lança d'une voix doctorale :

« Comme vous le savez, l'armistice a été signé le 22 juin 1940 à Rethondes entre la France et l'Allemagne. Il instaurait deux zones, l'une occupée et l'autre libre. La Haute-Savoie se trouvait alors en zone libre. La ligne de démarcation suivait le Rhône en aval de Genève jusqu'à Coupy-Bellegarde. Quelques jours plus tard, l'Allemagne a désigné deux zones d'influence, l'une italienne qui allait des Alpes au Rhône, l'autre allemande pour le reste du pays, ça aura de l'importance plus tard d'ailleurs. Le gouvernement du maréchal Pétain s'était installé à Vichy avec Pierre Laval comme président. Vous suivez, Simon ? Je ne vous raconte là que des événements que tout le monde connaît. »

Simon eut un hochement de tête admiratif qui incita la commerçante à poursuivre son cours d'histoire.

« La Haute-Savoie était en majorité pétainiste. Pour preuve, dans le courant du mois d'août 1940, le maréchal Pétain a dissous toutes les associations et créé la Légion française des combattants qu'il avait baptisée « Chevalerie des temps nouveaux ». Chacun des membres qui y adhéraient devait prêter un serment qui consistait, en gros, à jurer de servir la France de Pétain. La Haute-Savoie a compté plus de volontaires que la majorité des autres départements français. Voyez un peu ! Mais ça n'empêche pas que de nombreuses personnes se sont élevées contre ce gouvernement, souvent au péril de leur vie. Certaines ont même édité des journaux clandestins pour dénoncer la honteuse coopération du gouvernement de Vichy avec les Allemands. La Haute-Savoie a vécu dans les extrêmes, autant dans la résistance héroïque que dans la collaboration honteuse. Ainsi va le monde ! Ce sont les mêmes personnes qui torturent des innocents pendant la guerre et qui, en temps de paix, vont donner tout leur temps à des œuvres caritatives. Allez comprendre les gens ! »

Simon laissa tomber un petit sifflement entendu.

« Les 7 et 8 novembre 1942, les Américains et les Britanniques ont débarqué au Maroc et en Algérie. Les Allemands ont eu peur qu'ils ne franchissent la Méditerranée et qu'ils ne débarquent en France. La zone libre vivait ses derniers instants. Le 11 novembre 1942, la première voiture allemande est arrivée à Annemasse. Les occupants ont installé leur quartier général à l'hôtel Pax, à deux pas de la gare. Ils ne sont pas restés très longtemps. En fait, il avait été prévu que la Haute-Savoie soit sous influence italienne. Donc, à partir du 10 décembre 1942, les Italiens ont remplacé les Allemands. Tout cela, c'est le contexte historique, nous allons en venir à ce qui vous intéresse particulièrement : les passeurs.

– Vous racontez si bien que j'ai l'impression d'y être », dit Simon avec affectation.

Il avait sorti un petit calepin à couverture en carton vert, qui se fermait avec un élastique, et prenait des notes. Son regard allait des petites pages à carreaux à Agathe. La commerçante avait oublié ses tics et se concentrait sur son sujet.

« Attendez ! Ce n'est pas tout. En juin 1941, une loi prescrit le recensement des Juifs en zone libre. De nombreux élus locaux, sous la houlette des préfectures, établissent quand même des listes. Quelque cent quatre-vingt mille Juifs seront recensés dans la zone Sud. Impressionnant d'ignominie, non ? À partir de l'été 1942, l'Allemagne impose un programme de déportation au gouvernement de Vichy. Ces mesures ont provoqué un afflux massif de Juifs dans le département. Ils espéraient rejoindre clandestinement la Suisse. Un préfet de l'époque a même écrit à Vichy qu'en raison de la perméabilité de la frontière, tous les Juifs de la zone libre semblaient s'être donné rendez-vous en Haute-Savoie. Mais il y a eu des passeurs sans scrupules. Ils ont profité de ces malheureux en exigeant des sommes faramineuses pour les conduire de l'autre côté. Une fois l'argent versé, ils étaient abandonnés en route. Au pire, ils étaient remis entre les mains des policiers ou des gendarmes, puis aux Allemands. Et quatre-vingt-dix-sept pour cent de ces gens ne sont jamais revenus vivants de déportation. C'est à vomir, non ?

– Eh bien, on ne peut pas dire que vous soyez chauvine, vous ! lança Simon, la voix remplie d'émotion. Vous ne défendez pas vraiment votre département. »

Malgré l'ambiance plutôt fraîche du commerce, Simon transpirait à grosses gouttes. Agathe ne remarqua rien et poursuivit son cours d'histoire.

« Oh ! vous savez, les autorités suisses n'ont guère été plus généreuses. Elles imposaient que les réfugiés soient immédiatement expulsés. Ils avaient le choix entre réemprunter le chemin par lequel ils avaient franchi la frontière ou être remis aux autorités françaises. Heureusement, il y eut aussi des actes de bravoure. Certains passeurs ont d'ailleurs payé cher leur dévouement. »

Simon se triturait les doigts.

« Et ces passeurs, est-ce qu'ils faisaient traverser les Juifs par le lac ? » questionna Simon d'une voix étrange.

Agathe dévisagea son client, cligna des yeux :

« Bien sûr ! Les chemins de passage étaient nombreux. La frontière terrestre était fermée par un réseau de fils de fer barbelés. Mais il y avait d'autres possibilités. Dans le Genevois, la frontière était facile à franchir. Comme, du côté de Saint-Gingolph, à la frontière avec le canton du Valais, ils avaient simplement à franchir une petite rivière pour passer en Suisse. Sur le lac, les bateaux des douanes françaises restaient à quai parce qu'ils manquaient de carburant. Côté suisse, plusieurs patrouilles surveillaient le lac, dont un bateau appelé *Elma*. Il était armé comme un vrai navire de guerre.

– Est-ce que vous connaissez les personnes qui faisaient traverser le lac aux Juifs, madame… ? »

Agathe devint cramoisie, en même temps ses paupières battaient l'air.

– Oh ! monsieur Simon ! Vous pouvez m'appeler Agathe. C'est tout de même plus facile… C'étaient des pêcheurs pour la plupart. C'est normal puisqu'ils étaient les seuls à pouvoir aller sur le lac la journée. La nuit, toute navigation était interdite. Les pêcheurs avaient un laissez-passer qu'ils devaient remettre chaque fois qu'ils sortaient. Ils le reprenaient au retour. Pour pouvoir passer la nuit sur le lac, certains faisaient reprendre leur permis par leur femme et le faisaient ramener le lendemain matin, toujours par elle, mais c'était tout de même très risqué.

– Ils ont été nombreux à faire traverser les Juifs ? »

Agathe s'arrêta net et dévisagea Simon. Son regard ne remarqua pas le teint pâle du jeune homme, ni son souffle court. Elle ne vit que son visage fin, sa nuque dégagée, ses cheveux blonds et ses yeux bleu porcelaine. La question la troubla, car elle n'en connaissait pas la réponse et cela la gênait de l'avouer.

« Ça, personne ne le sait. Ce ne sont pas des choses qui se disent. Vous comprenez, tous n'étaient pas malhonnêtes, bien au contraire, mais personne ne veut avouer qu'il faisait passer des Juifs, car on pourrait croire qu'il les faisait payer ou, pire, qu'il les…

– Pourquoi vous arrêtez-vous, Agathe ? Que vouliez-vous dire ? Parlez ! »

Agathe était visiblement mal à l'aise. L'enthousiasme de tout à l'heure s'était éteint subitement. Elle baissa les yeux, fixa le carrelage bicolore rouge et blanc. Puis ils devinrent flous et se plantèrent dans les pupilles pâles de Simon.

« Certains s'en débarrassaient parfois au milieu du lac et gardaient leurs affaires, surtout l'argent, l'or et les bijoux ! » lâcha-t-elle presque malgré elle.

Simon resta interdit. Ses lèvres s'agitèrent, mais pas un mot ne sortit. Agathe se triturait les mains, honteuse d'avoir révélé tant de secrets en si peu de temps à quelqu'un dont finalement elle ne connaissait rien. Son cou s'allongea et ses muscles se tendirent. Simon détailla cet étrange tic. Elle pivota brusquement et dit :

« Bon, c'est pas tout ça ! Je bavarde, je bavarde et j'ai tout l'arrivage du matériel de pêche à trier, à étiqueter et à mettre en rayon. Ça va pas se faire tout seul !

– Oui, oui, je comprends », répondit Simon, gêné d'avoir laissé un malaise s'installer entre eux.

Il fit quelques pas en direction de la porte, puis se retourna. Agathe n'avait pas bougé. Elle se demandait qui il pouvait bien être et ce qu'il cherchait réellement. Elle avait à présent la quasi-certitude qu'il n'avait jamais eu l'intention d'écrire un article sur les passeurs. Il se renseignait pour d'autres raisons, peut-être pour lui-même.

« Je suis désolé de vous avoir mise mal à l'aise », laissa échapper Simon.

Agathe allait répondre lorsque la porte tinta. Prise au dépourvu, elle lança un regard affolé en direction du nouvel arrivant. Elle croisa le regard fier de Geneviève Servoz. Son cœur s'affola, elle blêmit et essuya nerveusement ses mains sur son tablier. Simon, qui la regardait toujours, remarqua son trouble. Il lui sourit comme s'ils étaient de vieux amis. Elle lui fit un signe de tête imperceptible pour qu'il revienne vers elle. Geneviève ne remarqua rien, mais le jeune homme comprit tout de suite. D'un pas naturel, il s'avança vers le comptoir. Il se pencha vers Agathe et demanda d'une voix suffisamment forte pour que Geneviève l'entende :

« Ma commande est-elle arrivée ? »

Agathe parut réfléchir.

« Euh, non, pas encore, j'attends le... le passage du facteur.

– Bon, bon ! Merci bien, je repasserai alors ! »

Geneviève, qui s'était arrêtée pour suivre la conversation, retira ses gants en peau noire et disparut entre deux rayons. Agathe se pencha à l'oreille de Simon et lâcha :

« Tiens, en voilà une qui se prélasse dans l'argent de la guerre ! Elle peut faire sa fière, n'empêche que son Joseph, il n'est pas tout propre.

– Merci, Agathe », chuchota Simon.

Il évita de la regarder, ses yeux pétillaient d'une joie malsaine. En même temps, il sentit une petite boule monter dans sa gorge et son cœur battre plus vite. Il n'avait pas envie de s'en aller. Il se trouvait bien dans ce commerce un peu vieillot et il appréciait la conversation de l'épicière. Il lui dit sur le ton de la confidence :

« Si vous voulez, Agathe, lorsque vous avez de gros arrivages, vous pouvez compter sur moi pour vous aider à ranger les articles dans les rayons. Je ne suis pas trop maladroit et je suis assez costaud pour porter ce que vous voudrez. »

Le visage d'Agathe s'illumina. Elle n'eut pas le temps de répondre, Simon s'était déjà dirigé vers la sortie. Il lui fit un petit signe de la main et le tintement de la porte accompagna sa silhouette. Agathe ne parvenait pas à le quitter des yeux. Alors qu'elle fixait encore la porte, Geneviève sortit d'une allée et s'avança près du comptoir. En hochant la tête elle désigna la vitrine. Agathe ignora la question muette et lui présenta un visage parfaitement neutre.

« Vous vouliez quelque chose de particulier, madame Servoz ? »

# XV

MAURICE CHABLE, LE GARDE-PÊCHE, arriva tôt. On devinait à peine les contours du port à travers les premières lueurs de l'aube. Comme toujours, le fonctionnaire était vêtu de sa salopette kaki en toile cirée et de sa veste imperméable. Ses larges bottes raclaient le sol d'un pas traînant. Une ancienne blessure l'avait doté d'une très légère claudication qui s'accentuait lorsqu'il était fatigué. Deux yeux ronds, globuleux, éternellement en mouvement, éclairaient une face rougeaude qui trahissait son penchant pour la bouteille. Sa carrure d'ours et son caractère soupe au lait le protégeaient des sarcasmes des villageois et lui donnaient une certaine autorité sur la population locale.

C'était l'époque des pêches exceptionnelles. Au milieu de l'hiver, les salmonidés frayaient et toute prise était interdite. Pour alimenter les piscicultures en souches originaires du lac, les pouvoirs publics autorisaient la capture des féras et des ombles chevaliers sous l'étroite surveillance des gardes-pêche. Après le prélèvement des œufs, les prises étaient remises aux pêcheurs. Les cinquante millions d'œufs nécessaires étaient rassemblés en quatre ou cinq fois. Les artisans n'avaient droit qu'à deux petits pics posés sur la beine, cette partie sous-marine qui prolonge les plages du littoral. En cette période de pénurie, les restaurateurs et les grossistes s'arrachaient les poissons des pêches exceptionnelles.

Maurice se dirigea droit vers le cabanon de Joseph. Il maudissait la décision de son supérieur de l'avoir choisi pour surveiller la pêche du vieux Servoz. Le fonctionnaire était conscient qu'il s'agissait plus d'une manœuvre diplomatique pour calmer la grogne des professionnels que d'une réelle méfiance à l'égard du plus virulent des artisans. En parcourant la petite distance qui le séparait de la maisonnette du bossu, le garde réfléchissait à la manière dont il allait s'y prendre pour faire entendre raison à cet homme buté. En passant, il ne put se retenir de jeter un coup d'œil à la bicoque de

Gustave. Il constata que les volets avaient été repeints et qu'à l'intérieur la petite ampoule jaune du plafond était allumée. La fine silhouette de Marie s'agitait près de l'établi. La tête baissée, elle ne l'avait pas vu passer. Ce qu'on lui avait dit était donc vrai : la fille du vieux avait repris l'affaire. Il hocha la tête en signe de mécontentement et poursuivit son chemin. Les cris des mouettes lui firent tourner la tête vers le lac. Les volatiles, posés sur l'eau, se disputaient un morceau de pain. Le garde fit une grimace et marmonna :

« Saleté d'oiseaux ! Toujours à se foutre de notre gueule. Vous en avez de la chance de pas avoir froid, vous ! Mais méfiez-vous que la bise vous joue pas un vilain tour ! Là, vous ferez moins les malignes. »

Le temps ne s'était pas levé. Janvier s'annonçait décidément bien maussade. La neige boudait les bords du lac et seule une brume glaciale faisait luire les garde-fous de la digue. Le plan d'eau était calme ; pas une vaguelette ne troublait sa surface qui avait des tons gris-violet. La bise était tombée et les nuages recouvraient la plaine. Le soleil tentait de percer la gangue ouatée de ses rayons laiteux. Son cercle blanc se mouvait lentement dans l'espace. Après être paresseusement sorti des montagnes, il escaladait le ciel.

« Oh, Joseph ! lança le garde en apercevant le bossu qui franchissait la porte de son cabanon avec la nourrice d'essence à bout de bras. Tu veux un coup de main ? »

Joseph le dévisagea d'un œil indifférent et, sans répondre, posa le bidon sur le quai à l'aplomb de son embarcation. Sans lever la tête, il sauta sur le plancher flottant et installa le réservoir amovible à côté du moteur hors-bord. Alors que le fonctionnaire le regardait du quai, Joseph dit d'une voix dure un rien ironique :

« Je t'ai pris deux baquets pour les féras. Ça devrait suffire. Avec ces putains d'algues qui pourrissent le lac, ça m'étonnerait qu'on prenne beaucoup de poissons. »

Maurice faillit rétorquer qu'en cette période de frai les poissons étaient au bord et que les pêches exceptionnelles donnaient toujours beaucoup. Il se mordit la lèvre. Il ne voulait pas envenimer la situation. Il attendrait d'être sur le lac pour engager réellement la discussion, comme le lui avait conseillé son supérieur. Joseph avait l'œil trop mauvais pour espérer en tirer quoi que ce soit.

« Tu montes ou tu attends une invitation ? dit Joseph de plus en plus de méchante humeur.

– Ça va, Joseph ! répondit le garde. C'est pas moi qui t'ai choisi. Tu sais que si j'avais pu m'en passer, je l'aurais fait avec plaisir, alors rends pas les choses plus difficiles !

– T'en as de bonnes, toi, le fonctionnaire ! grommela Joseph. C'est pas toi qu'on vient espionner et qu'on soupçonne de braconner.

– Tu crois pas que t'en fais un peu beaucoup ? » reprit Maurice d'une voix qu'il voulait bonhomme.

Joseph ne rétorqua pas et enfonça sa tête dans sa bosse.

À peine le garde eut-il posé le pied sur le caillebotis du plancher que Joseph lança le moteur avec un ronflement sonore. Il tourna la poignée des gaz et l'embarcation glissa avec une étonnante douceur sur l'eau. Elle longea la digue, puis passa devant le fanal d'entrée. Une fois sur le lac, Joseph accéléra. La barque prit de la vitesse, laissant derrière elle une trace blanche et droite qui s'étira sur l'eau plate et disparut longtemps après que le bateau se fut éloigné. Le garde, debout, face au port, regarda le quai disparaître sans un mot. Il s'assit sur le banc courant. Du coin de l'œil, il suivit les gestes précis du vieux pêcheur. Ses yeux plus ronds que jamais allaient de la main épaisse du bossu qui tenait fermement la poignée des gaz aux mouettes qui voletaient au ras des flots dans l'espoir de s'approprier quelques prises. Il savait l'homme bon marin et ne s'inquiétait pas. Joseph serrait les dents sans un regard pour son passager. Il fixait le large. Il naviguait droit vers Nyon. Dans cette partie, le lac était moins profond ; la beine s'étendait sur plusieurs centaines de mètres avant le mont puis le profond. Contrairement à l'accoutumée, il n'avait pas pris la peine d'aller au large pour dévider ses engins. Les féras frayaient près de la côte. Les deux petits pics qu'il avait posés étaient droit devant. Joseph apercevait les fanions dans la brume. Il ralentit. Le repère rouge qui balisait l'extrémité du filet située la plus près de la côte se détacha soudain. Le garde repéra vite la marque noire du large. Le piège était parfaitement tendu pour être le plus pêchant possible. Joseph connaissait bien son métier, pensa-t-il. Le pêcheur mit en panne, puis coupa le moteur. Il accomplissait ces gestes de manière mécanique, avec précision, et sans fatigue inutile. Maurice s'apprêta à se lever pour l'aider. Joseph le dévisagea, la face fermée. Sa bosse de travers dominait sa tête. Il ressemblait à un animal mythologique créé pour punir les hommes. Le garde fit mine de se rebiffer. L'œil de Joseph devint plus noir encore. Il sembla prêt à le jeter par-dessus bord.

« Tu es dans mon canot et c'est moi qui commande ! grogna Joseph, les dents serrées. C'est moi qui pêche et j'ai besoin de personne ! »

Le visage du garde s'empourpra. Ses mains s'agitèrent. Il voulut protester mais finalement abandonna la partie, découragé. Le pêcheur fit de nouveau face au fanion qui se balançait sur l'eau au rythme des vaguelettes créées par l'arrivée du canot. Il engagea un bâton dans la potence, prêt à accueillir les plis du filet. D'un coup de gaffe, il agrippa le fanion fixé à un cylindre de liège. Le nom de JOSEPH SERVOZ figurait en larges lettres noires sur le sommet. Il le hissa et le jeta dans la barque. Il saisit le cordage qui s'enfonçait dans l'eau glaciale et tira. Les veines de son cou se gonflèrent. Lentement la corde monta. Joseph la lova sur le fond de l'embarcation. Enfin, il vit le filet. Il posa la première brassée sur la barre enchâssée dans la potence. Avec des gestes ancestraux, il le hala en corde, empoignant ensemble ralingue et toile. Au fur et à mesure que l'engin remontait, Joseph le disposait en plis réguliers sur le bâton. Maurice admirait en connaisseur la dextérité et le savoir-faire du pêcheur bourru. Il forçait, mais cela ne se voyait pas. Ses mouvements gardaient la même cadence souple et rythmée. Les premiers plis étaient vides. Les rayons laiteux du soleil accrochèrent le scintillement d'un poisson, puis deux, puis trois. À chaque pêche exceptionnelle, Joseph jubilait. Il était facile de prendre du poisson pendant cette période ! Chaque brassée de filet recelait son lot de féras. Son visage, crispé par l'attente, se fendit d'un sourire éclatant. Le garde, oubliant son attitude hostile, se rapprocha. Il suivait la montée du filet avec émerveillement. Il y avait beaucoup de femelles. Il saisit une prise et la dégagea des mailles. Joseph le regarda d'un œil indifférent, sans que son sourire ne disparaisse. Devant cette invitation muette, le fonctionnaire poursuivit. Au fur et à mesure qu'il libérait une femelle, il la jetait dans un des deux baquets que Joseph avait disposés sur le fond. Les mâles frétillaient dans le filet, rapidement submergés par l'arrivée des autres plis. Leurs ouïes battaient l'air frénétiquement, puis leurs corps, emmêlés dans l'embrouillamini des mailles, se raidissaient en arc de cercle.

« On peut dire que t'as de la chance, Joseph, laissa échapper le fonctionnaire. Si ça continue comme ça, les pêches exceptionnelles vont vite s'arrêter. On aura rapidement nos cinquante millions d'œufs. Et tout le monde sera content. »

Joseph ne releva pas et continua ses manœuvres. Son visage resta curieusement avenant. Les mains luisantes des écailles fraîches, le garde poursuivit son bavardage :

« Je trouve toujours ça magique. J'aurais aimé être pêcheur. On peut dire que vous en avez de la chance. Vous êtes libres d'aller où ça vous chante. Et vous êtes toujours au grand air.

– Pour être au grand air, tu peux le dire, on est au grand air, ne put s'empêcher de répondre Joseph. Ça se voit que t'es pas sur le lac quand la bise ou le joran soufflent. Toi, t'es bien au chaud dans ton bureau, à faire des rapports qui servent à rien sauf à ruiner les gens de la profession. Et puis, y a que pendant les pêches exceptionnelles qu'on prend autant de poissons avec si peu de filet. C'est pour ça que c'est interdit. »

Le garde dodelina de la tête, gêné. Alors qu'il dépêchait une féra plus grosse que les autres, les yeux plantés dans les mailles, il reprit d'une voix crispée :

« Je voulais te dire, Joseph. Si des fois tu connaissais ceux qu'ont frappé le jeune de Thonon et qui ont mis le feu à sa cabane, tu devrais leur dire de pas recommencer parce que ça pourrait aller mal pour eux. »

Les derniers plis du filet pendaient sur le bâton fiché dans la potence. Suspendus au-dessus de l'eau, ils s'égouttaient avec un petit bruit de pluie d'automne. Joseph hissa le fanion noir et le jeta sur le caillebotis. Il saisit la barre chargée des filets ruisselants et la plaça en travers du canot. Les toiles mouillées pesaient lourd. Le visage du bossu se crispa sous la charge, puis se détendit une fois la barre posée sur le plat-bord. Les propos du garde ne semblaient pas être parvenus à ses oreilles. Il se retourna et fixa le gros homme. Ses yeux noirs se plantèrent dans le regard rond du fonctionnaire.

« Tu m'accuses d'avoir foutu le feu au cabanon du jeune ? C'est ça ? Faudrait pouvoir le prouver avant de m'accuser comme ça ! C'est grave !

– Fais pas l'idiot, Joseph ! Tout le monde sait ! Ceux du syndicat veulent que ça cesse. Tous les professionnels ont peur. Certains prennent même le fusil pour sortir sur le lac. C'est complètement fou. Et puis c'est pas en esquintant des pêcheurs qu'on va résoudre le problème des algues et de la pollution. D'ailleurs, t'as bien vu, aujourd'hui t'as presque pas embarqué d'algues dans tes toiles. Alors, c'est pas si grave que ça.

– C'est pas si grave parce qu'on pêche pas les perches. Tu verras, une fois le mauvais temps passé, quand on pourra remettre nos filets. Tu verras qu'on prendra rien. Le lac est en train de crever, je te dis. »

Pour appuyer ses propos, Joseph tendit le menton en direction du large. Des nappes aux reflets verdâtres flottaient sur une grande surface, à quelques dizaines de mètres d'eux. En même temps, ses mains épaisses saisirent une partie du filet qu'il tendit au garde. Des algues poisseuses s'étaient prises dans les mailles.

« Tu vois bien que tout est pourri, marmonna Joseph entre ses dents. C'est de pis en pis chaque jour. Et on a de la chance que cet hiver les vents ne brassent pas l'eau du lac. Je te dis que tout est en train de mourir là-dessous. »

Joseph lança son moteur et s'assit sur le banc du tableau de bord. Il braqua la poignée de l'accélérateur contre le bois. L'embarcation fit un large cercle et se dirigea droit sur le port.

Une agitation régnait sur le quai, devant les cabanes. Un petit groupe d'artisans faisaient cercle autour d'un fonctionnaire des Eaux et Forêts. Les pêcheurs débarquaient leurs baquets remplis de féras femelles. Le garde tirait la laitance, puis poinçonnait les ouïes, attestant ainsi qu'il ne s'agissait pas de poissons de braconnage.

« J'ai de la chance, moi, grinça Joseph, j'ai un garde pour moi tout seul. Dommage que t'aies pas tiré la laitance dans le bateau et marqué mes poissons, j'aurais toujours gagné ça !

– Arrête de faire ton malin, Joseph ! T'as de l'influence sur les autres, alors utilise-la pour quelque chose de bien ! »

La colère monta au visage du bossu. Il voulait hurler que la pêche était toute sa vie et qu'il ne savait rien faire d'autre. Il voulait que chaque année ressemble à la précédente. Que ses mains glissent sous la glu poisseuse des écailles de poisson, voilà tout. Il voulait que sa famille vive bien et que son fils Bastien reprenne l'affaire, ses enfants après lui et même les enfants de ses enfants. Il en voulait aux jeunes pêcheurs de lui prendre ce bonheur. Il arrivait même à en vouloir à tous ceux qui plongeaient leurs filets dans le lac.

« Tu comprends pas ! répondit Joseph comme s'il se parlait à lui-même. La pêche c'est toute ma vie. Ces foutues algues tuent le lac. On ne peut pas continuer comme ça. L'État doit prendre des mesures. Il faut supprimer les licences de seconde catégorie et les pêcheurs doivent tous être des professionnels. J'en connais qui sont douaniers le jour et qui viennent pêcher la nuit. Ça leur fait une double paye : ils nous volent nos prises. Ils nous prennent le peu de poisson qui ne crève pas à cause des algues. Ça ne peut plus durer ! Je vais en parler au syndicat. Je vais même demander une réunion extraordinaire. »

Le visage du pêcheur était un masque dur. Le garde sentit que le sujet était épuisé, la situation bloquée. Joseph n'irait pas plus loin dans ses propos.

Le bossu ralentit. La barque contourna le mur arrondi de la digue et pénétra sur le plan d'eau du port. Ils entendaient les discussions des pêcheurs avec le garde. Chacun voulait qu'il y eût encore une ou deux pêches exceptionnelles. Mais l'air buté du garde attestait qu'il n'en était pas question. Joseph accosta avec une manœuvre savamment exécutée. Il saisit un anneau en fer scellé dans le quai et y noua la corde de bosse. Il amena le canot le long du mur de pierre de taille et fixa l'arrière avec le même cordage. Sans un mot pour son passager, il déchargea le baquet qui contenait les femelles féras, puis s'installa sur le banc courant. Avec application, il extirpa les corégones mâles restés prisonniers des mailles. Le garde n'avait pas bougé et le regardait, hypnotisé par la force bestiale qui se dégageait de ses mouvements.

« Tu veux pas tirer la laitance de mes poissons ? lança Joseph, le regard planté dans les plis de son piège. Ils sont moins bons que les autres pour que tu veuilles pas t'en occuper ? »

Le garde se redressa et sauta sur le quai. Il s'empara des anses du baquet et le porta vers son collègue. Joseph le regarda par-dessus sa bosse. Il haussa les épaules et revint à son travail.

# XVI

« SILENCE ! INTIMA SUR UN TON PÉREMPTOIRE un homme corpulent à l'assemblée. Asseyez-vous et cessez de jacasser comme des femmes ! »

L'ordre du président du syndicat des pêcheurs, une personnalité autoritaire au visage buriné par le grand air, résonna sous le plafond de tôles ondulées de la salle municipale. Devant lui, un parterre de chaises, alignées dans un ordre parfait, témoignait de l'importance de la réunion. Les artisans s'étaient regroupés par zone de pêche. Ceux du petit-lac, les moins nombreux, n'étaient qu'une poignée et formaient un clan à part. Les autres, ceux du grand-lac ou du haut-lac, se mélangeaient. Certains professionnels allaient de l'un à l'autre pour tenter de se faire une opinion, ou pour faire entendre leurs arguments. Les sujets de conversation tournaient autour de l'agression du jeune Sylvain, de la pollution et de la diminution dramatique des prises.

Les hommes à la large carrure et au dos un peu voûté se séparèrent lentement avec des hochements de tête. Le brouhaha des conversations diminua. Les pêcheurs prirent place. Certains tentaient de poursuivre leurs bavardages à grands coups de mimiques, de regards et de gestes. Un espace vide séparait le premier rang de l'estrade. Une table composée d'une planche recouverte d'un drap blanc aux plis marqués, posée sur des tréteaux, servait de tribune aux personnalités. Le président avait pris place au centre, entouré des maires des communes les plus concernées par la vie économique du lac. Le bureau du syndicat était au complet. Même le vieux Sylvestre s'était déplacé. Une fois les autorités installées, le président détailla les membres de l'assemblée. Son visage se fendit d'un sourire de contentement ; tous les pêcheurs, du moins tous les valides, étaient présents, quelle que soit leur origine. Au premier rang, Sylvain, le jeune pêcheur de Thonon, arborait un volumineux bandage à la tête ; son œil droit était cerné de jaune et de violet. Tous lui jetèrent un regard de compassion. Malgré la perte de son cabanon et les jours d'hôpital nécessaires pour le remettre sur pied, il n'avait pas voulu déposer plainte.

« Ce n'est pas l'affaire de la police ; je n'ai besoin de personne pour régler mes comptes !

avait-il dit aux agents qui étaient intervenus durant l'incendie. La roue tourne et ceux qui m'ont fait ça le paieront un jour ou l'autre. Moi, je crois à la justice divine. »

Il savait que cette violence n'était pas directement tournée contre lui. Elle était le signe extérieur de la grave crise qui ébranlait la profession. Nombreux étaient ceux qui n'avaient pas compris sa décision, mais tous le respectaient pour ce choix courageux. Une collecte avait permis de rassembler l'argent nécessaire à la réfection de sa cabane. De nombreux pêcheurs lui avaient donné un peu de matériel pour qu'il puisse reprendre son activité. Depuis cette mésaventure, tous le considéraient comme un des leurs.

Le président poursuivit son examen de l'assistance. Quelques rangs derrière, il remarqua la silhouette tordue de Joseph Servoz. L'homme avait son air buté. Ses yeux caves plus noirs encore qu'à l'accoutumée jetaient des éclairs. Personne n'osait lui parler. Une violence contenue se lisait dans son attitude. Entouré de son fils et de trois artisans du petit-lac, il fixait le bandage de Sylvain d'un air haineux. Il sembla au président que Joseph marmonnait entre ses dents. Qu'avait bien pu lui faire cet homme ? Bastien avait les traits tirés, et lui d'habitude si calme, était agité de tics nerveux. Le président pensa que ce n'était certainement pas lié au problème des pêcheurs. Non ! Il s'agissait d'autre chose. Bastien balayait les rangs du regard. Visiblement, il cherchait quelqu'un. Intrigué par son manège, le président continua à l'observer. Après avoir méticuleusement détaillé les occupants des rangées, le regard de Bastien s'arrêta sur Marie Grangez. C'était donc cela ! Elle était assise contre le mur du fond, à l'écart des autres pêcheurs. Le président ne put déterminer si c'était le fait de la jeune femme ou si elle était mise à l'écart par la profession. Pour l'instant, ce n'était pas l'important, il verrait cela plus tard. Il continua d'observer le manège des deux jeunes gens. Dès le premier regard, ils furent gênés, mais une joie profonde se lisait sur leurs traits. Ils se firent des signes discrets. Bastien paraissait plus ému encore que la jeune femme et, en même temps, il épiait son père qui lui tournait le dos. Le président sourit en marmonnant :

« On dirait bien que deux familles ennemies vont finir par faire la paix autour d'un berceau.

– Vous dites, président ? questionna l'édile qui le coudoyait.

– Non, rien. Du moins rien qui puisse concerner notre réunion d'aujourd'hui. »

Le président allait revenir aux bavardages d'avant séance avec ses voisins de table lorsqu'il repéra une silhouette dissimulée par l'ombre d'un pilier. L'homme paraissait jeune et ne semblait pas appartenir à la profession. Son physique de dandy attestait plus de la fréquentation des bancs des universités que ceux des canots de pêche. Il détailla l'inconnu. Son maintien lui rappelait quelqu'un, mais qui ? Il secoua la tête comme si cette pensée était ridicule. Il revint aux préoccupations du jour. Les conversations avaient repris, comme avant son intervention, et la taille de la salle amplifiait le brouhaha.

« Chut ! Un peu de silence s'il vous plaît ! lança de nouveau le président d'une voix paternaliste. Tout le monde connaît l'ordre du jour ? »

Un bruit de chaises et de raclements de gorge lui répondit. L'ambiance était tendue. L'assistance était venue pour écouter les divers intervenants et ne voulait pas en perdre une parole. Ceux qui poursuivaient leurs discussions à mi-voix furent rapidement rappelés à l'ordre par leur voisin.

« Avant de commencer, poursuivit le président, je tiens à vous présenter les personnes qui ont bien voulu se joindre à nous pour nous éclairer sur les difficultés que traverse la profession. »

Il se tourna successivement vers chacun des élus. Ces derniers sourirent en hochant légèrement la tête pour qu'on puisse les identifier. Une fois les présentations terminées, le président s'interrompit.

Il retint son souffle, puis tendit le bras en direction d'un gros homme de petite taille, au visage rond chaussé de lunettes à monture d'acier.

« Voici M. Raymond Dupraz, ingénieur des Eaux et Forêts à Annecy. Nous l'avons invité pour qu'il nous expose un point de vue technique sur les maladies dont souffre notre beau lac. En espérant qu'il ait quelques solutions dans son sac à malices pour nous sauver ! »

Le président fit un clin d'œil à l'assistance, mais pas le moindre rire ne fit écho à ce trait d'humour. Le fonctionnaire resta concentré sur sa future intervention et ne se départit pas de son sérieux administratif. Il consentit seulement à laisser flotter un petit sourire nerveux sur son visage poupin.

Un silence total, à peine troublé par quelques toussotements, régnait dans l'assistance. Tous les pêcheurs dévisageaient le gros homme au regard un peu flou et aux mains fines et blanches.

« Il a pas dû souvent tirer sur des filets, celui-là, grommela Joseph à son fils. Et puis gros comme il est, il ne sait pas ce que c'est qu'une rame. Sûr qu'en une pêche il perdrait bien dix kilos, s'il ne fait pas couler le canot avant ! »

Joseph se tapa sur les genoux, content de sa remarque ironique. Bastien lui jeta un coup d'œil en biais et ses lèvres eurent un sourire contrit.

« À présent, je laisse la parole à M. le maire. Il a pas mal de choses à nous dire. »

L'élu se leva, salua la foule d'un geste amical de la main et s'approcha du pupitre dressé pour les conférenciers. Il plaça les feuilles de son discours sur la tablette, ajusta ses lunettes à monture d'écaille et, d'une voix assurée, lut son intervention. Les phrases, habilement jetées, semblaient plus préparer une campagne électorale qu'apporter des solutions à la catastrophe qui touchait les pêcheurs.

Après un exposé interminable sur le bilan de ses deux premières années de mandat, le maire se lança dans un étalage de chiffres qui endormit rapidement l'assistance. Enfin, il termina avec sa grandiloquence coutumière, façon brosse à reluire :

« Vous, les travailleurs du lac, vous êtes la cheville ouvrière de notre commune. Vous êtes les héritiers d'une tradition séculaire. Votre sang est la source qui alimente le lac. »

D'un geste ample, l'élu replia son discours, ôta ses lunettes, prêt à recevoir, en toute fausse modestie, les applaudissements de la foule qu'il croyait avoir subjuguée.

« Si ça continue comme ça, avec des enfonceurs de portes ouvertes, moi, je me tire », chuchota Joseph à l'oreille de son fils.

Quelques applaudissements convenus permirent au maire de se retirer sans honte. Un peu vexé, il regagna sa place, se plongeant dans la lecture d'une étude halieutique. Le président, un peu gêné, se racla la gorge. Il s'apprêtait à donner la parole aux autres élus quand il croisa le regard furibond de Joseph. Il vit que le bossu était à deux doigts de se lever et de sauter sur l'estrade pour galvaniser ses troupes et les inciter à la révolte. L'heure était grave.

« Maintenant voici l'intervention que vous attendez tous, lança le président d'une voix inquiète, celle de M. Raymond Dupraz. »

Le deuxième élu, qui s'apprêtait à se lever, croyant que c'était son tour, dévisagea le responsable syndical d'un œil interrogateur et blêmit sous l'affront. L'ingénieur des Eaux et Forêts fit racler sa chaise sur le plancher, déplia son corps volumineux et se dirigea lentement vers le pupitre des conférenciers. Parvenu contre le petit meuble, il rajusta ses lunettes et fit un signe au président pour qu'il fasse amener un tableau de papier dissimulé dans l'encoignure de la porte d'entrée. Un employé municipal se précipita et transporta le précieux objet contre le pupitre. L'ingénieur le remercia d'un sourire, leva ses yeux globuleux vers l'assistance et commença son intervention d'un ton professoral :

– Comme vous l'a annoncé le président, je suis ingénieur des Eaux et Forêts, en poste à Annecy. Votre responsable m'a demandé de vous exposer la situation de votre lac et, au-delà, d'identifier les difficultés que rencontre votre profession. J'espère vous apporter d'éventuelles pistes de réflexion et orienter les efforts qui doivent être consentis par les autorités.

L'ingénieur se dirigea alors vers le tableau. Avec une agilité surprenante pour sa corpulence, il se plaça à côté et saisit une baguette en bois flexible. D'un geste ample, il tourna la première page. Le plan de son intervention figurait en caractères d'imprimerie.

« Les problèmes qui frappent votre profession sont de trois types : premièrement l'évolution technologique, deuxièmement votre statut et troisièmement la pollution. »

Au fur et à mesure qu'il avançait dans son discours, il tournait les pages. Il suivait chaque paragraphe de la pointe de sa baguette. Par moments, il tapotait sur la feuille d'un geste rageur. Il expliqua que le progrès technologique avait fait disparaître les filets en coton moins pêchants pour les remplacer par des filets en Nylon. Les prises étaient plus nombreuses, mais, à ce rythme, le lac allait bientôt se vider de tous ses habitants. Il fallait donc réglementer le nombre de pêcheurs et la taille des filets, voire raccourcir les périodes de pêche.

« Autre problème, votre statut : il ne protège pas votre profession. Je m'explique. Les licences de première catégorie sont attribuées à toute personne qui en fait la demande. Vous êtes donc confrontés à des gens qui exercent un autre métier et font de la pêche une activité annexe… mais lucrative. De plus, ceux-là vont à coup sûr attendre que les professionnels, vous donc, aient fait de bonnes campagnes pour aller sur le lac. Ainsi, ils ne perdent pas de temps ! Le problème, c'est qu'ils font chuter les cours par un afflux massif de prises dans une période où il y en a déjà beaucoup. Il s'agit là d'un manque à gagner qui peut être important. Il serait donc souhaitable que les licences de grande pêche soient attribuées uniquement à des professionnels dont c'est la seule activité. »

Joseph, qui, au début, avait trouvé l'homme antipathique, commençait à lui accorder du crédit. Il se prit même, à plusieurs reprises, à avoir envie de l'applaudir. Mais il se retint.

« J'en arrive maintenant à l'essentiel de mon intervention : l'eutrophisation du lac. Le terme vous paraît sûrement barbare, mais il faudra vous y habituer, car c'est le nom de la maladie dont souffre votre beau plan d'eau. En un mot, il est victime d'une énorme indigestion. Vous avez constaté qu'il était couvert d'algues et vous avez sûrement dû récupérer vos filets salis par une sorte de glu verte. »

L'assistance acquiesça avec de grands mouvements de tête. Les visages à la peau brûlée par le soleil d'été et tannée par le vent s'agitèrent. Une voix tonitruante, au fond de la salle, lança :

« En plus d'avoir des filets pourris, on pêche plus que des vengerons ! C'est pas avec ça qu'on va nourrir nos enfants !

– Eh bien, comme vous le dites, reprit le conférencier, les algues aident à la prolifération de certaines espèces qui s'en nourrissent, comme les vengerons, que l'on appelle plus communément des gardons. Vous vous en doutez, cette abondance végétale n'est pas naturelle, elle est le fait de l'eutrophisation. C'est-à-dire une présence anormalement élevée de phosphates qui aident à la prolifération des algues. Ce sont des sels qui proviennent des rejets industriels et ménagers. C'est le revers du progrès : les lessives que nous employons contiennent des phosphates qui vont directement dans le lac, sans passer par la case traitement. Les usines qui fabriquent des produits de grande consommation, elles aussi, rejettent leurs phosphates dans le lac. Là non plus, il n'y a pas de traitement des effluents. »

Un immense brouhaha s'éleva de la foule. Le président, inquiet par l'ampleur de la réaction des pêcheurs, ne savait pas trop quelle attitude adopter.

« Votre exposé était champion, mais qu'est-ce que vous pouvez faire pour nous, monsieur l'ingénieur ? gronda Joseph.

– Moi, rien, rétorqua l'ingénieur d'une voix claire, presque féminine, en repliant soigneusement son tableau de papier. Je suis seulement venu pour vous exposer la situation. Le reste est du ressort de l'État, pour ce qui concerne la réglementation, mais aussi des élus locaux pour le traitement des rejets ménagers et de la Direction départementale de l'agriculture pour le traitement des effluents industriels.

– Mais alors vous servez à rien, vous ! jeta Joseph, surexcité par la réponse du fonctionnaire. Elle est belle l'Administration ! Voilà où passent nos impôts ! C'est un comble !

– Monsieur, je ne suis pas ici pour recevoir vos insultes, lança l'ingénieur, piqué au vif. Si vous n'êtes pas content, vous n'avez qu'à faire un autre métier. Moi, je n'y peux rien. »

Joseph se leva comme sous l'effet d'un coup de fouet. La peau de son visage était tendue à se déchirer. Ses yeux exorbités fixaient haineusement le fonctionnaire. La bosse de travers, il avait envie de franchir les quelques mètres qui le séparaient du pupitre et de saisir le gros au col pour lui faire rendre gorge. Il parvint à se contenir en serrant violemment le dossier de la chaise qui se trouvait devant lui.

« On vous paye pour nous aider, non pour faire de beaux discours et vous moquer de nous avec votre instruction, lança-t-il comme s'il avait craché à la face du gros. Nous, on n'est pas allés beaucoup à l'école, mais ceux qui se foutent de nous, on sait les reconnaître. »

La salle approuva Joseph. Un début de chahut s'empara des premiers rangs. Nombreux étaient ceux qui en profitèrent pour élever la voix. Des apostrophes et des injures à l'encontre des pouvoirs publics fusèrent de toutes parts. L'ingénieur, nullement déconcerté par l'attitude de l'assemblée, réunit les quelques feuilles qu'il avait étalées sur le pupitre et, ne tenant aucun compte de l'intervention intempestive du pêcheur, retourna s'asseoir derrière la table des conférenciers. Il prit un air boudeur, fixa les tôles ondulées du plafond et ignora les manifestations d'hostilité.

L'assistance était surexcitée. Malgré les températures négatives à l'extérieur, les pêcheurs avaient le rouge aux joues. Ils gesticulaient dans tous les sens et le désordre régnait dans la salle. Bastien ne savait plus que faire. Il se retourna en direction de

Marie et l'interrogea du regard. La jeune femme lui fit un signe de la main pour l'inciter au calme.

Marie, les jambes croisées, prenait des notes, ne perdant aucun des événements de la soirée. Ses yeux verts allaient d'une personne à l'autre. Elle voulait comprendre et cherchait à écouter toutes les conversations pour se faire l'idée la plus juste possible sur les problèmes réels de la profession.

Devant le risque de débordement, le président se leva. Il frappa un coup de poing énergique sur la table. Les planches sautèrent sur les tréteaux et retombèrent lourdement.

« Arrêtez de faire les idiots ! s'écria-t-il d'une voix de stentor. C'est une honte d'avoir un tel comportement. Joseph, c'est toi le responsable de tout ce charivari. Ordonne à tout le monde de se taire et présente des excuses à M. Dupraz. »

Joseph, devenu cramoisi, se tortillait sur son siège. Les autres pêcheurs avaient déjà oublié les propos de l'ingénieur et le bossu cristallisait leur haine. Sylvestre, le voisin de Joseph, pesa lourdement de sa main sur son épaule.

« Excuse-toi, vieux, et on n'en parle plus, dit-il posément. Ça vaut pas la peine de mettre le feu à la salle. Le fonctionnaire, il y peut rien. Après tout, c'est pas lui qui dégueulasse le lac. Faut pas se disputer avec des gens comme lui, il peut nous aider. Allez, Joseph, un bon geste ! »

Le bossu se retourna vivement, dévisagea le pêcheur. Sylvestre ne baissa pas les yeux. Le bossu vit au fond de son regard toute la passion du métier et tout le désarroi qu'avait fait naître les propos de l'ingénieur. Il avait aussi ce front buté qui n'incitait pas à la contradiction. Joseph se soumit et se leva lentement.

« C'est bien parce qu'on se connaît depuis toujours, Sylvestre, et que j'ai plus confiance en toi qu'en n'importe qui d'autre dans cette foutue salle », grinça Joseph entre ses dents.

Un raclement de chaises retentit dans un silence pesant. Tous avaient les yeux tournés vers Joseph. Ils s'attendaient à le voir se précipiter sur le gros.

« Je m'excuse, l'ingénieur », dit Joseph d'une voix pâle en direction de la tribune.

Le président n'insista pas et laissa le bossu se rasseoir. Le silence retomba. Personne n'osait parler ni regarder Joseph, chacun réservait ses commentaires et ses ragots pour la sortie. Enfin, le responsable syndical posa ses mains sur la nappe blanche et dit d'une voix calme et posée :

« La pêche n'est pas une distraction de plaisancier. C'est notre gagne-pain. Les prises permettent de nourrir nos familles. Il faut prévoir des actions pour faire plier ceux qui nous détruisent à petit feu pour le profit. Je suis d'avis de demander une entrevue au sous-préfet de Thonon et de lui exposer nos revendications. »

Le président jeta un regard circulaire sur l'assemblée. Son intervention avait créé un électrochoc. Les faces dures étaient attentives.

« La première est la demande de modification de l'attribution des licences, poursuivit le représentant de la profession. Ensuite, il faut lui faire prendre conscience des problèmes de pollution du lac : l'eutrophisation et les rejets de phosphates et de mercure. Ce n'est pas le tout d'encaisser les impôts des entreprises, il va falloir que les élus obligent les grandes sociétés françaises et suisses à dépolluer leurs rejets. Ce sera sûrement le plus difficile. Si vous êtes d'accord, passons au vote. »

La foule se tut. Elle était décontenancée. Elle voulait bien critiquer, se cacher derrière les décisions des autres, et ensuite les galvauder, mais les choses avaient pris une tournure différente et on lui demandait son avis. Il fallait qu'elle décide, qu'elle se mette en avant. Les pêcheurs avaient fini par penser que rien de pratique ne sortirait de la réunion. Mis devant le fait accompli, ils ne savaient quoi penser.

« Que ceux qui approuvent la demande d'audience au sous-préfet lèvent la main », commanda le président.

Une forêt de bras se dressa. Joseph avait les mains plaquées sur la poitrine quand Sylvestre lui saisit le poignet et le força à approuver la proposition.

« Bien ! Que ceux qui sont d'un avis contraire lèvent la main ! »

Un ou deux bras se levèrent, rapidement rabaissés.

« Alors, puisque tout le monde est d'accord, nous demanderons une entrevue au sous-préfet. Ceux qui veulent m'accompagner n'ont qu'à se faire connaître auprès du bureau à l'issue de la réunion. »

Après un instant de flottement, le président frappa du poing sur la table et dit :

« Bon, la réunion est terminée. Les volontaires seront les bienvenus ! »

Les artisans hésitèrent à se lever, attendant qu'un autre prenne la décision de partir. Enfin, il y eut des bruits de voix et de pieds. Les pêcheurs se rassemblaient par petits groupes pour se diriger vers la sortie. La crise transpirait de toutes parts. La profession était au bord de l'implosion et la réunion n'avait pas dissipé leurs inquiétudes. Loin de là.

« Ce n'est pas parce qu'on va aller pleurer dans le giron du sous-préfet que ça ira mieux après », lança Joseph d'un air ironique aux pêcheurs qui faisaient cercle autour de lui.

Les hommes remontèrent les cols en fourrure synthétique de leur gabardine et franchirent la porte à double battant. En passant devant Marie, ils firent mine de l'ignorer.

# XVII

Les hommes reçurent la bise comme une gifle. Leurs oreilles devinrent si douloureuses qu'ils eurent la sensation qu'elles pouvaient se casser. Le vent dévalait des montagnes, s'engouffrait dans la vallée du petit Rhône et prenait le lac d'assaut. De l'autre côté de l'eau, les monts du Jura, bleu profond avec des reflets violets, semblaient si proches qu'on aurait pu les toucher. Un trait blanc, laissé par les dernières neiges, séparait les sommets de l'azur.

Les pêcheurs se frottaient les mains et tapaient du pied. Ils se regroupaient par petites poignées sur l'esplanade, devant la salle municipale. Les propos de l'ingénieur et les décisions du président étaient sur toutes les lèvres. Malgré les températures polaires, ils ne parvenaient pas à se séparer. Ils avaient envie de parler et d'exprimer leurs angoisses et de penser que l'on pouvait combattre l'inéluctable.

« On fera jamais plier les grandes entreprises, lança un vieux Thononais. Ils n'en ont rien à foutre de nous. Même si on disparaît, ils achèteront leur poisson ailleurs. Je suis même pas sûr qu'ils en mangent. C'est pas assez bon pour eux !

– L'ingénieur dit que le lac est pourri par les algues et qu'on n'attrape plus rien, commenta un autre d'une voix au fort accent suisse. Moi, depuis quelque temps, je fais des pêches extraordinaires. J'ai jamais vu autant de perches, d'ablettes et de vengerons. Si la pollution c'est comme ça, je veux bien que le lac soit encore plus pollué.

– Mais arrête de dire n'importe quoi ! reprit le premier. Tu vois bien que les omblières sont recouvertes d'algues et que les ombles chevaliers vont bientôt plus pouvoir se reproduire. Quand ça commence comme ça, c'est la fin ! Alors tais-toi ! »

Joseph était à l'écart. Il ne parlait pas. Il écoutait. Il voulait se rendre compte de l'impact de la réunion avant de choisir son camp. Soudain un propos lui fit tendre l'oreille. Il se rapprocha subrepticement de deux vieux pêcheurs du port du petit-lac.

« T'en as reçu toi de ces saloperies de lettres anonymes ? demandait Sylvestre à Antoine Vuanoz, un pêcheur râblé, à la chevelure noir corbeau. C'est rapport à la guerre et à tout ce qu'y s'est passé de pas bien propre pendant ces années-là. »

L'artisan savoyard, dont les origines sardes ne faisaient aucun doute, se gratta la tête, visiblement indécis.

« Mais parle donc ! » reprit Sylvestre, exaspéré.

Antoine plongea sa main épaisse dans la poche de sa veste et en sortit une feuille pliée en quatre. Sylvestre le regarda, impatient de voir ce qui était écrit sur la missive. Les doigts de l'artisan étaient engourdis et il avait le plus grand mal à déplier la feuille de papier. Sylvestre bouillait intérieurement, mais il ne voulait pas que l'autre s'en aperçoive. Il savait que la maladresse du bonhomme n'était pas due à l'angoisse, mais bien plus au froid. Enfin, le pêcheur mit la lettre à plat, face au vent. Il se frotta nerveusement le front d'un revers de main et lut d'une voix lente qui tremblait légèrement :

« "Les salauds qui ont fait leur beurre sur la mort des Juifs pendant la guerre vont payer !" Toi aussi, c'est ça que t'as reçu ? »

Sylvestre était blême. Une forte émotion s'était emparée de lui. Il arracha la lettre des mains d'Antoine et relut le courrier à voix basse.

« J'ai reçu exactement la même chose, avec les mêmes saletés de lettres collées. Ça fout les jetons, tout de même !

– C'est sûr ! rétorqua Antoine Vuanoz. Et t'as une idée de qui ça peut être ?

– Non ! En tout cas c'est pas un gars de chez nous, reprit Sylvestre. Pour les lettres anonymes aux gardes-pêche, là je dis pas non. Ils en seraient capables plutôt deux fois qu'une. Mais écrire une saloperie pareille avec des lettres découpées dans les journaux, il n'y a qu'un étranger, un gars de la ville pour être aussi pervers. Et pourquoi si longtemps après ? Ça n'a pas de sens ! »

Le pêcheur hocha la tête en signe d'assentiment. Il se frottait les doigts pour tenter de les réchauffer et de les assouplir. Joseph s'était approché des deux hommes à leur insu. Il tendait l'oreille et les bribes de la conversation lui parvenaient avec une étrange netteté comme si le vent avait voulu qu'il partage la confidence. Il allait s'interposer quand Antoine proposa d'une voix peu assurée :

« On pourrait demander aux autres. Comme ça, on en aurait le cœur net !

– Mumm, ouais ! C'est pas une mauvaise idée, rétorqua Sylvestre. Je vais en parler au président. Peut-être même que lui aussi en a reçu. Après tout, il est pêcheur comme nous et, pendant la guerre, il était déjà là. »

D'un pas alerte, la lettre au bout des doigts, Sylvestre, suivi du pêcheur trapu, s'élança vers la salle communale. Joseph leur emboîta le pas, à une petite distance pour ne pas être remarqué. Sylvestre poussa les vantaux retenus par un groom mécanique et se dirigea droit vers la table d'honneur.

Le président, entouré des élus, bataillait avec l'ingénieur. Marie, accompagnée de Bastien, un peu en retrait, suivait les débats. À l'apparition des deux pêcheurs, le président leva la tête, puis revint à l'objet de la discussion. Chacun tentait de définir la ligne de conduite et les doléances à exposer au fonctionnaire de la sous-préfecture. Sylvestre rejoignit le groupe et, sans un mot, se planta droit comme un I devant le président. Il ne tenait aucun compte des autres et fixait le responsable d'un visage fermé, provocateur. Décontenancé par cette visite intempestive, le président leva un visage irrité.

« Qu'est-ce que tu veux, Sylvestre ?

– Faut que je te parle ! » répondit Sylvestre d'une voix autoritaire qui balayait toute remarque.

Le président, contrarié, acquiesça. Il savait que le vieux pêcheur avait les pieds sur terre et qu'il ne se serait pas permis de l'interrompre sans raison.

« Veuillez m'excuser un instant, messieurs ! lança-t-il aux élus et à l'ingénieur. Je m'entretiens avec M. Lachenaz et je suis de nouveau à vous. »

Le groupe le regarda s'éloigner, puis reprit ses débats.

Joseph avait franchi la porte de son pas de chat aux aguets. Il avait surpris le manège de Sylvestre, mais il ne pouvait s'approcher davantage sans être remarqué. Il s'avança donc droit sur les trois hommes. Il voulait prendre les choses à son compte. Lui aussi avait reçu des lettres anonymes et il avait droit de participer à cette réunion en petit comité. Cette histoire devenait l'affaire de toute la profession. Sylvestre regarda Joseph s'approcher sans surprise. Il semblait même s'y attendre. Avant que le bossu n'ait rejoint le petit groupe, le vieux pêcheur lança :

« Si j'ai bien compris, toi aussi t'en as reçu une ! »

Le bossu avait son visage des mauvais jours, mais aucun n'y prêta attention. Sa démarche d'ours les irritait.

« Oui ! répondit Joseph sans prendre le temps de réfléchir. J'en ai même reçu plusieurs. Vous savez qui c'est qui envoie ces saletés ? »

Le président dévisagea les trois pêcheurs. Il se tourna vers Sylvestre et le questionna :

« Que se passe-t-il, Sylvestre ? »

Le vieux lui raconta leur découverte et lui demanda s'il avait eu connaissance de courriers similaires. Sans répondre, le président prit un air soucieux. Il quitta le regard interrogateur des trois hommes, plongea sa main dans la poche de son pantalon d'un geste vif et en sortit une enveloppe. Il en tira une feuille et la déplia. Ils virent les mêmes caractères mal assemblés : la même phrase s'étalait sous leurs yeux.

« On peut dire que ça m'a fait un coup quand j'ai reçu cette lettre ! commenta le président. J'ai pensé que c'était une manœuvre des opposants du syndicat et qu'ils voulaient me faire peur. Mais moi, je n'ai rien à me reprocher. C'est vrai que certains n'ont pas été très honnêtes à cette époque. Enfin, c'était la guerre et chacun se débrouillait comme il pouvait. Ça ne sert à rien de remuer tout ça. Il ne peut rien en sortir de bon. »

Le président tourna un visage inquiet vers les trois pêcheurs. Ils le fixaient sans prêter vraiment attention à ses propos. Sa voix peu sûre et son attitude, d'ordinaire autoritaire, inquiète leur donnèrent à penser qu'il savait quelque chose.

« Vous avez une idée de qui ça pourrait bien venir ? reprit le président pour rompre la gêne que ses dernières paroles avaient fait naître. Moi, je n'en ai parlé à personne, mais à présent qu'on est plusieurs, on peut chercher ensemble et même se renseigner discrètement auprès des autres pour savoir s'ils en ont reçu. »

Les trois hommes firent signe que non. Ils ne cherchaient plus un soutien, mais se posaient des questions sur le rôle du président pendant la guerre. À l'époque, il était jeune, comme eux trois, avait un canot et pouvait naviguer sur le lac quand ça lui chantait.

Pour couper court, le président tendit la main, serra fermement la poigne rugueuse des pêcheurs et se dirigea vers les élus et l'ingénieur.

« On reparlera de tout ça plus tard, lança-t-il en s'éloignant à grands pas.

– Il est bien pressé de partir, commenta Joseph. On dirait même qu'il a le feu au cul ou qu'il a vu le diable. »

Sylvestre, qui goûtait rarement les commentaires de Joseph, apprécia la sagacité du bossu.

« J'ai envie de boire un coup, reprit Joseph. Venez au troquet de la place du Port ! Je vous paye un petit blanc. »

La trogne d'Antoine se fendit d'un sourire. Il se frotta les mains et emboîta le pas aux deux autres. Sylvestre donna une forte claque à l'épaule du bossu.

« C'est toi qui devrais être président, Joseph, dit Sylvestre. Pour sûr qu'avec toi on s'ennuierait pas dans les réunions. »

Le bossu fourra ses mains dans les poches de son pantalon, poussa un grognement et se dirigea vers la sortie. Il était heureux de se trouver en compagnie des deux autres pêcheurs. Il sentait déjà la chaleur du vin le réchauffer, lui faisant oublier le froid. Il était aussi rassuré. Il n'était pas le seul à avoir reçu des lettres anonymes et cela diminuait l'angoisse qui pesait sur sa poitrine depuis des semaines. Les autres avaient sûrement dû faire comme lui ; ils s'étaient enrichis avec les passages de clandestins. Si tous l'avaient fait, c'est que ce n'était pas si immoral. Son visage se détendit. Le raisonnement était d'une logique impitoyable. Soudain, il revit la bagarre avec Gustave. Il l'avait tué pour rien. La dénonciation ne leur était pas destinée. Personne ne savait rien. Quelqu'un cherchait dans le vide, à l'aveugle. Peut-être même qu'il n'en avait pas après eux.

## XVIII

JOSEPH ÉTAIT À DEUX PAS DE LA SORTIE lorsque son regard fut attiré par la petite réunion informelle qui se tenait devant la table d'honneur. Le président avait rejoint ses invités et débattait avec de grands gestes. Joseph s'amusa de le voir si démonstratif après l'inquiétude qu'il leur avait montrée. Soudain une décharge électrique lui parcourut le dos. Il aperçut son fils parlant avec la petite Marie Grangez. Bastien, l'air gêné, regardait le sol. La jeune femme lui parlait avec impétuosité. Ses joues étaient enflammées. Ses yeux verts brillaient d'un étrange éclat. Par moments, Bastien levait la tête et répondait avec des phrases courtes. Ses gestes maladroits indiquaient que la jeune femme l'intimidait. Joseph, planté au milieu de l'allée, les observa. Il n'en croyait pas ses yeux. Il s'élança droit sur le couple.

« C'est pas possible ! marmonna-t-il entre ses dents. C'est pas les filles qui manquent tout de même ! Il fallait qu'il tombe sur celle-là. Sur la seule sur qui il ne fallait pas ! Et ce grand dadais est déjà amoureux. Ça se voit comme le nez au milieu de la figure. »

Parvenu à quelques mètres, il ordonna d'une voix agressive :

« Bastien, rentre à la maison ! »

Les deux jeunes gens qui n'avaient pas vu arriver le pêcheur se retournèrent vivement. Bastien pâlit sous l'attaque.

« Mais papa…, tenta-t-il.

– Je t'ai dit de rentrer à la maison, répéta le bossu plus méchant que jamais. Et toi la Marie, t'approche pas de mon fils ! s'écria-t-il en fixant intensément les yeux verts de la jeune femme. Va courir après d'autres pêcheurs. Celui-là, il n'est pas à vendre ! »

Bastien étouffait de colère. Il allait répliquer lorsque son père le saisit fermement par le bras et le tira vers la sortie. Bastien tentait de résister, mais son père semblait devenu fou, c'était la seule hypothèse cohérente. Bastien se raidissait, en vain. Il ne voulait pas en venir aux mains ni frapper son père. Il pensa que la réunion l'avait mis en rage et qu'il vidait sa haine sur le premier venu. Pourtant, c'était la première fois qu'il se comportait de la sorte.

« Mais arrête, papa ! On faisait rien de mal. On faisait que parler de la réunion, de la pêche et des études.

– Les Grangez et les Servoz, c'est pas fait pour parler ensemble, gronda Joseph d'une voix sourde.

– Enfin, papa, c'est ridicule ! Ce sont des réactions d'une autre époque. On n'est plus au siècle dernier. On…

– C'est vrai ça, monsieur Servoz, dit Marie d'une voix qu'elle tentait de maîtriser. On a rien fait de mal.

– T'approche plus de mon fils, je t'ai dit ! » grogna Joseph comme un chien enragé.

Le bossu tira plus fort encore sur le bras de son fils, puis il se retourna, la bave aux lèvres, et fixa Marie d'un œil brillant de méchanceté gratuite.

« Quand on ne sait pas d'où on vient, on ne court pas après les garçons de la commune ! »

Marie ne comprit pas le sens de ces dernières paroles. Tout était incohérent : l'emportement hors de propos de Joseph et ses divagations. Soudain, elle réalisa ce qu'il avait voulu dire. Sa tête se mit à tourner. Une bouffée de chaleur lui monta au visage. La colère remplaça la stupeur. Elle étouffait. Elle voulut lui demander de préciser, mais elle n'y parvint pas. Elle aurait aimé hurler et frapper de toutes ses forces dans cette maudite bosse qui devait commander au cerveau. Mais sa colère resta prisonnière. Elle sentit qu'il ne fallait pas insister et oublier ces paroles que la jalousie et les vieilles rancunes avaient fait naître. Pourtant Marie était intimement persuadée que ces mots n'avaient pas été dits au hasard. Ils rencontraient au fond d'elle une résonance étrange et désagréable. Elle regarda Joseph entraîner son fils. Elle suivit des yeux la chevelure brune de Bastien. Il tentait de s'opposer à son père, mais ce dernier était dans une telle fureur que rien ne pouvait le contenir. Les deux hommes franchirent la porte à double battant ; le bruit sourd du groom résonna dans sa tête comme un glas. Elle sentit ses yeux se remplir de larmes. Sa gorge se noua et ses épaules s'agitèrent, d'abord à un rythme régulier, puis avec des soubresauts de plus en plus saccadés. Un flot de larmes s'échappa des deux lacs verts. Sa joie de vivre s'était envolée. Tout lui sembla tout à coup noir et triste et l'avenir bien sombre. Elle voulait rester encore et rejoindre les intervenants de la réunion, mais une force la poussait dehors. Elle avait envie de se retrouver chez elle et de se blottir contre Léonine. Elle aurait aimé que son père fût encore là pour la défendre et la protéger. Elle rêva que Bastien s'interposait, prenant fait et cause pour elle. Le jeune homme était devenu son seul espoir et elle se rendit compte qu'il avait pris beaucoup de place dans sa vie. Soudain, elle leva les yeux et s'aperçut que les membres de la petite réunion la regardaient. Ils étaient à deux doigts de la rejoindre pour la réconforter. Elle pivota et courut vers la porte. Elle entendait son cœur cogner dans sa poitrine et ses pieds frapper le sol. Ses tempes résonnaient. La gifle de la bise ne la calma pas. Elle laissa son manteau se soulever et gagna le haut du village. L'air glacial lui brûlait les poumons et s'infiltrait sous son pull pour lui mordre la peau. Mais Marie ne sentait rien. Elle fuyait la salle en même temps que son passé. La vision de sa maison ne la réconforta pas. Même les bras de Léonine ne purent rien contre la folle tristesse qui s'était glissée en elle.

« Que se passe-t-il, petite ? » interrogea la servante.

Marie ne parvenait pas à parler. Ses lèvres tremblaient. Tant sous l'effet du froid que par la profonde tristesse qui s'était emparée d'elle.

« Rien, Léonine, rien ! finit-elle par articuler. Je suis simplement tombée de vélo et je me suis fait mal.

– Ma pauvre petite ! consola Léonine. Tu veux toujours aller trop vite. Toute petite déjà tu étais comme ça. Il faut faire attention. Ton père te le disait tout le temps : “Tu vas finir par tomber.” Il avait raison ! »

Les paroles de la femme, loin de réconforter Marie, accentuèrent encore ses pleurs. Léonine, qui n’en comprenait pas la cause, caressait doucement la belle chevelure d’or.

« Une bonne soupe et au lit ! Après, tout ira mieux. Mais avant, montre-moi un peu tes blessures, qu’il faut les soigner pour pas que ça s’infecte !

– Nonnn…, hurla Marie en s’engouffrant dans le couloir qui menait à sa chambre. Je veux qu’on me laisse tranquille !

– Ah ! c’est pas facile les jeunes femmes de maintenant, marmonna la vieille. On n’y comprend rien. Enfin, quand ça ira mieux, elle le dira. »

Léonine prit un épais morceau de tissu, fit basculer la porte du four et sortit une belle tarte aux pommes. L’arôme embauma la cuisine.

« Quand elle aura senti ça, marmonna la servante avec un sourire tendre, pour sûr qu’elle va plus se rappeler qu’elle est tombée de vélo. »

# XIX

LE VENT BLANC BRISAIT SES ÉLANS sur la maison. Parfois, une bourrasque plus forte que les autres faisait claquer les volets en chêne. Toute la demeure tremblait. Dressée sur la colline, à l'extrémité du village, elle dominait la plaine. Dans une chambre du premier étage située au nord, Marie dormait. Un feu mourait doucement dans la cheminée. La jeune femme, enfouie sous un édredon en plumes d'oie, dormait en chien de fusil. Son corps frêle s'agitait parfois de tremblements nerveux.

« Non ! non ! » cria-t-elle.

Puis elle geignait, s'étouffait, hoquetait. Par moments, ses bras battaient l'air fébrilement, puis retombaient, épuisés, sur les draps. La chambre n'était plus qu'une vaste étendue d'eau aux ressacs incessants. Les vents hurlaient. La tempête qui se déchaînait faisait se briser les vagues sur les pierres noires de la jetée. Les coques des bateaux se fracassaient sur les récifs. Tout n'était plus qu'écume et hurlements. L'air et l'eau se mélangeaient. Un épais brouillard recouvrait les moindres recoins de la côte.

Marie se débat. Elle lutte contre l'élément liquide. Elle n'arrive plus à respirer. Sa gorge, prise d'assaut par les flots, ne parvient pas à prendre la moindre gorgée d'air. Ses poumons se remplissent d'eau. Ce n'est pas l'eau salée de la mer, mais une eau au goût de vase, de l'eau douce, de l'eau de lac, de l'eau DU LAC. Marie nage, rien n'y fait. Elle ne parvient pas à se maintenir à la surface. Elle crie, hurle, tente d'appeler les secours. Mais les mots restent au fond de sa gorge.

Elle lève la tête. Là, tout contre elle, des hommes, des ombres bleues aux regards de braise assis dans un canot de pêche, parlent gentiment. Les mains sur les rames, ils semblent ignorer ce qui se passe autour d'eux. Suspendus dans le brouillard, ils volent au-dessus des flots. Étrangement, la tempête les ignore, leur bateau ne bouge pas. Ils la regardent se noyer, sans faire un geste. Leurs silhouettes bleu de Prusse l'entourent, virevoltent dans l'air, puis regagnent l'intérieur du bateau. Ils parlent à voix basse. Leurs mots sont des ombres bleues, eux aussi. Marie fait un effort désespéré pour hurler et attirer leur attention, mais elle n'y parvient pas. Elle coule. Elle remonte. Elle n'est plus seule. À côté d'elle, d'autres ombres bleues se battent contre les flots. Elles ne crient pas. Elles pleurent, geignent, supplient. Pour elles, l'eau est calme. Elles ne coulent pas. Elles nagent. Leurs voix sont tremblantes, cisaillées par le froid. Elles parlent presque tendrement. Elles parlent aux deux hommes bleus de la barque. Marie les regarde. Elle les appelle, mais ils ne la voient pas. C'est un homme et une femme. Ils se tiennent la main. L'homme est en costume sombre, bleu ardoise. Il a une moustache. Marie imagine qu'il a des chaussures vernies. La femme a une belle robe bleue et une écharpe rouge. Marie ne les connaît pas. Elle les voit seulement dans ce cauchemar dans lequel elle se noie. Tout près d'elle, Marie voit un garçon. Il la regarde avec deux grands yeux bleu pâle. Il est plus âgé qu'elle. Il nage en claquant des dents. Il est beau. Il est bien coiffé. Il a des cheveux blonds et une raie sur le côté. Marie pense qu'il doit avoir des pantalons à jambes courtes comme les enfants de la bourgeoisie. Il part vers le large à travers le brouillard. Il est le seul qui ne soit pas bleu. Ce n'est pas une ombre. Il est comme elle. Marie l'appelle, mais il ne se retourne pas et disparaît dans la brume. La lune apparaît soudain et déchire le brouillard. Tout est redevenu bleu.

Marie est petite, trop petite pour savoir nager. Elle ne se bat pas contre la tempête. Ce sont ses bras qui, en agitant l'eau, font naître de l'écume. Elle s'étouffe, elle crie, mais ses paroles ne franchissent pas la barrière de sa bouche. Gustave ! C'est Gustave, son père, qui parle calmement sur la barque. Il la regarde, mais elle ne l'intéresse pas. Il parle avec Joseph. Pour une fois, ils sont d'accord. Ils se sourient. Ils sont amis. Amis contre Marie, contre le petit garçon qu'ils laissent partir dans la brume et complices face à la mort du couple qui coule lentement, sans un geste, sans un mot. Marie leur tend la main. Elle se rend compte alors que sa main aussi est bleue.

« Papa, aide-moi ! » crie Marie.

Mais les mots se perdent dans la ouate du brouillard. La bosse de Joseph est monstrueuse. Elle se détache de son corps et vient planer au-dessus de Marie. Elle a des yeux. Elle rit. Elle se moque de Marie. Tout est horrible. Gustave rit aussi. Il ne reconnaît pas Marie. Enfin, les deux ombres bleues la regardent avec des yeux cruels et lui crient :

« Alors, petite, tu sais pas d'où tu viens ! »

Et Gustave se met à rire aussi. Son rire résonne dans la tête de Marie. Tout tremble, tout se désintègre.

« Regarde, Gustave, elle sait pas d'où elle vient ! commente Joseph en riant de plus belle.

– Elle sait pas d'où elle vient… », répète un écho dans la tête de Marie.

Le brouillard se referme sur la barque. Marie coule. L'eau glaciale pénètre dans son corps. Une main l'agrippe par les cheveux et la tire sans ménagement vers la surface. Marie respire de nouveau. Elle avale de l'air en toussotant pour se débarrasser de l'eau qu'elle a avalée. Une main lui caresse le visage. Elle est râpeuse et dure comme une planche de bois. Marie veut ouvrir les yeux, mais elle n'y parvient pas. Elle veut voir le visage de l'ombre qui la sauve. Elle veut savoir à qui appartiennent ces deux mains. Il est trop tard. Marie est déjà dans le canot et les deux hommes parlent à voix basse.

« Pourquoi tu l'as récupérée ? demande une voix agressive. Si on se fait prendre, on est bons pour se faire fusiller.

– Fusiller, fusiller… », répète l'écho.

L'autre voix grogne, mais ne répond pas. Les deux ombres rament. Le canot glisse lentement sur l'eau plate.

Le brouillard s'ouvre devant l'embarcation. Tout est silencieux. Marie se trouve sous des filets qui la recouvrent entièrement. De l'eau dégouline sur son visage, dans son cou, dans ses cheveux.

Tout sent le poisson et l'odeur forte imprègne ses vêtements. C'est cette odeur qui la sauve, qui la protège du monde et de la mort. Sans elle, Marie serait encore dans l'eau glaciale.

La lune diffuse une lumière laiteuse, électrique.

« Où est le petit garçon qui nage si bien ? » murmure Marie.

Personne ne bouge dans la barque. Les ombres rament. Du bout des pales, l'eau s'égoutte dans le lac.

Marie l'appelle ; d'abord d'une voix douce, éteinte, puis de plus en plus fort pour terminer en un cri de désespoir et d'angoisse. Une main brutale se plaque sur sa bouche. Elle étouffe. Le brouillard se peuple de bruits, de cris qui viennent de l'eau. Ce sont des cris d'hommes qui commandent.

« Arrêtez-vous ! ordonne une voix dans un porte-voix. Rendez-vous et il ne vous sera fait aucun mal ! »

Les rames ne se plongent plus dans l'eau. Le bateau glisse doucement, puis s'arrête. Il flotte comme un bouchon. Le moteur d'un bateau fait vibrer l'air. Le coton va se déchirer. On entend des bruits de voix à quelques mètres.

« Saleté de brouillard ! commente une voix d'homme mûr. On n'y voit rien.

– Rentrons ! » commande une autre.

Le bruit de moteur s'éloigne.

Marie respire. La main de l'ombre bleue a quitté sa bouche. L'odeur de poisson la protège. Les filets sont doux, presque chauds.

Dehors la bise fit claquer les contrevents du rez-de-chaussée si fort que les murs de la chambre de Marie tremblèrent. Elle se redressa brusquement sur ses avant-bras et fixa la nuit. Qui avait frappé ? Elle écouta. Rien ! Seul le miaulement du vent dans les conduits de cheminées lui répondit. Marie avait le front en sueur. Elle respirait rapidement et son cœur battait la chamade. Elle s'assit en tailleur, serra ses cuisses contre sa poitrine et appuya son menton sur ses genoux. Ses lèvres tremblaient. La peur était encore tapie au fond d'elle. Elle alluma sa lampe de chevet. Ce n'était que la tempête qui l'avait effrayée. Tout allait rentrer dans l'ordre. Elle se leva, enfila sa robe de chambre et descendit à l'office. La maison semblait ballottée par la tempête.

« Elle se balance comme un bateau ivre », articula Marie en parcourant sa maison.

La jeune femme avait toujours aimé cette phrase tirée du titre d'un poème de Rimbaud. Elle décrivait si bien son état d'esprit qu'elle la répéta plusieurs fois.

Elle se mit à penser aux bateaux du lac, à la pêche, au poisson. Cet univers la réconfortait. Il s'appuyait sur du concret. Contre l'avis de tous, elle venait de choisir le métier dont elle rêvait depuis toujours. Elle sourit de nouveau. Ses larmes de terreur disparurent et une bouffée d'enthousiasme gonfla sa poitrine.

« Allez, ma vieille ! Ce n'est qu'un cauchemar de plus. Tu le fais au moins une fois par semaine depuis ton enfance, alors tu commences à le connaître par cœur. C'est pas lui qui va t'empêcher de faire ce que tu veux, tout de même ! Et puis le lac, c'est ta vie. Tu ne peux pas vivre loin de lui. »

Marie mordit à pleines dents dans un morceau de tarte aux pommes posée sur la table. Elle se servit un verre de crépy et apprécia le fruité du vin un peu pétillant. Elle regagna sa chambre par l'escalier en bois. Les marches craquèrent sur son passage. Sa chambre était glaciale, mais elle la trouva curieusement accueillante. Elle se glissa entre les draps froids de son lit et se pelotonna pour se réchauffer. Elle retrouva rapidement la sérénité et plongea dans un profond sommeil.

Le reste de la nuit fut un rêve. Marie suivait la course des nuages au-dessus du lac. Elle sentait la douce chaleur du sudois caresser son visage. Ses mains tiraient sur les ralingues pour sortir les filets de l'eau bleue. Ils pesaient, chargés de proies frétillantes. Les poissons se contorsionnaient, prisonniers des mailles des grands-pics. Elle se dépêchait et les féras tapissaient rapidement le fond de son canot. Bastien apparut. Son visage carré et doux la fit sourire. Il était si beau qu'elle en rougissait. À ses côtés, sur le bateau, il tirait sur un des bras du grand filet de monte. Marie, elle, de dos, s'échinait sur l'autre bras. Ils riaient tous les deux en apercevant le sac à l'extrémité rempli de prises. Ils sautaient de joie et s'embrassaient à pleine bouche. Bastien, tendre et aimant, la prenait dans ses bras pendant le trajet de retour au port. Les berges s'approchaient au ralenti. La vie était simple et belle comme un amour partagé.

# XX

LA LUEUR DE L'AUBE NAISSANTE FILTRAIT à travers les volets de la chambre de Marie. Un rai de soleil se promena sur le plafond puis frappa la jeune femme en pleine figure. Elle cligna des yeux et se retourna. Elle tira l'édredon sur son visage pour échapper à la clarté. La lumière était la plus forte. Marie pensa un instant avoir oublié d'éteindre la lampe. Mais non ! Le jour était là. La jeune femme écarta ses draps d'un geste ample et sauta du lit. Pieds nus sur les dalles, elle se dirigea en trottinant vers la fenêtre. Elle fit pivoter la crémone et poussa les volets. Elle plissa les yeux sous la violence de la lumière. Il était tôt et, pourtant, il faisait jour. Après la grisaille, le soleil faisait son grand retour. Les jours allongeaient et, pour la première fois, Marie s'en aperçut.

« Comme il fait beau ! » lança Marie.

Au loin, un corbeau freux croassait. Pour sa première journée de pêche, le ciel était de la partie. Il faisait froid, mais le vent était tombé. Le lac serait calme et elle pourrait poser ses filets comme elle l'avait appris au cours de son stage. Le soleil éclaboussait les monts du Jura. Les crêtes blanches des sommets se détachaient sur un ciel bleu profond. Les forêts aux reflets bleu ardoise se paraient de mille teintes chaudes, allant de la terre brûlée à l'orange. Marie laissa vagabonder son esprit. Elle parcourait le paysage et pensait à son père, lui qui était si attaché à ce lac.

Elle entendit un cliquetis sur la route qui menait à sa maison. Elle se pencha et vit Léonine poser son vélo contre le perron. La vieille dame fit faire un demi-tour à sa pédale du revers du pied et la cala contre la marche. Elle frotta le devant de sa jupe d'un geste énergique et monta rapidement. Marie sentit une bouffée de tendresse l'envahir. La vue de la servante la remplissait toujours de plaisir. Elle était la mère qu'elle n'avait jamais eue. Elle lui avait confié ses premiers chagrins de jeune fille et ses rêves secrets. Léonine savait tout d'elle. C'était la seule personne sur qui elle savait pouvoir toujours compter.

« Hou ! Hou ! Léonine ! » appela Marie.

La servante leva un visage surpris et sourit tristement.

« Tu viens de bonne heure ! J'espère qu'il n'est rien arrivé de grave.

– Attends, Marie ! Je monte », répondit Léonine d'une voix qui trahissait une inquiétude.

Marie dévala l'escalier. L'attitude de Léonine lui faisait craindre le pire. Elle entra dans la vaste cuisine au même moment qu'elle. Marie l'embrassa. Léonine la laissa faire et se recula rapidement, comme pour avoir la force de lui annoncer quelque chose de difficile.

« Faut que je te parle, Marie !

– Qu'y a-t-il ? Tu es toute bizarre.

– Je te le dis tout de go, ma fille, je ne pourrai plus venir tous les jours comme pour ton père. L'Antoine, mon mari, y veut plus. Il dit que t'es assez grande maintenant pour te débrouiller toute seule.

– Mais pourquoi ? C'est totalement ridicule. Si tu veux que je te paye davantage, tu n'as qu'à me le dire.

– Pfft… ! C'est pas une question d'argent. D'ailleurs, pour ton père, la plupart des fois, je voulais pas qu'y me paye. Quand je faisais les courses pour Gustave, je prenais un peu pour mon mari, le fils et moi et ça suffisait bien comme ça.

– Alors, pourquoi, Léonine ? » questionna Marie d'une voix grave.

Léonine se tordit les mains. Elle se recula et se dirigea droit vers l'évier. Elle prit un verre dans le vaisselier, le remplit d'eau sous le robinet et l'engloutit d'un coup sec. Toujours de dos à Marie, elle dit :

« C'est rapport au fait que t'aies pris une licence de pêche de première catégorie. Mon mari, c'est un pêcheur. Et comme les autres, il l'admet pas. Y dit que c'est pas un métier de femme, que tu vas faire fuir tous les poissons du lac et que ça commence déjà avec toutes les algues vertes qui poussent dessus. »

Marie eut le souffle coupé. Elle s'était attendue à tout, mais pas à un coup aussi bas. Décidément, elle n'était pas la bienvenue dans la profession. Même les personnes qu'elle croyait de son côté lui faisaient faux bond.

« Mais c'est complètement stupide, Léonine. Je… Je… »

Marie sentait une boule se former dans sa gorge. Elle ne parvenait plus à parler. Elle évoluait en plein délire.

« On n'est plus au Moyen Âge, reprit-elle. Ce n'est pas moi qui fais pousser les algues, c'est la pollution. Et puis les poissons, je les fais pas fuir non plus. D'ailleurs, on n'a jamais pêché autant de perches et de vengerons. Alors, c'est ridicule.

RIDICULE ! En plus, je ne suis pas la seule femme à pêcher sur le lac. Tout le monde le sait aussi bien que toi et moi. Alors, qu'est-ce que j'ai fait de mal ?

– Marie, tu es la seule femme à être patron. Les autres ne sont que des épouses de pêcheur et elles ne font qu'aider leur mari. Il est vrai que certaines en font un peu plus, mais c'est pour compenser quand leurs maris cuvent leur vin. »

Léonine avait débité sa tirade toujours de dos. Elle fixait le paysage à travers les petits carreaux de la fenêtre qui donnaient sur un vieux chêne décharné. Elle tentait de distraire ses pensées et, surtout, de retenir ses larmes devant la jeune femme.

Elle se retourna et fit face à Marie. Son visage était ravagé. Ses yeux rougis se noyaient dans une tristesse infinie. De petites larmes coulèrent sur sa peau fripée. Elle les essuya d'un revers nerveux de la main et reprit en contenant un sanglot :

« C'est comme ça, Marie, et personne pourra rien y changer. Et puis ça te fera des économies. Tu vis toute seule. Tu déranges pas beaucoup, alors je te sers plus à rien. »

Marie allait s'élancer dans les bras de la vieille femme. Celle-ci fit un geste autoritaire qui la stoppa net.

« Non, Marie ! Je viendrai quand même de temps en temps, quand Antoine sera à la pêche et qu'y le saura pas. Je te souhaite bon courage et tu vas en avoir besoin. C'est un dur métier que tu as choisi, ma petite. Oh oui, c'est dur ! »

Léonine traversa la pièce. Elle frôla la chemise de nuit de Marie et se dirigea vers le couloir. Elle pesa sur la poignée de la porte puis, sans se retourner, dit d'une voix cassée par la tristesse :

« Marie, tu es la fille que j'ai jamais eue ! Si tu savais comme j'ai veillé sur toi quand tu étais toute petite et que tu risquais tant. C'était si dur. Y avait tellement à craindre. Ton père, il a été courageux. Il t'a aimée dès qu'il t'a vue ! Il a tout laissé pour toi et il s'est mis tout le monde à dos. Maintenant, c'est le passé, tous ont oublié et c'est pas le moment de réveiller les vieilles histoires. »

Léonine fit jouer la clenche et se glissa rapidement dans le couloir. Après quelques pas précipités, elle s'arrêta et fixa la porte palière. Ses dernières paroles lui labouraient les oreilles. Elle resta immobile. Ses mains tremblaient et ses yeux devinrent flous. Elle ne parvenait plus à penser. Ses sentiments remontaient à la surface et elle ne pouvait pas lutter. Elle fit demi-tour, lentement, et revint dans la cuisine.

Marie, pétrifiée, n'avait pas compris le sens des paroles de la vieille femme. Tout avait tourné autour d'elle. La pièce était devenue un manège infernal. Une chaleur étouffante l'avait envahie, puis son corps était devenu un brasier. Elle était devenue molle, sans vie, et s'était affalée sur une chaise. Ses oreilles bourdonnaient.

Léonine s'approcha sans bruit. Marie ne bougeait pas. Elle était vaincue. La servante se plaqua contre la chaise, prit sa tête dans ses mains et la pressa contre elle. Marie était absente. Léonine plongea ses doigts dans ses cheveux fins et raides comme le blé d'un été trop sec et les lissa avec une tendresse infinie. Les paroles ne parvenaient pas à sortir de sa poitrine. Elles étaient terrées si profondément et depuis si longtemps que rien ne parvenait à les faire exploser. Marie fixait le sol et avec une voix étranglée, presque butée, demanda :

« Tu l'as connue, ma mère ? Comment elle était ? »

Tout d'abord, Léonine ne dit rien, comme si les mots n'avaient eu aucun sens. Elle continuait de caresser les cheveux de la jeune femme. Ses yeux plantés dans les carreaux de faïence, au-dessus de l'évier, paraissaient transpercer le mur pour contempler le paysage de la plaine et, au-delà, le lac. Elle voyait bien autre chose. Elle revivait le passé : la guerre, l'Occupation, les restrictions et les traversées du lac à la rame. Les vieilles histoires enfouies dans sa mémoire resurgissaient avec un réalisme et une acuité si saisissants qu'elle éprouva un tremblement nerveux. Elle entendait les rires des femmes qui dépêchaient les filets sur le port, devant les cabanons durant l'été 1942. Elle revoyait son mari avec Joseph, moins bossu que maintenant, et Gustave toujours aussi massif. Elle revivait la nuit de brouillard du 28 octobre 1942 et, au matin, l'arrivée de la petite. Elle devait avoir trois ans, tout au plus. D'où venait-elle ? Léonine n'avait pas posé de question. Gustave ne lui en avait pas laissé le temps. Il lui avait simplement dit : « Je l'ai adoptée. » Voilà tout. Il avait ensuite quitté sa maison du bord du lac pour habiter dans le village d'en haut. La petite était restée quelques jours chez Léonine en attendant que tout se mette en place. Puis elle était devenue la fille du vieux. Une fille qu'il aurait eue avec une femme qu'il avait connue à Annemasse et qui serait morte des suites d'une maladie de poitrine. Le nom de la mère de Marie, Sarah Grangez, avait trouvé sa place sur la pierre tombale du cimetière. La guerre avait aidé aux formalités. Le temps avait passé. Les vieux, ceux qui savaient ou se doutaient, étaient morts. La vie simple, rythmée par le labeur sur le lac, avait repris sa place. Tout était bien fini et les souvenirs rangés dans les tiroirs des choses établies. La tête de Léonine tournait. Les faïences dansaient une mascarade. Elle voulait tout dire à

Marie. Elle voulait lui prendre la main et lui faire comprendre que son père était Gustave depuis toujours et que le reste n'avait pas d'importance. Mais le mensonge était si ancien que rien ne pouvait le briser.

« Elle était belle, ta mère, laissa échapper Léonine. Je l'ai vue qu'une fois.

– Tu mens, Léonine ! grinça Marie, plus butée que jamais. Tu crois que je suis bête ou quoi ? Tu crois que j'ai jamais remarqué que je ressemblais pas à mon père ? Y a pas de photo de ma mère et je sais rien de sa famille. Mon père, ou plutôt, je devrais dire, Gustave, ne m'a jamais rien dit. Je veux savoir, Léonine. Je veux savoir d'où je viens. »

Marie s'était levée brusquement et avait agrippé la vieille femme par les épaules. Ses yeux trahissaient un profond désarroi.

Léonine se tortilla. Elle étouffait. L'émotion était si forte que son visage s'empourpra. Son cœur se mit à battre la chamade.

« Marie, tu peux pas comprendre, lança Léonine. Et puis, c'est le passé. C'est mieux ainsi. »

D'un geste nerveux, presque brutal, elle se dégagea, s'élança dans le couloir et sortit. La lourde porte se referma, comme mue par un violent courant d'air. Après avoir dévalé les quelques marches du perron, elle enfourcha son vélo et pédala de toutes ses forces en direction du village.

Marie la regarda s'en aller à travers les petits carreaux de la fenêtre de la cuisine. La route plongeait vers le lac. Elle vit le dos voûté de la vieille dame disparaître. Des rivières de larmes coulaient en silence sur ses joues.

# XXI

« Il faut que j'en aie le cœur net ! »

La jeune femme se précipita dans sa chambre. Sa tête tournait. Elle respirait difficilement. Elle sentait qu'un pan de sa vie allait dépendre des événements à venir. Ses pieds nus résonnèrent sur les dalles noires et blanches du couloir. Elle oublia les jeux de lumières qui dansaient sur les murs arrondis de la cage d'escalier et se concentra sur ses pensées. Plus rien ne comptait. Elle baissa la tête, ses cheveux blonds étaient mouillés par les larmes. Elle enfila un gros pull de laine bleu tricoté par Léonine. Son image lui traversa l'esprit.

« Pourquoi tu ne veux rien me dire, Léonine ? Pourquoi ? hurla Marie, les mains plaquées sur le visage. Si seulement mon père était là ! »

Dehors, Marie fut malmenée par le vent de Molaine qui soufflait en rafales. Ses cheveux volèrent dans tous les sens, lui masquant la vue. Elle se dirigea vers le garage pour prendre son vélo. Arrivée devant l'établi, elle s'empara d'une pelle-bêche. Avec détermination, elle ficela le manche au cadre du vélo, sauta sur son engin et s'élança sur la route.

« Je veux savoir la vérité ! »

Elle eut le plus grand mal à faire avancer son vélo. Elle titubait d'un bord à l'autre de la route. Au loin, elle apercevait le clocher à bulbe de l'église qui lui sembla tout à coup menaçant. Enfin, elle parvint aux deux ifs du cimetière. Le mur d'enceinte courait dans les pâturages. Il était large et surmonté d'une faîtière en tuiles romanes. Le bas, mangé par l'humidité, s'effritait par plaques, laissant voir la pierre de Lugrin. Une allée de cailloux menait droit au portail d'entrée.

Elle s'engagea ; le bruit de ses pas lui rappela le crépitement du bâton de pluie africain avec lequel elle avait joué, enfant. Elle chassa ce souvenir qui lui rappelait son père. Le vent qui hurlait dans ses oreilles l'empêchait de percevoir les autres bruits. Marie appuya son vélo contre la pierre glaciale, prit la pelle et la jeta sur son épaule. Son visage était fermé.

Elle pesa sur la poignée de la grille en fer forgé qui céda avec bruit. Le mur du cimetière était si haut qu'à l'intérieur le vent tomba, cédant la place à un silence lugubre. Marie, épuisée par le trajet, s'appuya contre la grille. Elle pensait avoir fait le plus dur, mais à la vue des tombes, elle perdit courage. Sa résolution était sur le point de s'envoler. Elle venait ici depuis des années pour rendre visite à sa mère qu'elle n'avait jamais connue. Elle trouvait cet alignement de pierres plates surmontées de croix reposant. Son père, qui l'accompagnait souvent, n'avait jamais versé la moindre larme ou eu le plus petit élan de tristesse. Il plantait Marie devant la tombe et allait déambuler dans les allées, pour saluer les vieux copains, qu'il disait. Marie avait toujours pensé qu'il la laissait en tête à tête avec sa mère pour qu'elle puisse lui parler sans être gênée. À présent, elle doutait de cette pudeur.

La tombe se trouvait sur la droite, dans la deuxième rangée, à quelques mètres de l'entrée. Il s'agissait d'un simple monticule de terre recouvert d'une dalle de pierre blanche. À l'extrémité, une croix portait l'inscription : SARAH GRANGEZ, 28 OCTOBRE 1942. Pour la première fois, Marie remarqua qu'il n'y avait qu'une date de décès. À quel âge sa mère était-elle morte ? Marie ne s'était jamais posé la question. Elle se souvenait simplement des grands monologues dont elle abreuvait cette mère rêvée. Elle était devenue une icône intemporelle. Marie lui avait donné mille visages au fur et à mesure des années.

Elle lâcha la pelle-bêche, qui tomba sur le sol avec un bruit creux, et s'assit sur le rebord de la pierre tombale. Au centre, un petit vase contenait un bouquet de fleurs fanées. Marie les enleva délicatement puis, prise d'une soudaine colère, saisit le vase de faïence noire et le jeta sur la tombe voisine. La poterie vola en éclats dans un bruit cristallin. Marie ne pensait plus. Après des années de mensonge, elle voulait savoir. Elle saisit la pelle-bêche à pleines mains et glissa la lame sous la pierre. Elle prit un pavé de granit qui délimitait les allées et le plaça sous le manche, au ras de la bêche. Elle saisit l'extrémité du manche et pesa de tout son poids. La pierre émit un grincement, mais rien ne bougea. Elle appuya à nouveau de toutes ses forces, sans résultat. Après de nombreux essais, la pierre était toujours scellée sur la terre, gardant son secret. Marie, les yeux brouillés par la rage, s'échina encore. La lame glissa, sortit de son logement, et Marie, privée de son appui, s'affala sur le gravillon de l'allée. En percutant le sol, elle ressentit une vive douleur dans les genoux. Les larmes lui montèrent aux yeux.

« J'y arriverai, grinça-t-elle. Même si je dois la casser en petits morceaux. »

Son visage était couvert de sueur. Ses oreilles bourdonnaient et son cœur tambourinait dans ses tempes. Elle saisit l'outil et allait enfoncer de nouveau la lame dans la fente lorsqu'elle fixa la croix : Sarah Grangez, 28 octobre 1942. Était-ce vrai ? Était-elle bien morte à cette date ? D'ailleurs, était-elle bien morte tout simplement ? Elle hésita puis, les yeux plantés dans la pierre grise, pesa de tout son poids sur la pelle-bêche. Rien ! Elle sauta à pieds joints sur le rebord et la lame aux reflets d'argent glissa et pénétra dans la terre.

« C'est pas possible ! On n'a jamais rien enterré là-dedans », grommela-t-elle.

La colère monta comme un raz-de-marée qui lamine tout sur son passage. Marie ne parvenait plus à penser de façon cohérente.

« Je t'aurai, saleté de pierre ! » hurla-t-elle en levant la pelle-bêche et en frappant de toutes ses forces sur le sol.

La lame s'enfonça et lui propulsa une motte de terre au visage. Elle s'essuya d'un revers de main, mais de la terre était entrée dans ses yeux. Une violente brûlure la fit tressauter. Elle lâcha tout, sortit un mouchoir de sa poche et s'essuya. La colère avait cédé la place au désespoir. Elle s'assit sur la pierre tombale et pleura à chaudes larmes.

« Comment je vais faire ? se lamenta-t-elle. J'y arriverai jamais ! »

Ses sanglots envahirent le petit cimetière. Le vent de Molaine ne parvenait pas à en couvrir le bruit. Soudain, elle s'arrêta net. Elle se redressa et courut vers le portail. Elle grimpa sur son vélo et retourna chez elle.

« Une pioche ! Avec une pioche, ça va aller tout seul. »

Marie pesa de toutes ses forces sur les pédales et fit l'aller-retour à une vitesse record. Elle était obsédée par cette tombe. Elle oubliait qu'elle tentait de commettre un acte abominable : profaner une tombe, et pas n'importe laquelle, celle de sa mère. Mais la hargne avait pris le pas sur la raison. Elle serra les dents et leva la pioche.

« Tu seras bien obligée de céder un jour ou l'autre, cochonnerie de tombe ! »

Alors qu'elle allait abattre l'outil, elle jeta machinalement un coup d'œil en direction de la grille et rencontra le visage d'un vieil homme chenu. La pioche tomba et le pic rebondit sur la dalle avec un bruit sonore. Marie se redressa vivement.

« Hum… ça fait longtemps que vous êtes là ? » questionna-t-elle d'une voix peu assurée.

L'homme, petit et râblé, était assis sur le rebord d'une pierre tombale de granit rose et fumait une cigarette roulée. Par moments, il frottait les genoux ravaudés de son bleu de travail avec ses mains calleuses. Son visage brûlé par le grand air restait impassible comme s'il n'avait rien entendu.

Il tira sur sa cigarette à pleins poumons et cracha une volute bleue. Marie ne savait quelle attitude prendre. Elle se sentait prise en faute. L'homme fuma encore deux fois, puis écrasa consciencieusement son mégot sur le granit, gratta le bout, sortit une boîte métallique de sa poche et y fourra le reste du mégot.

« Je le fumerai tout à l'heure, commenta-t-il. C'est du bon, alors faut pas le gâcher.

– Vous êtes là depuis longtemps ? » répéta Marie.

L'homme ne répondit pas. Il se leva, traversa l'allée et s'approcha de la dalle :

« Elle est solide, cette pierre. La pioche ne lui a rien fait. Mais c'est pas bien ce que vous vouliez faire, mam'selle Grangez ! C'est pire qu'un crime de déterrer les morts. »

Marie était décontenancée. L'homme paraissait un peu simple d'esprit et il semblait la connaître. Planté à quelques mètres d'elle, les poings sur les hanches, il la dévisageait. Elle allait le questionner quand il reprit d'une voix un peu lasse :

« C'est pas la peine d'aller plus loin, mam'selle Grangez, y a que de la terre et, croyez-moi, elle est dure celle-là ! Je sais de quoi je parle, c'est moi qui ai creusé presque toutes les tombes de ce cimetière. »

Une forte émotion empourpra la face de Marie.

« Comment... Comment vous savez qu'il n'y a rien là-dessous ?

– Eh bien, parce que c'est moi qui ai mis la pierre. Et quand je l'ai mise, y avait pas de trou ni de cercueil là-dedans. »

Marie était de plus en plus médusée. Les questions se bousculaient dans sa tête. Ses lèvres s'agitèrent, prêtes à laisser fuser une avalanche d'interrogations. Le vieux la fixa avec ses petits yeux. Les orbites étaient si reculées et les sourcils si broussailleux que Marie n'en voyait pas la couleur. Le vieux comprit ce que la jeune femme allait demander. Il leva le bras d'un geste résigné et dit :

« C'est votre père qui me l'avait commandée pendant la guerre. Il m'avait demandé de rien dire, alors j'ai empoché l'argent et j'ai rien dit. En plus, je l'avais pas fait payer cher.

– Mais alors, ma mère... ? demanda Marie d'une voix désespérée.

– Pfft... Je sais rien de votre mère, moi ! répondit le vieux fossoyeur. Et puis, c'est pas mes affaires. Si votre père vous a rien dit, c'est qu'y a rien à savoir ! »

Il se détourna, se frotta les mains et s'éloigna d'un pas traînant. Il marmonnait tout seul :

« C'est vrai que je l'avais pas fait payer cher. J'aurais dû parce que ça valait des sous un secret comme ça. »

Parvenu devant la grille, sans se retourner, il lança d'une voix paternelle :

« Rentrez chez vous, mam'selle Grangez ! Vous allez attraper la mort à rester là en nage. »

Le ciel se couvrit de lourds nuages noirs. Une pluie drue et froide se mit soudainement à tomber. Marie était restée plantée devant la pierre tombale et fixait l'inscription sur la croix : SARAH GRANGEZ, 28 OCTOBRE 1942. La pluie ruisselait sur son visage et dégoulinait dans son cou. Ses cheveux blonds, plaqués par l'eau, lui donnaient l'aspect d'un petit animal abandonné.

## XXII

« Madame, s'il vous plaît ! demanda Marie à l'employée de mairie. Pourrais-je voir le registre des décès de l'année 1942 ? »

La fonctionnaire, sanglée dans une robe-tablier aux couleurs criardes serrée à la taille par une large ceinture de toile, dévisagea Marie derrière les verres épais de ses lunettes. Sa petite taille l'obligeait à lever la tête. Elle resta un instant interdite, jeta un œil inquiet en direction de son chef de bureau et répondit :

« Ce n'est pas possible, madame, vous devez faire une demande écrite à M. le maire. »

Elle quitta le regard de Marie et reprit sa tâche.

Marie sentit des fourmis lui monter dans les doigts. Elle ne comprenait pas ce refus. Elle avait envie de sauter le comptoir et de la prendre au col. La fouille de la tombe avait mis ses nerfs à rude épreuve et elle avait perdu toute patience. Elle voulait savoir et elle ne supporterait pas qu'une fonctionnaire zélée puisse l'en empêcher.

« Ce n'est pas la peine que je fasse une demande par écrit puisque je suis là, grinça Marie, tentant de maîtriser sa colère. Mais si vous y tenez vraiment, je peux la faire tout de suite. Donnez-moi une feuille et je la rédige !

– Mais enfin, madame, ça ne se fait pas comme cela ! rétorqua la fonctionnaire sur un ton pincé. Il faut une bonne raison pour demander à compulser de tels registres. Vous êtes historienne ? journaliste ? »

Marie devint blême :

« Écoutez, la plaisanterie a assez duré. Montrez-moi ce registre et on en parle plus ! Je n'en ai pas pour longtemps et je n'ai même pas besoin de vous. »

Au même instant, un conseiller municipal poussa la porte d'entrée. Il se dirigea vers Marie et toussota dans son dos. Elle se retourna brutalement.

« Marie Grangez, quel bon vent vous amène chez nous ? » demanda l'homme avec gentillesse.

Marie perdit un instant contenance et dévisagea le nouvel arrivant.

« Monsieur Vernuoz ! » s'écria-t-elle.

Elle ne parvenait pas à en dire plus. Le conseiller, que les années avaient embelli, lui conférant le charme discret des hommes mûrs, était son ancien professeur d'histoire au collège, matière dans laquelle elle n'excellait pas particulièrement. Mais il l'avait toujours eue en sympathie.

« Alors Marie, que vous arrive-t-il ? »

La secrétaire allait intervenir lorsque le conseiller la contraignit au silence d'un geste autoritaire. Marie n'osait exposer sa requête. M. Vernuoz comprit sa gêne.

« Venez dans mon bureau, nous pourrons discuter tranquillement ! »

Il la précéda d'un pas élastique. Il ouvrit la porte et s'écarta pour la laisser entrer, et dit sur un ton badin :

« Asseyez-vous, Marie, pas de chichis entre nous !

– Voilà, monsieur, je voudrais voir le registre des décès de l'année 1942. »

Elle se hâta de poursuivre, craignant d'être interrompue :

« Ma mère est morte le 28 octobre 1942 et je voudrais voir son acte de décès.

– Rien de plus facile, Marie ! »

M. Vernuoz se leva, ouvrit la porte, se pencha à moitié dans l'entrebâillement et lança :

« Ginette, apportez-moi le registre des décès de l'année 1942 ! »

Marie entendit le trottinement des talons aiguilles sur les dalles de pierre de Lugrin. Elle s'appelait donc Ginette cette fonctionnaire zélée ! Marie ne put retenir un sourire lorsqu'elle franchit la porte avec le précieux registre en main. Elle se précipita vers le bureau du conseiller, posa le livre devant lui et repartit sans un regard pour Marie.

« Voyons voir, commenta M. Vernuoz. 1942... octobre... 28 octobre... voilà. »

Il tourna deux pages, puis leva un visage surpris. Marie, assise au bord de son fauteuil, le mangeait du regard. Elle se mordillait les lèvres et serrait les mains avec nervosité.

« Comment dites-vous que s'appelait votre mère ?

– Sarah Grangez. Enfin, Grangez, c'était le nom de mon père. Je ne connais pas le nom de jeune fille de ma mère.

– Il n'y a pas de Sarah Grangez décédée le 28 octobre 1942. Ni de Sarah. Ni même de femme décédée dans la commune le 28 octobre 1942. Il n'y a que deux hommes, l'un âgé de soixante et onze ans et l'autre de quatre-vingt-trois ans. »

M. Vernuoz referma le registre avec douceur et leva un visage calme vers elle.

« Expliquez-moi plutôt pourquoi vous voulez ces renseignements, on gagnera du temps. »

Marie se recula sur son siège. Elle eut d'abord envie de fuir, mais elle se reprit. Peut-être que cet homme pourrait l'aider, après tout.

Les derniers jours lui revinrent en mémoire. Elle exposa les différentes petites phrases jetées par les uns et les autres, le silence de son père sur sa mère, la tombe vide et, à présent, le registre des décès.

« Il ne faut peut-être pas tirer de conclusions hâtives. Les choses sont peut-être plus simples qu'il n'y paraît au premier abord. Votre mère a pu décéder dans une autre commune et votre père a décidé de l'enterrer chez nous, c'est aussi simple que cela.

– Mais, monsieur, il n'y a personne dans la tombe, lança Marie d'une voix où l'on sentait une fêlure.

– Évidemment, ce n'est pas commun. »

M. Vernuoz se frotta les sourcils avec la main droite, puis planta de nouveau son regard marron dans les pupilles claires de Marie. Il ne parvenait pas à rassembler ses idées ou bien il hésitait à exposer ses conclusions. Enfin, il se lança. Sa voix était devenue administrative, sûrement pour la protéger des doutes qui l'assaillaient :

« Votre mère n'est peut-être pas morte. Elle a peut-être été déportée et n'est pas revenue. Elle est peut-être morte dans un maquis. Il est aussi possible qu'elle ne se soit pas appelée Sarah. Votre père a certainement voulu vous préserver de ces questions douloureuses. C'était la guerre et les choses n'étaient pas faciles. Si la tombe est vide, c'est que votre mère… Enfin que… Je vous promets de faire des demandes aux autres mairies du département et plus loin s'il faut. On va trouver la réponse, Marie. Ne vous tourmentez pas ! Je ferai aussi des demandes aux organisations de déportés. La solution est peut-être beaucoup plus simple qu'il n'y paraît. »

Marie n'entendait plus rien. Elle se leva sans un mot, les lèvres serrées et le visage défait. Elle entendait la voix monotone du conseiller résonner dans ses oreilles :

« Peut-être beaucoup plus simple qu'il n'y paraît… beaucoup plus simple… plus simple… simple… simple… »

Le vent de Molaine ne soufflait plus. Marie ressentit ce silence comme un grand vide. Elle était plongée dans un gouffre et un millier de questions se pressaient sous son crâne.

# XXIII

Les premières chaleurs gagnaient les berges, annonçant la fin de l'hiver. Les mouettes et les sternes virevoltaient dans le souffle chaud du Vaudaire. Le fœhn avait exceptionnellement dépassé Morges en Suisse voisine, pour s'engouffrer dans le goulet du petit-lac. Les promeneurs se régalaient de cette bouffée d'air chaud. La surface bleu outremer du lac était constellée de petites taches d'écume crème. Les dernières plaques de neige des monts du Jura étaient grignotées par les rayons dardants du soleil. Les primevères formaient des bouquets or et vert tendre sur l'herbe des pâturages. Le ciel d'un azur sans partage annonçait une journée estivale.

Marie, en bras de chemise, avait installé deux tréteaux devant sa cabane et ôtait les poissons de ses filets. Elle jetait les perches dans un baquet posé à même le sol et nettoyait les mailles des algues vertes qui gangrenaient tout. Son visage pâle de citadine avait pris les couleurs cuivrées des pêcheurs du lac. Elle avait perdu ses airs d'étudiante et son corps s'épanouissait au rythme du travail physique. Les débuts avaient été difficiles. Elle rentrait éreintée, se couchant parfois tout habillée pour se réveiller quelques heures plus tard au son tonitruant du réveil. Elle se levait alors comme une ombre pour aller relever ses grands-pics qui dérivaient sur le lac. Son corps s'était modelé et ses gestes étaient devenus plus sûrs.

Pendant les derniers mois d'hiver, son esprit, rongé par les interrogations, l'avait amenée à la limite de la folie. Puis, malgré l'absence de réponse du conseiller municipal, sa bonne humeur naturelle avait repris le dessus. Avec le beau temps, elle exultait.

Marie leva la tête et regarda le ciel bleu.

« On va être bien sur l'eau ! se dit-elle. Une vraie promenade de santé. »

Puis elle replongea son regard clair dans les mailles serrées de son engin.

La camionnette Peugeot 203 bâchée du grossiste tourna l'angle de la rue du Port et déboucha sur le quai. Le bruit du moteur la ramena à la réalité. Que venait faire ce renard au visage chafouin et aux manières de voleur ? D'habitude, il passait en fin de matinée.

Le véhicule se gara contre les platanes, à quelques mètres du cabanon de Marie. La jeune femme resta en suspens, les mains prises dans les mailles de son filet. Son cœur se mit à battre, car elle sentait que ce ne serait pas une bonne nouvelle. Elle vit l'homme descendre. Sa casquette dépassait à peine le dessus du capot. La première fois que Marie l'avait rencontré, elle l'avait presque trouvé sympathique. Il était petit, à la limite du nanisme. Cette particularité physique attirait la compassion. La bonne chère avait eu raison de sa silhouette et un ventre bedonnant semblait l'attirer vers le sol.

« Bonjour, mademoiselle Grangez ! lança le commerçant. Beau temps, n'est-ce pas ? »

Marie hocha la tête en signe d'assentiment.

« Vous avez fait une belle pêche, je vois, poursuivit le petit homme d'une voix désagréablement nasillarde. Le métier commence à rentrer. »

Marie ne répondit rien, l'attitude condescendante du grossiste l'exaspérait. Elle posa le filet sur le tréteau et s'essuya nerveusement les mains sur son pantalon. Le commerçant s'approcha de son pas trottinant. Elle le dominait de sa taille fine et élancée. Il lui tendit une main aux petits doigts boudinés. Marie les saisit franchement et les serra. Elle sentit le contact flasque et fuyant de la pogne. Elle tenta de fixer ses yeux, mais ils se dérobèrent en se posant sur le crépi de la bicoque peinte de neuf. Il jeta des coups d'œil inquiets sur les autres cabanons de pêcheur, à l'extrémité du port. Il s'arrêta un bref instant sur le toit de celle de Joseph. Bastien, devant la porte, préparait les nasses. Il fit un petit signe à Marie et reprit son travail. Le grossiste tressaillit et revint à Marie.

« Pourrais-je vous parler un instant à l'intérieur, mademoiselle Grangez ? zézaya-t-il. J'ai des choses importantes à vous dire. »

Marie tendit le bras, désignant la porte en guise d'invitation.

« Pardon, je vous précède, commenta le nain.

– Vous voulez boire quelque chose, monsieur ? demanda Marie. J'ai du café qui doit être encore tiède.

– Non, ce n'est pas la peine. Je n'en ai pas pour longtemps. »

Il baissa la tête, saisit sa casquette du bout des doigts et se gratta la tête. Son attitude avait changé du tout au tout, son visage s'était durci et ses petits yeux de fouine n'étaient plus qu'une fente.

« Ce que j'ai à vous dire n'est pas agréable, commença-t-il, mais je ne peux faire autrement. »

Marie, adossée à l'établi, le dévisagea. L'hostilité des pêcheurs s'était calmée, mais elle sentait qu'elle allait revenir de plus belle et de la plus mauvaise des façons. Le grossiste se racla la gorge et fixa le visage fermé de la jeune femme.

« Je ne peux plus vous acheter vos poissons au même prix qu'avant, lança-t-il d'une traite. Avec la pollution, les restaurateurs se méfient. Ils disent que les poissons du lac sont empoisonnés et qu'ils ne veulent pas assassiner leurs clients. »

Marie reçut la nouvelle comme un coup de massue, mais ne cilla pas. Elle s'était attendue à quelque chose de la sorte. Elle savait que l'attaque viendrait. Voyant qu'elle ne répondait pas, le commerçant reprit :

« Je sais qu'ils plaisantent et que c'est seulement pour faire baisser le prix et augmenter leurs marges. Mais moi, vous comprenez, j'ai pas le choix. La concurrence est dure et je dois vivre, alors je suis bien obligé de répercuter le manque à gagner sur les pêcheurs. »

Marie avait eu du mal à boucler ses deux premiers mois d'activité. Elle ne s'en était sortie que grâce à des prises importantes. Elle sentit le sol s'effondrer sous elle.

« Combien ? articula-t-elle d'une voix mauvaise.

– Ne le prenez pas mal, mademoiselle Grangez ! reprit le grossiste d'une voix faussement amicale. Vous savez, c'est dur pour tout le monde.

– Combien ? répéta Marie, plus butée que jamais.

– Je vous prends les perches à un franc quatre-vingt-dix le kilo, lâcha le gros nain. Et encore, je fais un effort. La rage monta à la gorge de la jeune femme. Elle eut envie de sauter sur le nain et de le secouer pour qu'il lui dise la vérité.

– Mais ça fait cinquante centimes de moins ! grinça Marie. Je suis sûre que ça vient de Joseph. Hein, c'est lui qui vous a obligé à faire ça ! »

Le grossiste ne répondit rien et fixa la jeune femme de son regard rusé.

« Et à lui, combien vous lui payez le poisson ?

– Cela vous regarde pas ! Si le prix que je vous offre vous convient pas, vous n'avez qu'à vous adresser ailleurs. »

Son visage se fendit d'un sourire méchant et il rajouta :

« Vous devriez aller voir la coopérative des pêcheurs du Léman, peut-être qu'eux vous donneraient plus. Je vous laisse une semaine pour réfléchir. »

L'homme tourna les talons et sortit du cabanon. Il monta dans sa camionnette, cala des coussins sous son postérieur pour atteindre la hauteur du volant, tourna la manivelle de la fenêtre et, à travers la portière, cria :

« Dépêchez-vous de venir me voir, sinon je pourrais bien ne plus acheter votre poisson du tout ! »

La voiture démarra avec un bruit rond. Après une manœuvre nerveuse et mal cxécutée, il tourna l'angle et disparut dans la rue du Port. Marie entendit le bruit du moteur décroître puis s'éteindre. Le silence reprit sa place, troublé seulement par les cris stridents des oiseaux. Sa cabane lui sembla tout à coup froide et sinistre. Elle se frotta vigoureusement les épaules et sortit sur le quai.

Le soleil ne parvint pas à la réchauffer. L'enthousiasme qui l'avait animée tout à l'heure, alors qu'elle sortait les poissons du filet, s'était envolé. Elle fit quelques pas vers les tréteaux puis s'arrêta au milieu de la voie. Les bras le long du corps, les yeux fixés sur le lac, elle se sentait perdue. Elle ignora les regards des autres pêcheurs. Tous devaient savoir, c'était leur manière de l'évincer de la profession. Elle fit quelques pas en direction du port. Elle s'assit sur le quai et regarda les canards colverts et les grèbes huppés glisser avec majesté sur l'eau calme. Elle pensa à son père. Ses épaules se soulevèrent en silence. Les larmes coulèrent le long de ses joues. Comme il lui manquait et comme elle aurait aimé qu'il fût là pour la conseiller et la réconforter !

# XXIV

BASTIEN PRÉPARAIT LES FILETS pour la pose de l'après-midi. Il avait soin de déplier les tamis pour repérer les mailles déchirées. Il prenait alors la grande aiguille et réparait minutieusement le piège. Joseph bricolait à l'intérieur du cabanon. Curieusement, après avoir été d'une humeur exécrable pendant plusieurs jours, il avait retrouvé une joie de vivre suspecte. Bastien le regardait en coin et tentait d'identifier la raison de ce brusque changement. Qu'avait bien pu faire son père comme mauvais coup pour être aussi gai ? Bastien se le demanda une partie de la matinée, lorsque le grossiste arriva.

Dès qu'il entendit le bruit du moteur de la camionnette, Joseph stoppa son activité et se mit à la fenêtre. Il eut soin de ne pas se montrer. En tendant le cou, il apercevait le cabanon de Marie. Dans un silence religieux, le cou tordu par une jubilation interne, il suivit le manège du gros nain.

Le regard de Bastien allait du cabanon de Marie au visage attentif de son père. C'était donc cela ! Il avait joué un mauvais tour à la jeune femme. Soit il avait obligé le grossiste à ne plus acheter le poisson de Marie, soit il lui avait fait baisser les prix pour lui couper les vivres.

Dès que la voiture du commerçant tourna l'angle du port et que Marie apparut sur le quai, catastrophée, Joseph se frotta les mains et se tapa sur les cuisses. Le bossu repartit à ses occupations en sifflotant et marmonna :

« Cette fois, ma petite, tu vas devoir déguerpir. C'en est fini de tes allures de midinette. C'est un métier d'homme qui doit revenir aux hommes. »

Bastien l'entendit et eut envie de prendre son père par le collet. Mais il se dit que cela ne servirait qu'à le rendre plus mauvais encore. Il attendait son heure pour avoir sa cabane, sa barque, ses filets et son coin de lac. Il savait déjà qu'il s'installerait du côté de Meillerie et qu'il ne remettrait plus les pieds dans ce port.

Lorsqu'il aperçut l'air désespéré de Marie, il sentit son cœur se briser. La jeune femme paraissait vaincue. Il le vit tout de suite. Elle avait déjà enduré beaucoup de sarcasmes et de mauvaises plaisanteries. Aucune aide ne lui avait été consentie et Bastien trouvait qu'elle s'en était plutôt bien sortie. C'était certainement ce qui avait motivé son père. Il pensait sûrement lui assener le coup de grâce en faisant pression sur le grossiste. Il vit Marie s'asseoir sur le rebord du quai. N'y tenant plus, il laissa tomber son aiguille et s'élança vers la jeune femme. Trop concentré sur sa victoire, son père ne le vit pas partir.

« Ça va pas, Marie ? » questionna Bastien, arrivé à quelques pas de la jeune femme.

Marie ne répondit pas tout de suite. Elle fixait le ballet des ablettes dans les reflets scintillants du soleil. Elle ne pleurait plus. Elle se sentait vidée, désespérément lasse. Les mauvaises nuits et le travail harassant sur le lac avaient usé sa résistance.

« Tu peux me parler si tu veux, Marie, reprit Bastien. Ça fait toujours du bien de se confier à un ami.

– Bonjour Bastien ! répondit Marie d'une voix lasse. Tu es un drôle d'ami tout de même. Avec les saloperies que me fait ton père, j'aimerais mieux ne pas te voir. Je finis par vous associer.

– Tu sais que ce n'est pas vrai. Je fais ce que je peux pour te prévenir. Mais je ne vais plus rester longtemps avec le vieux.

– Eh bien, moi, je ne vais pas pouvoir rester sur le lac avec mes filets. Avec le prix que me propose le grossiste, je n'ai plus qu'à tout vendre et à retourner à mes études de médecine. Après tout, je n'aurai perdu qu'une année ! Pour apprendre la vie, une année, ce n'est pas trop cher payé. »

La voix de Marie était amère.

« J'ai un peu de café, tu en veux ? reprit-elle sur un ton qu'elle voulait désinvolte.

– Oui, je veux bien », répondit Bastien, décontenancé.

Marie se leva et se dirigea vers son cabanon. Elle avançait, les épaules légèrement voûtées, comme si elle avait porté un poids bien trop lourd pour elle. Bastien la regarda passer devant lui et la suivit. Il fixait, comme hypnotisé, le mouvement de ses fins cheveux blonds soulevés par le vent chaud du bout du lac. Marie le précéda dans l'unique pièce qui constituait son atelier de pêche. Elle se dirigea vers le fond. Sur une étagère, habilement aménagée, elle s'empara d'une Thermos flambant neuve et de deux verres à moutarde. Bastien n'était pas entré là depuis le jour où il l'y avait rencontrée. Depuis, ils se croisaient régulièrement sur le port. Lorsque Bastien était seul, ils parlaient comme deux jeunes gens qui se comprennent.

Bastien détailla l'endroit d'un air curieux. La pièce sentait le propre. Tout était rangé et fonctionnel. Marie était une fille ordonnée. Malgré les nuits de veille et la pénibilité du travail, elle avait trouvé l'énergie pour agencer son lieu de travail avec une remarquable efficacité.

Les premières chaleurs d'un jeune printemps s'étaient engouffrées dans les maisonnettes et il y régnait un air étouffant. La vive lumière qui traversait les petits carreaux de la fenêtre dansait sur les murs et les filets pliés sur les barres. Une forte odeur de poisson frais peuplait l'air.

Marie s'approcha lentement de la table placée devant la fenêtre. Elle posa les deux verres et les remplit de liquide brun. Les verres se voilèrent d'une légère buée.

« Il est tout juste chaud, avertit Marie. Tu veux du sucre ? »

En même temps qu'elle finissait sa phrase, elle se tourna face à Bastien. Le jeune homme se trouvait à un mètre à peine. Il était plus grand qu'elle. Marie leva les yeux et planta son regard désespéré dans les yeux bruns du jeune pêcheur. Une forte émotion s'empara d'elle. À peine leurs regards se rencontrèrent que Marie fondit en larmes en se jetant dans les bras de Bastien.

« Oh, Bastien, comme je suis fatiguée ! J'en peux plus de sentir cette hostilité chaque fois que je croise quelqu'un. Quand mon père était encore là, tout le monde me souriait. À présent, tous me détestent. Je n'y comprends rien.

– Tu leur fais peur, Marie, chuchota Bastien. Ils ont peur de ce qu'ils ne peuvent maîtriser. Ils ont peur du changement. Ils ont peur que tu prennes leur place, voilà tout. »

Il sentait le souffle chaud de Marie dans son cou, la fragrance sucrée de ses cheveux et la douceur de sa peau. Marie se laissait aller. Elle pesait de tout son poids sur Bastien. Le jeune homme sentait ses petits seins appuyés contre sa poitrine. Il sentait la chaleur de son corps souple, à peine vêtu d'une fine chemise de toile. Il était embarrassé et, en même temps, une vague de bonheur montait en lui. Tendrement, il referma ses bras sur le petit corps nerveux. Marie se laissa envelopper et pesa plus lourdement dans ses bras. Une bouffée de passion embrasa le jeune pêcheur. Il ne savait plus où il se trouvait ni ce qu'il vivait. Il sentait le corps de Marie totalement abandonné. Il était heureux.

« Marie ! Oh, Marie ! Comme je t'aime, articula Bastien. Depuis le premier jour que je t'ai vue ici. »

La jeune femme releva son visage labouré de larmes. Ses yeux brillaient d'une flamme nouvelle. Elle fixa les pupilles de Bastien et plongea en elles comme dans une mer chaude et douce. Sans un mot et sans le quitter du regard, elle se dressa sur la pointe des pieds et embrassa Bastien à pleine bouche.

Leurs corps se serrèrent plus fort. Une folle passion s'empara d'eux. Les mains se prenaient et se pressaient nerveusement. La passion les faisait chavirer dans un univers où plus rien ne compte que l'autre, que ses yeux, sa présence, son corps, ses lèvres, son odeur, sa voix.

« Je t'aime aussi Bastien ! Moi aussi depuis le premier jour. »

# XXV

« ÇA FAISAIT LONGTEMPS que je ne vous avais pas vu, monsieur Simon ! lança Agathe. J'ai même pensé que vous étiez parti définitivement. »

L'épicière descendit de son escabeau et se frotta les mains sur son tablier de toile bleue. Elle arrangea ses cheveux d'un geste nerveux et ses yeux papillotèrent avec frénésie. Simon était planté devant la caisse. Tout en marchant à sa rencontre, la commerçante lança d'une voix enjouée :

« Vous avez eu bien raison de pas rester ici. On a eu deux mois terribles avec de la pluie, de la neige, du vent et un brouillard à couper au couteau. Tout pour vous rendre la vie insupportable. Enfin, les beaux jours sont là ! Ça me fait vraiment plaisir de vous revoir. »

Simon regarda l'épicière arriver avec un franc sourire. Il semblait du même avis. Une amitié était née de leur rencontre fortuite.

« J'étais en Suisse pour mon travail, dit Simon d'une voix contrite. Et vous savez, de l'autre côté du lac, on a eu le même temps de chien. Il faut bien que je gagne ma vie, même si je préfère rester ici. »

Agathe se sentit gênée par cette phrase qu'elle prit pour un aveu.

Simon ne s'était jamais attardé sur le physique d'Agathe. Pour la première fois, il la considérait comme une femme. Il remarqua qu'elle était fine et plutôt bien faite. Le printemps était-il pour quelque chose dans ces constatations ?

Alors que l'épicière était à deux pas de son client, elle remarqua une agitation inhabituelle dans la rue, devant le Bar du Port. Les clients étaient tous sortis sur la place. Certains faisaient de grands gestes en désignant les quais et d'autres s'élançaient vers le port d'un pas rapide.

Simon suivit le regard de la commerçante.

« Je me demande bien ce qu'y peut se passer pour que tout le monde soit dehors », lança Agathe plus pour elle-même que pour son client.

Simon hocha la tête sans répondre.

Prise d'une curiosité toute féminine, après deux clignements d'yeux indiquant son impatience, elle sortit. Simon resta un instant planté devant le comptoir, puis la suivit. Voyant Agathe marcher à grands pas vers le port, il retourna le petit panonceau fixé à la vitrine qui indiquait que le commerçant s'était absenté pour un court instant, mit ses mains dans ses poches et s'avança tranquillement en direction de l'attroupement. Simon n'était pas pressé de découvrir la raison de ce remue-ménage. Il pensa qu'il devait s'agir d'une dispute domestique ou d'une altercation entre pêcheurs, rien de très passionnant. Il était en vacances et oubliait ses réflexes de journaliste. La bâtisse implantée à l'angle des quais et de la rue du Port lui masquait la vue de la digue.

« Que se passe-t-il, Fanfouet ? demanda Agathe à un pêcheur qui sortait du bar à moitié ivre.

– Oh, dis donc, Agathe ! Ça barde sur le port, s'écria l'ivrogne.

– Que se passe-t-il ? questionna Agathe.

– Joseph y fout tout le bateau de la Marie Grangez dans l'eau.

– Et elle, qu'est-ce qu'elle dit ?

– Elle peut rien dire, vu que des acolytes de Joseph y la tiennent pour qu'elle voie et qu'elle puisse rien faire. »

Simon, en retrait, entendit la discussion. Devant une telle injustice, il ne put se retenir et se précipita vers les quais. Il ne savait qui était réellement cette Marie. Il avait entendu dire qu'elle était artisan pêcheur et que toute la profession était sur son dos. Il ne pouvait pas laisser faire pareille chose.

Alors qu'il débouchait de la rue, il vit un groupe d'hommes devant la baraque de Marie, sous les platanes. Les pêcheurs faisaient cercle devant le quai d'amarrage du canot de la jeune femme. Simon fendit la foule et vit deux hommes, deux véritables colosses, la maintenir par les poignets. Joseph, debout dans la barque, le visage déformé par la jubilation, jetait les filets, les fanions, les escabelles et la nourrice du moteur par-dessus bord. Chaque objet tombait dans l'eau, accompagné d'un bruit sourd.

« Je t'ai déjà dit de pas t'approcher de mon fils et que t'es de trop sur le lac ! hurla Joseph. Les femmes, ça fait fuir le poisson et ça amène le mauvais œil sur le lac. C'est ta faute si le lac est pourri d'algues. Retourne à tes bouquins et laisse-nous faire notre métier ! On veut pas de toi ici ! Tu comprends, Marie Grangez ? Fous le camp ! »

Marie gesticulait pour tenter de se libérer de l'étreinte des deux géants. D'un mouvement nerveux de la tête, elle se contorsionna et en mordit un au bras. Sous la violence du coup, l'homme la lâcha. Marie se retourna et, comme un chat enragé, lui griffa le visage. Elle voulait s'acharner sur cette face lorsque le pêcheur lui reprit le poignet et lui assena une gifle qui l'assomma à moitié.

« Vous n'avez pas le droit ! hurla-t-elle de rage. Je vous le ferai payer.

– C'est ce qu'on va voir, petite ! » dit Joseph en riant.

Il se retourna et brisa net la potence du bateau d'un coup de poing. Il se baissa et Marie ne vit plus que sa bosse de polichinelle s'agiter de manière grotesque. Son rire cruel était ponctué par les bruits de bois que l'on brise.

Simon franchit le dernier rempart de la foule. Une des rames de la barque de Marie traînait au sol, devant les deux colosses. Simon reprit son calme, se baissa et saisit l'aviron. Les deux hommes lui tournaient le dos et se régalaient du spectacle du saccage du canot.

« Ça suffit maintenant ! » ordonna Simon en brandissant la rame.

Surpris par cette apostrophe, les deux hommes se retournèrent en même temps.

« Qui t'es toi pour te mêler de ça ? questionna le premier. Retourne chez ta mère et fous-nous la paix. C'est pas tes affaires ! »

À peine l'homme eut-il fini sa phrase que Simon abattit la rame sur ses jambes au niveau des genoux. Le coup fut suivi d'un bruit sourd et d'un hurlement de douleur. L'homme s'affala sur les dalles de pierre en gémissant. L'autre lâcha le poignet de Marie et lança son poing en avant. Simon n'avait pas prévu une réaction aussi rapide. Il se recula, mais ne put éviter le poing qui l'atteignit à l'épaule, lui faisant lâcher son arme. La rame regagna le sol avec un bruit creux. Simon perdit l'équilibre sous ce coup de butoir et tomba à quatre pattes, à la merci de son agresseur. Le colosse se précipita et leva son poing gros comme une masse d'armes pour l'écraser sur sa nuque. Marie, que l'homme avait libérée, perçut immédiatement la gravité de la situation. Sans réfléchir, elle lança un violent coup de pied, digne d'un tireur de penaltys, par-derrière, entre les jambes du colosse. L'homme fit un « O » tout rond de la bouche. Ses yeux s'agrandirent, prêts à tomber de leurs orbites. Il se plia en deux et un souffle de forge s'échappa de sa cage thoracique. Mais le coup n'avait pas été suffisant. L'homme se retourna, lança ses mains en avant et saisit Marie au cou.

« Je vais te crever, salope ! cria-t-il, la bave aux lèvres. Comme ça, on sera tranquilles. »

Avec une rage folle, décuplée par la douleur du coup de pied dans le bas-ventre, il serra. Les veines de son cou gonflèrent et son visage devint cramoisi. Marie sentait les doigts s'enfoncer dans sa gorge, prêts à la broyer. L'air ne parvenait plus dans ses poumons et ses lèvres s'agitaient désespérément, comme une carpe hors de l'eau.

Simon se releva, saisit à nouveau la rame et l'abattit de toutes ses forces sur le crâne du pêcheur qui s'arrêta net. Ses mains encerclaient toujours le cou de la jeune femme, mais elles ne serraient plus. Ses yeux devinrent flous et le corps bascula lentement sur le côté avant de s'écraser lourdement au sol.

La foule ne disait rien. Tout le monde était surpris par l'intervention de Simon et le violent combat qui avait suivi. Le silence était seulement troublé par les plaintes du premier colosse qui se lamentait :

« Tu m'as cassé les genoux, salaud ! »

Joseph, qui avait suivi la scène depuis le bateau, hésitait sur l'attitude à prendre.

« Descends de ce canot ! » ordonna Simon.

Joseph allait répliquer lorsque Simon s'approcha du quai en brandissant la rame.

« Descends de ce bateau et on va dans ton cabanon ! Faut bien que tu remplaces ce que t'as foutu à la baille et ce que t'as cassé ! Tu vas pas t'en tirer à si bon compte ! »

Le visage de Joseph pâlit. Il fit une moue indiquant qu'il allait se rebeller. Il se baissa pour tenter de saisir un objet qui traînait encore sur le plancher et le jeter à la face de Simon. Mais rien, il ne restait rien, il avait tout passé par-dessus bord.

« Descends, je te dis ! grinça Simon en serrant les dents. Ou je te frotte les côtes et c'est pas l'envie qui m'en manque. »

Simon se trouvait à la limite du quai, à portée de rame de Joseph. L'instrument en avant, il menaçait directement la bosse du pêcheur. Joseph baissa la tête, puis se redressa d'un air diabolique. Il tendit le doigt en direction de la foule et s'écria :

« Hé vous tous, là ! Vous savez que j'ai raison. Vous allez pas laisser un étranger faire la loi dans votre port. En plus un Suisse ! C'est une honte de voir de telles lopettes ! Aidez-moi, les gars, mettez ce blanc-bec à l'eau et la fille aussi ! »

Une voix s'éleva dans l'assistance :

« Tais-toi, Joseph ! T'as assez fait de conneries ! Pour une fois, rembourse ce que t'as cassé et ferme-la ! Estime-toi heureux que ça se finisse simplement comme ça ! »

La rage montait au visage du bossu. Il serra les dents et sauta sur le quai. Marie s'approcha et le gifla.

« Tu fais moins le malin à présent que t'es tout seul, hein, Joseph ! dit Marie en le fixant droit dans les yeux. Tu vas tout me rembourser et je prendrai tout ce qui est neuf. Ça t'apprendra ! »

Simon poussa Joseph de sa rame en direction de l'extrémité du port. Joseph se retourna brusquement et donna un coup dans la pale.

« C'est bon, on y va ! » rétorqua le bossu.

Le trio passa près des deux colosses à terre, longea le quai et entra dans la cabane de Joseph. La foule des badauds s'était dispersée. Seule Agathe restait à observer l'étrange défilé.

L'atelier du pêcheur était curieusement propre et bien rangé. Il régnait une odeur de lessive. Le sol en béton lissé lançait de petits éclats de lumière. Au fond, comme dans toutes les cabanes, les filets étaient pliés sur des barres d'acacia suspendues à des cordes qui pendaient du plafond. Simon se dirigea droit vers ce présentoir. Sans distinction de taille ou de couleur, il s'empara des barres et les encastra au creux de ses bras.

« Mais qu'est-ce que vous faites ? questionna Marie.

– Eh bien, je prends des filets pour remplacer les vôtres ! rétorqua Simon, étonné par la question de la jeune femme.

– Mais les miens ne sont pas fichus. Ils sont simplement au fond du port, à quelques mètres seulement. Reposez ça ! Je ne suis pas une voleuse. »

Au même instant, son regard tomba sur l'établi de Joseph. Juste au-dessus, placardé sur le mur, elle vit la photo d'un enfant qui se balançait sur un pneu accroché au bout d'une corde à la branche d'un chêne. Mue par une irrésistible curiosité, elle s'en approcha.

« Mais on dirait Bastien, lança-t-elle comme pour elle.

– Qui voulez-vous que ça soit ? » rétorqua Joseph d'une voix ironique.

Marie se rendit compte que Joseph était le père de Bastien et que la cabane était aussi la sienne. Il y passait le plus clair de son temps. Son empreinte était partout. Là, il avait plié ce filet. Ici, il avait lové les cordes du grand-pic. Tout portait la trace de sa main. Une forte émotion lui monta au visage. Elle se sentit toute molle, sans force. Comment avait-elle pu oublier que Joseph était le père de celui qu'elle aimait ? L'agression dont elle avait fait l'objet avait été si imprévisible qu'elle n'y avait pas songé. Elle était au bord des larmes. Elle aurait tant aimé que Bastien fût là, mais elle savait qu'il était parti à Thonon à la pisciculture pour plusieurs jours. Elle sentait encore la chaleur de ses lèvres, la force de ses bras et la chaleur de son corps. Comme elle avait envie de se plaquer tout contre lui pour qu'il la protège !

Elle pivota brusquement et fit face aux deux hommes. Son visage était étrangement absent. Simon, les bras toujours chargés des filets, la regarda sans comprendre ce qui avait motivé son changement d'attitude.

« Posez ça, monsieur, et sortons ! commanda Marie. Je ne veux rien de ce qui vient de cette cabane. Je n'en ai pas besoin.

– Mais enfin, tenta d'opposer Simon, il vous a tout cassé.

– Ça n'a pas d'importance ! Je réparerai moi-même. Je n'ai pas besoin qu'on me fasse l'aumône.

– Il ne vous fait pas la charité, il répare ce qu'il a cassé, ne put s'empêcher de rétorquer Simon. Mais enfin, on fait comme il vous plaira. »

Il leva les bras et laissa tomber les filets sur le sol. Les pièges firent un bruit de toile froissée en s'étalant sur le béton. Simon prit un air digne, rejeta en arrière ses cheveux blonds d'un coup de menton, et se dirigea vers la porte. Marie le dévisagea. Elle avait déjà vu ce tic ailleurs. Simon lui rappelait quelqu'un, mais sans qu'elle parvienne à déterminer qui.

Joseph, en retrait, les dévisageait. Ses lèvres se fripaient d'un rictus de gargouille. Plus que jamais, il avait des allures de Quasimodo. Marie lui jeta un coup d'œil méprisant. Comment cet homme fruste pouvait-il être le père de Bastien ? Décidément, la nature faisait parfois mal les choses.

# XXVI

MARIE AVAIT LE ROUGE AUX JOUES en sortant de la cabane. Simon mit cela sur le compte de l'altercation et n'y prit pas garde. Le cœur de la jeune femme battait en pensant à Bastien et aussi Simon l'intriguait. Elle le détailla, à la recherche d'une impression fugace, d'un signe imperceptible qui pourrait la mettre sur la voie de son sentiment de déjà-vu. Simon fit quelques pas et s'arrêta sur le quai à proximité des anneaux des bateaux.

« Avec toutes ces émotions, je n'ai pas eu le temps de me présenter, dit-il d'une voix protocolaire. Je m'appelle Simon Beurel et je suis journaliste à Lausanne, en Suisse voisine. Enfin, pour le moment plus très journaliste, puisque je viens de terminer mon contrat et j'attends des réponses d'autres journaux. Donc, je suis au chômage.

– Oh, décidément, quelle gourde je fais ! s'excusa Marie. Je ne vous ai pas remercié pour votre intervention. Sans vous j'étais bien mal partie. Joseph m'en veut décidément beaucoup. Je m'appelle Marie Grangez. »

L'annonce du nom de la jeune femme eut l'effet d'un électrochoc sur Simon. Il la fixa avec une insistance gênante. Il avait perdu son attitude sympathique pour exhiber un visage distant et réservé.

« Vous avez l'air bizarre tout à coup, remarqua Marie. J'espère que vous n'êtes pas blessé, au moins. Le pêcheur vous a tout de même donné un sacré coup de poing. Il ne faut pas laisser cela comme ça. On ne sait jamais. Venez avec moi ! »

Simon resta interdit. Il ne comprenait pas pourquoi il devait la suivre. Le nom de Marie obsédait son esprit, il ne pouvait s'en détacher.

« Vous… Vous êtes parente avec Gustave Grangez ? » bégaya Simon.

Marie s'arrêta et répondit machinalement :

« Oui, c'était mon père. Pourquoi vous me demandez ça ? »

Simon fit un geste embarrassé, puis, se reprenant, dit :

« Je me suis un peu intéressé à la disparition de votre père. J'ai même écrit un article sur lui dans ma gazette. C'était un sacré bonhomme. Une figure du métier. Grâce à lui, il y a eu de nombreuses évolutions dans la pêche. C'est tout de même lui qui a réussi à rassembler tous les pêcheurs de la rive française sous la bannière du même syndicat… Il était à l'origine de la coopérative des pêcheurs. Et… et… »

Marie sourit, gênée de tant de compliments de la part d'un étranger.

« On dirait que vous le connaissiez mieux que moi. Vous savez, moi, la pêche, je ne m'y suis jamais intéressée du vivant de mon père. D'ailleurs, il ne voulait pas. Il faisait tout pour m'éloigner du lac. Il disait que ce n'était pas bon pour moi, que je devais vivre à la ville et faire un vrai métier qui rapporte de l'argent et n'oblige pas à passer sa vie aux intempéries.

Simon fit un hochement de tête. Mais il ne parvenait pas à quitter la silhouette de la jeune femme. Il paraissait chercher quelque chose enfoui au fond d'elle.

« Il a disparu d'une façon bien étrange. On n'a retrouvé que son bateau échoué sur une plage. C'est ça, si je me souviens bien ? »

Marie pâlit. Elle sentait monter une vague de tristesse à l'évocation de ces moments pénibles.

« On a raconté beaucoup de choses, poursuivit Simon. Certains ont même été jusqu'à prétendre qu'il avait été assassiné.

– Vous savez bien que les gens peuvent dire n'importe quoi, rétorqua Marie pour tenter de couper court à la conversation. Il y avait une forte tempête et mon père n'aurait pas dû sortir, voilà tout. »

Elle se détourna et fit un geste indiquant qu'elle ne souhaitait pas prolonger la conversation.

« Allez, venez à présent ! Il faut qu'on regarde cette épaule. »

Simon hésita, puis suivit la jeune femme. Il fixait ses cheveux blonds et raides. Alors qu'ils marchaient l'un à côté de l'autre, Marie demanda :

« Et vous, monsieur Beurel, que fait votre père ? »

Une foule d'images passa devant les yeux du jeune homme. Il ne parvenait pas à répondre, la gorge prise par l'émotion. Il voyait son vieux père, à l'air bonhomme, toujours de bonne humeur, la barbe en bataille et le regard clair. Il l'entendait rire, parler et se passionner pour tout. Sa folie pour le lac le laissait parfois sans voix.

« Il est mort à l'automne dernier, laissa tomber Simon. Je l'aimais plus que tout. Il était mon seul parent. Maintenant qu'il est parti, je n'ai plus rien ni personne. »

Un silence gêné tomba entre les deux jeunes gens. Marie s'en voulait d'avoir posé cette question.

Elle voulait seulement entamer la conversation et faire le pendant à la question du Suisse.

« Il était garde-frontière, reprit Simon, comme s'il se parlait à lui-même. Je sais ce que vous allez dire. Un flic, ça a pas de cœur, eh bien lui, il en avait. Il aimait les gens et il aimait la vie. Il aimait l'air du lac, ses vents et ceux qui naviguent dessus. Il avait acheté une petite maison qui donne directement sur l'eau. Au bout du jardin, il y avait la mer, me disait-il. C'était le meilleur des hommes. Le plus parfait des pères que la terre ait portés. Je sais, on dit toujours ça lorsque les gens sont morts, mais là c'était vrai. Il a toujours été près de moi et il m'a toujours soutenu. »

Marie marchait en fixant le sol de pierre de taille du quai. Elle n'osait le regarder de peur de le troubler dans son intimité. Le jeune homme poursuivait son récit. Il n'était plus là. Il avait envie de parler, de raconter son père, sa Suisse natale et le lac. Oh oui, le lac ! Parfois, sa voix s'infléchissait d'accents graves et mystérieux. Marie comprit que Simon ne disait pas tout et qu'un lourd secret pesait sur lui. Enfin, ils arrivèrent sous les trois platanes, devant le cabanon de Marie. La jeune femme s'arrêta pour changer de direction, mais Simon, qui ne s'en était pas rendu compte, poursuivait son chemin tout en parlant.

« Mon père me disait que j'étais l'enfant du lac. Comme il avait raison et comme je dépends de cette grande plaine liquide ! Il est facile de raconter sa vie à des personnes que l'on ne connaît pas. Je ne sais pas si vous l'avez déjà remarqué. On peut s'affranchir de toute pudeur.

– Hum… Hum… On est arrivés chez moi, lâcha Marie presque à contrecœur.

– Oh pardon ! Je parle, je parle et je ne me rends pas compte de ce que je fais. Je dois vous ennuyer avec mes histoires de famille.

– Non, non, au contraire. Mais suivez-moi pour que je voie votre épaule ! »

Simon la dévisagea avec étonnement. Marie se mit à rire.

« Oh ! vous savez, j'en ai vu d'autres. Pour tout vous avouer, j'ai fait cinq années de médecine à la faculté de Grenoble et je peux dire que je ne me débrouillais pas trop mal, alors vous pouvez me faire confiance. Je ne sèche que sur les maladies tropicales. »

Marie termina sa phrase par un clin d'œil. Simon, désemparé, ne savait que répondre et suivit la jeune femme.

« Asseyez-vous sur la chaise, devant le petit établi et enlevez votre chemise ! J'arrive. »

Marie se lava consciencieusement les mains, prit un stéthoscope dans le tiroir d'une petite table, le mit autour de son cou et revint vers son malade d'un jour. Simon, torse nu, lui tournait le dos. En vraie professionnelle, elle palpa l'avant-bras et l'omoplate, puis l'ausculta consciencieusement. Après un instant, elle dit d'une voix professionnelle :

« Tout va bien, mais vous aurez un gros hématome au creux de l'épaule. Cette brute n'y est pas allée de main morte. »

Puis, voyant que Simon ne bougeait pas, elle plaisanta :

« Allez, rhabillez-vous, vous êtes bon pour le service ! Simon eut un petit sourire.

– Merci, docteur, lança-t-il d'une voix amusée. Décidément, vous êtes pleine de surprises.

– Pas autant que vous, monsieur Beurel.

– Oh ! Appelez-moi Simon, maintenant que vous savez tout de mon épaule. »

Les deux jeunes gens partirent d'un rire sincère. Au bout d'un instant, l'hilarité cessa et ils se trouvèrent intimidés. Marie sentait une réelle complicité naître avec ce garçon qu'elle n'avait jamais rencontré auparavant et qu'elle semblait connaître depuis toujours. Il était différent des autres garçons, différent même de Bastien. Il avait quelque chose de plus. Elle n'aurait su dire quoi, mais elle se sentait en sécurité auprès de lui.

« Vous m'avez dit que vous n'aviez pas de travail, Simon, dit Marie d'une voix sérieuse. Et où logez-vous si ce n'est pas indiscret ?

– J'ai terminé mon contrat pour un quotidien du canton de Vaud et je cherche un nouvel emploi. J'aimerais travailler à Genève. J'adore cette ville. Elle est belle, exubérante sous ses airs de vieille rombière. Pour l'instant, toutes mes démarches se sont avérées infructueuses. Alors, je suis libre comme le vent. »

Marie prit un air contrit laissant supposer qu'elle prenait le jeune homme en pitié.

« Ne prenez pas une mine si catastrophée ! Ça va s'arranger, je ne suis pas à la rue. Mon père a eu soin de me laisser une sorte de rente qui me permet de subvenir à mes besoins les plus urgents. Et, pour répondre à votre deuxième question, pour le moment j'habite à l'hôtel des Trois Platanes dans le village d'en haut. C'est rustique, mais les chambres sont confortables. On y mange bien et je peux voir le lac depuis la fenêtre de ma chambre. Quoi de mieux ! »

Marie sourit devant tant d'enthousiasme. Décidément, elle avait de nombreux points communs avec ce garçon qu'elle avait d'abord cru taciturne. Elle se mordillait les lèvres, n'osant parler. Enfin, elle se lança :

« J'ai une idée depuis que je vous entends parler du lac avec tant de passion, mais j'hésite à vous la dire. Vous allez vous moquer de moi.

– Dites toujours ! Je vous promets de me retenir.

– Voilà, j'ai une licence de pêche de première catégorie, et je suis la seule femme sur le lac côté français à en posséder une. Bien sûr, il y a d'autres femmes qui pêchent, mais elles aident simplement leur mari. Moi, je suis seule. Les pêcheurs se sont ligués contre moi et si je n'ai pas une idée géniale, je suis finie. Le grossiste, lui-même, veut m'acheter mes poissons à un prix dérisoire pour me faire fermer boutique. Je suis fatiguée et à la limite de baisser les bras. »

Simon la dévisagea d'un air interrogateur sans comprendre en quoi cela le concernait.

Marie poursuivit son discours :

« Pour prendre plus de poissons, il faudrait que je pêche à la monte. C'est un filet qui se compose de deux bras et, au centre, d'une poche. On le déploie en faisant un cercle, puis on tire sur les deux bras simultanément et les poissons se prennent dans la poche. En quelque sorte, c'est un chalut à bras. Vous comprenez ?

– Moi, vous savez, la technique, ce n'est pas mon fort, mais si vous le dites, je vous fais confiance », répliqua Simon qui tentait de jouer son rôle de confident.

Marie fit un geste d'exaspération.

« Je vais droit au but. Je ne peux pas pêcher ainsi toute seule. J'ai besoin de quelqu'un pour tirer sur le filet en même temps que moi. Puisque vous êtes libre, voulez-vous travailler pour moi ? »

Devant la mine de surprise de Simon, Marie reprit :

« Mais je vous payerai au pourcentage, comme tous les compagnons pêcheurs, et si vous voulez, je peux vous loger. J'habite une maison dans le village d'en haut et je suis toute seule. C'est bien trop grand pour moi. Vous aurez un étage pour vous. Je ne vous ferai pas payer de loyer et je ne vous retiendrai rien sur votre salaire. »

Simon, qui ne s'était pas attendu à cette offre, fit une moue que Marie interpréta comme un refus.

« Si vous préférez, je peux vous payer un salaire fixe. Comme ça, vous ne dépendrez pas du résultat de la pêche.

– Non, non, ne changez rien ! Votre contrat est parfait comme ça ! Mais c'est juste que je ne m'attendais pas à ce que vous me proposiez du travail. Vous n'avez pas peur que je vous encombre plutôt que je ne vous rende service ?

– Vous avez l'air intelligent et j'ai constaté que vous étiez courageux, alors je n'ai pas d'inquiétude. Vous apprendrez vite, et même, vous me dépasserez rapidement. J'en suis sûre ! »

Simon eut un sourire convenu.

« Et je commence quand ? questionna Simon.

– Tout de suite ! lança Marie d'une voix enjouée.

– Heu oui. Et que dois-je faire ? »

Marie prit un air coquin et dit :

« Eh bien, on peut commencer par repêcher les filets que ce sagouin de Joseph a jetés dans le port ! Ensuite, on ira à votre hôtel pour récupérer vos affaires et vous emménagerez à la maison des Grangez. »

Les deux jeunes gens partirent d'un même rire. Une complicité immédiate s'était installée entre eux.

## XXVII

JOSEPH POUSSA LA PORTE du Bar du Port avec un visage renfrogné. Une bouffée d'air glacial s'engouffra à sa suite. Il était plus tordu que jamais et sa méchanceté semblait le tirer vers le sol. Il avança de travers en direction du zinc, s'accouda au comptoir et, sans jeter un regard aux autres clients, commanda un verre de crépy. Le patron, un gros homme à la face poupine, se retourna vers les étagères, saisit un verre à pied et versa le vin blanc à ras bord. Joseph le prit à pleine main, le vida d'un trait et le reposa d'un geste raide. Il plongea sa main dans la poche de sa gabardine et en sortit une feuille de papier.

« Ça y est, ça recommence ! gronda-t-il en plaquant violemment la feuille sur le comptoir. Ce fils de pute avait rien envoyé depuis deux mois et y remet ça.

– Fais voir un peu, Joseph ! dit Sylvestre en s'emparant du courrier. Toujours les mêmes saloperies.

Y varie pas beaucoup son texte, le coco. Mais qu'est-ce qu'on en a à foutre de ce qui s'est passé pendant la guerre ? Le passé, c'est le passé ! Avec tous les problèmes qu'on a, on a autre chose à penser. »

L'ambiance enfumée du bar accentuait le malaise qu'avait fait naître l'apparition de la lettre. Les pêcheurs attablés à l'autre bout du bar rejoignirent le comptoir et firent cercle autour de Joseph et Sylvestre.

« Et d'où c'est-y qu'elle a été postée ta lettre ? questionna un autre pêcheur.

– Qu'est-ce que ça peut faire ? rétorqua Joseph en faisant disparaître le courrier. Moi, je vais aller voir les gendarmes et déposer plainte. Ça peut plus durer !

– Et tu crois qu'y vont faire quelque chose ? Y s'en moquent de ton histoire de lettre, mais méfie-toi qu'y viennent pas fouiller dans tes affaires ! »

Le tintement de la porte du bar fit tourner les têtes. Simon, suivi de Marie, apparut et se dirigea vers le fond de l'établissement. Ils hochèrent la tête en signe de salut. Tous les visages se tournèrent vers eux, mais aucun ne répondit. Joseph pivota et fixa le mur. Les deux jeunes gens prirent place devant une table pour deux personnes. Le patron leva la tête pour prendre la commande.

« Deux cafés bien serrés, s'il vous plaît ! » lança Simon d'une voix sans timbre.

Le gros hocha la tête et se retourna vers son percolateur. En même temps, il suivait la conversation qui se déroulait devant son comptoir.

« Et eux, tu crois qu'y z'en reçoivent des lettres ? gloussa Sylvestre.

– Bois et arrête de dire n'importe quoi ! grommela le bossu.

– Donne ta lettre, Joseph ! reprit Sylvestre.

– Qu'est-ce que tu veux en faire ? répondit le pêcheur en serrant les dents.

– Donne, je te dis ! » insista le vieux.

Le bossu fouilla dans sa poche et glissa la missive froissée dans la pogne du pêcheur.

« T'as pas remarqué, toi, que les lettres elles arrivent que depuis que la Marie Grangez elle est revenue ! Ça t'a pas surpris ? Et puis les lettres anonymes, c'est bien un truc de femme, ça. Elles ont pas le courage. Alors, il faut qu'elles fassent les choses par-derrière. »

L'œil de Joseph s'alluma d'une flamme étrange et cruelle.

« T'as remarqué d'où qu'elles étaient postées ? Hein, Joseph ! »

Le bossu fit un signe d'ignorance.

« Eh bien, du village d'en haut. Du village de la Marie. Ça aussi, c'est un signe. Les femmes c'est pas malin et elle a pas les moyens d'aller plus loin, alors, elle pense que personne fera la relation. »

Il pointa son doigt sur sa tempe.

« Y en a là-dedans et plus qu'on croit. Ça vous fait plus rigoler à présent. »

Tous les visages se tournèrent vers la table du fond et dévisagèrent le couple avec ironie.

« Ce coup-ci, elle est foutue la Marie Grangez, marmonna un petit pêcheur au visage osseux. Joseph est pas arrivé à la chasser, mais là, elle aura pas le choix. Elle foutra le camp. »

Sylvestre faufila sa large carrure entre les tables pour s'immobiliser devant le couple. Il prit une chaise à une autre table et s'assit devant eux. Il planta ses coudes sur le bois poisseux.

« Vous connaissez ça ? » interrogea-t-il en dépliant délicatement la feuille sur la table.

Marie se pencha et prit le courrier. Après avoir lu, elle eut un mouvement de recul.

« Qu'est-ce que ça veut dire ? articula-t-elle, surprise.

– T'en as reçu, toi, Marie, des lettres comme ça ? » questionna encore le vieux.

Marie ne répondait pas et détaillait la lettre. Les lettres avaient été découpées dans des journaux et la taille des caractères était sciemment dissemblable pour augmenter l'impression de laideur. Un drôle de travail de sape !

« Ça risque pas que t'en reçoives, puisque c'est toi qui les écris ! assena Sylvestre en se levant. Tu crois que tu vas nous faire peur avec des histoires vieilles comme le monde ? Et puis d'abord, on n'a rien à se reprocher ! »

Marie était ahurie par une telle attaque. Elle avait toujours eu de la sympathie pour le vieux pêcheur qu'elle savait droit et juste. Interdite, elle serra fortement ses lèvres qui blêmirent sous la pression. Elle triturait la lettre, lisait et relisait les mots sans comprendre pourquoi on pensait qu'elle en était l'auteur.

« Vous êtes devenu fou, Sylvestre ! Qu'est-ce que vous racontez ? C'est la première fois que je vois ça !

– Ma petite, avec moi, ça prend pas ! rétorqua Sylvestre, plus mauvais que jamais. Y a pas que Joseph qui en a reçu. Nous tous on en a eu, même le président du syndicat y est passé ! Alors faut bien que ça vienne de quelqu'un ! Et de quelqu'un qui nous connaît tous. Comment qu'il aurait les adresses si y nous connaissait pas ? hein ! »

Marie ne répondit pas. Elle fixa intensément le regard noir du vieux, puis leva la tête et croisa l'œil torve de Joseph. Malgré l'accusation qui le réjouissait, le bossu avait une mine gênée. Marie eut un déclic. Une violence soudaine s'empara d'elle :

« Alors ça, c'est un peu fort ! Mais si vous voulez en savoir plus, moi je crois que tu devrais plutôt questionner Joseph. Avec la tête de faux jeton qu'il fait, il doit en avoir des choses pas claires sur la conscience. En tout cas, moi je crois qu'il le mérite son courrier dégueulasse ! »

Elle tendit la feuille à Sylvestre et reprit, les dents serrées :

« Et qui vous dit que mon père n'en a pas reçu ? Vous lui avez demandé, à lui ? D'ailleurs, c'est vous qui me faites les pires misères pour me chasser d'ici. Ce n'est pas moi qui vous cherche. Je veux simplement gagner ma vie, un point c'est tout. Alors, retournez boire un verre avec vos acolytes et laissez-moi tranquille ! »

Sylvestre n'avait pas désarmé. Malgré le discours sincère et logique de Marie, le front bas et le regard buté, il continuait de penser que c'était elle la responsable.

« C'est pas la peine de faire ta maligne. On finira bien par avoir la preuve que c'est toi, ma petite, et là t'auras pas ton garde du corps suisse pour te protéger. Ça sera ta fête, crois-moi ! »

Le vieux se leva et regagna le bar. Le patron étira le cou au-dessus du comptoir, toisa Marie et lança d'une voix de castrat :

« Vous êtes pas les bienvenus ici. Vous pouvez retourner d'où vous venez, y a plus de café et la machine ne marche pas.

– Bien dit, patron ! approuva le pêcheur au visage de cadavre. Sers-nous une tournée pour fêter ça ! »

Marie resta un instant interdite, puis se tourna vers Simon.

« Je ne sais pas quelle envie t'a poussé à venir ici, mais ce n'était pas une bonne idée. »

Simon était décomposé. Son regard allait de Marie au visage buriné de Sylvestre, qui félicitait le patron, un verre de blanc au bout des lèvres. Il n'osait bouger de peur qu'on l'apostrophât. Marie, étonnée de l'attitude embarrassée qu'elle lisait dans son comportement, fit un sourire crispé et se leva. Simon l'imita mécaniquement. Ses gestes nerveux indiquaient qu'il voulait sortir rapidement, fuir presque. Il avait perdu son ironie. Qu'avait-on bien pu dire de si terrible pour qu'il en soit touché à ce point ?

Le couple passa devant le comptoir. Marie s'arrêta, sortit de la monnaie de sa poche et la jeta sur le comptoir.

« J'ai commandé, alors je paie, dit-elle d'une voix provocatrice. Buvez bien ! Y a vraiment que des ivrognes pour boire du blanc au petit matin. Je vous plains ! »

Le son des pièces sur le zinc réveilla les pêcheurs. Ils tournèrent vivement la tête. Le patron baissa les yeux. Le regard vert de Marie avait pénétré dans son cerveau et il en ressentait une brûlure de honte. Sylvestre, trop pris de rancœur et de colère, n'avait plus son discernement habituel. Il tendit le menton puis retourna à son verre.

« Ce sont vraiment des bourriques, commenta Marie une fois sur la petite place. Normalement, ils ne sont pas méchants, mais il suffit que l'un ait peur pour qu'ils se retournent contre vous et vous mordent les mollets comme des chiens enragés. Enfin, on refera pas le monde de la pêche ! La vie sur le lac est dure et il faut se donner de la peine pour faire vivre sa famille. Je comprends que ces gens aient des raisonnements simples, mais de là à s'attaquer à moi, je trouve que c'est injuste. »

Elle se dirigea vers le port. Simon la suivait sans rien dire en regardant les pavés de la route.

« Je suis sûre que mon père a aussi reçu ces foutues lettres, commenta Marie sur le ton de la confidence. Si j'en retrouve, je pourrai leur clouer le bec à ces moins-que-rien ! »

Simon restait silencieux, son visage avait vieilli tout à coup.

« Je vais fouiller dans les affaires de mon père ! Je n'ai jamais osé le faire par pudeur et par crainte de ce que je pourrais y apprendre. Mais là, je n'ai pas le choix. J'ai trop de questions sans réponses qui tournent dans ma tête. Ça ne peut plus durer ! »

Marie avait retrouvé son allant, les paroles blessantes de Sylvestre s'étaient envolées. Elle débordait d'enthousiasme. Simon marchait, tête basse. Marie ne semblait pas le remarquer, du moins elle faisait comme si. Elle parlait, parlait et parlait encore. Elle s'étourdissait dans des commentaires, des digressions et des commérages. Par moments, les moulinets de ses bras prenaient le relais de la parole.

« Avec le grossiste, je n'ai pas dit mon dernier mot, poursuivit-elle. Je vais aller voir les restaurateurs et leur proposer directement mon poisson : du lac à l'assiette ! C'est une trouvaille, non ? Qu'est-ce que tu en penses, Simon ? »

Elle dévisagea le jeune homme, puis reprit sa conversation sur un ton plus terne. Elle sentait en lui, le confident, l'ami, le frère qu'elle n'avait jamais eu :

« Allez, le boulot nous attend ! » lança-t-elle sur un ton qu'elle tentait de rendre badin.

En passant devant l'épicerie, Simon vit la silhouette d'Agathe au fond, près du kiosque à journaux. Ses lunettes sur le nez, elle lisait un magazine. Elle ne les avait pas vus passer, trop absorbée par sa lecture. Son cœur se serra. Il pensa que l'épicière devait lire ou relire un passage d'une revue historique. Il eut envie de quitter Marie et d'aller parler avec elle de ses dernières trouvailles. Il voulait voir le clignement nerveux de ses yeux et l'agitation de son corps lorsque, passionnée, elle se lançait dans de longs discours. Il entendait sa voix douce et un peu traînante résonner dans ses oreilles.

« Simon, tu es là ? questionna Marie avec un petit sourire complice. Allez, au travail ! Les poissons vont manger nos filets si on va pas les relever. »

Le jeune homme tourna un visage étonné, puis ses traits s'animèrent d'une douceur aimable.

« Voilà qui est mieux ! » reprit Marie.

# XXVIII

Marie, aux commandes de son embarcation, plissait les yeux à la recherche de ses fanions. À l'est, une petite brume perle aux reflets céladon masquait le haut-lac, donnant des apparences de large. Tout était calme et lisse. Le canot glissait en silence sur l'eau, troublant à peine sa surface. Des touches d'outre-mer mêlées de tons roux soulignaient les berges.

Elle se souvenait de l'endroit exact où ils avaient posé les filets dormants et se repérait aux amers de la côte pour naviguer droit dessus. Tout en cherchant ses pièges, elle pensait à son père et aux calomnies contenues dans les lettres anonymes. Il lui tardait de rentrer chez elle pour fouiller dans les affaires de Gustave. Elle était persuadée d'avoir raison. Comme tous, il avait dû recevoir ces courriers. Simplement, il ne lui en avait jamais parlé. Les lettres qu'elle recevait à la faculté, entre deux périodes de vacances à la maison, parlaient seulement de choses agréables ou d'événements futiles. Gustave ne dévoilait rien de sa vie, ni de son quotidien. Il prenait garde à ne jamais évoquer ses problèmes. Les questions tournaient dans la tête de Marie, l'empêchant de penser à autre chose. Sa mère, son père, tout dans son existence était devenu étrange et incohérent. Et elle ne trouvait aucune réponse. La solution était peut-être dans sa propre mémoire ; dans ces parcelles de souvenirs qui l'assaillaient au cours du sommeil.

« Les ombres bleues », chuchota-t-elle sans que Simon entendît.

La réponse était dans ces mots qu'elle prononçait depuis son enfance, dans ces ombres qui l'accompagnaient partout.

Simon, assis sur le banc courant, les yeux dans le vague, était concentré sur la conversation du bar. Il voyait danser la lettre et les petits caractères découpés dans les journaux. Le rythme lancinant du ronronnement du moteur lui permettait de tout oublier et de fixer son attention sur ses pensées intimes. Il avait un visage fermé, crispé sur une haine rentrée.

Le soleil perça lentement la couche de brume. La chaleur allait bientôt s'installer sur le lac.

La petite flamme de tissu rouge apparut. Elle dansait mollement sur l'eau. Marie poussa la barre et vira droit sur elle. Simon suivit d'un œil indifférent le changement de cap. Une fois au niveau de la marque, Marie ralentit, puis mit en panne. L'arrêt du ronronnement du moteur ramena Simon à la réalité. Il se leva lentement, s'étira et plaça le bâton dans la potence pour accueillir les plis du filet.

« Non, Simon ! dit Marie d'une voix calme. On va juste les relever en corde. On dépêche et on laissera les redadets en place. Comme ça, on fera une deuxième pêche en fin d'après-midi avant de poser les grands-pics. »

Simon avait toujours quelques difficultés à suivre Marie dans ses explications. Il se répéta les noms des filets puis conclut :

« Ah oui ! Redadet, ça, ce sont les petits filets dormants et les grands-pics, ce sont les engins dérivants que l'on laisse toute la nuit pour ne les relever que le matin. »

Le jeune homme fit un signe d'acquiescement, enleva la barre d'accueil, la rangea et changea de bord pour héler le tamis. Il se pencha sur le plat-bord, saisit le fanion et tira sur la corde qui s'enfonçait dans le lac. Avec une vitesse mesurée, il la remonta. Le filet apparut. Ces derniers jours, les prises avaient été bonnes. En laissant son filet dormant, Marie espérait doubler la mise. Il faisait beau et il fallait en profiter. On ne savait pas de quoi demain serait fait ! La toile, une fois de plus, était engluée d'algues. Cela ne les inquiéta pas, car elles n'avaient aucune incidence sur le résultat de la pêche. Bien au contraire ! La prolifération de plancton et d'algues engendrait une augmentation notable de la population de poissons blancs. Les perches, prédateurs féroces, se développaient d'autant plus. Simon s'attendait à voir les prises s'agiter sur toute la hauteur du tamis. Étrangement, il n'y avait aucun poisson, seulement des branches et de longs filaments vert-de-gris. Simon tira plus vite et sans prendre soin de laisser au filet le temps de couler. Il remonta brutalement le tamis et le jeta dans le fond de la barque. Rien. Il n'y avait pas le moindre poisson, pas la plus petite ablette. Marie écarquillait les yeux, d'abord surprise, puis inquiète.

« C'est pas possible ! commenta-t-elle. C'est la première fois que je vois ça. On dirait qu'il n'y a plus un seul poisson dans le lac. »

Elle avait oublié la scène du bar et toute son attention était concentrée sur la partie de pêche et les questions qu'elle faisait naître.

Une violente colère froissa les traits de Simon. Il tirait de plus en plus rageusement sur les mailles et les jetait avec une rancœur brutale dans le canot.

« Fais attention, Simon ! avertit Marie. Tu vas tout déchirer.

– De toute façon, il faut les sortir pour les nettoyer, répondit le jeune homme entre ses dents. Si j'attrape le fils de chien qui a fait ça, il va passer un mauvais quart d'heure.

– Qu'est-ce que tu dis, Simon ? demanda Marie.

– Je dis qu'on est passé avant nous et qu'on nous a volé nos prises. Ils nous empêchent de les vendre et, comme si ça suffisait pas, ils nous volent notre pêche. On ne pourra pas rester sur le lac toutes les nuits à surveiller nos filets. On sera crevés avant trois jours, on sera bons à rien. Ils le savent. Je suis sûr qu'ils doivent se relayer et nous surveiller. »

Marie devint soucieuse. Elle vint à la hauteur de Simon et l'aida à rentrer l'engin. L'eau était encore glaciale et ses mains avaient du mal à saisir la ralingue et le tamis ensemble pour tirer l'engin en corde.

« Allons voir les autres petits filets ! » lança Marie.

Sitôt la toile empilée dans le canot et le fanion noir hissé à bord, Marie tourna la poignée des gaz et navigua droit sur la berge suisse.

Le soleil sortait des montagnes. Les pics acérés aux reflets mordorés, couronnés de neige, se penchaient sur la plaine, sertissant le lac turquoise dans un écrin de glace.

Marie sentait la chaleur du soleil lui brûler le visage. D'ordinaire, cette sensation la remplissait d'une joie profonde, mais là, elle était concentrée sur les événements de cette journée. Elle oubliait le paysage et sentait monter une rancœur profonde. Simon était crispé. Le visage tendu vers l'avant, il cherchait les fanions noirs et rouges. Il frissonnait malgré la chaleur qui l'enveloppait. Il se redressa et tendit le doigt.

« Là, ils sont là, Marie ! »

La jeune femme navigua vers les points colorés. La flamme noire pendait le long de sa hampe. Aucun souffle de vent n'agitait le miroir du lac. Marie coupa les gaz à quelques mètres seulement de la marque. Le bateau ralentit et une onde agita le flotteur. Le fanion dansa au rythme mou de l'eau, paraissant saluer la venue de ses patrons. Simon n'attendit pas l'arrêt complet de l'embarcation pour saisir le fanion et le jeter par-dessus bord sur le plancher de la barque. Il tira fortement sur la corde et le filet apparut presque aussitôt. Le visage de Simon était déformé par la haine et des tremblements de rage agitaient ses membres.

« Quels salauds tout de même ! grinça-t-il. Voler les poissons des autres, quelle bassesse ! »

Comme pour la première fois, l'engin était englué d'algues, mais pas un poisson ne frétillait.

Marie suivait les mouvements fébriles de Simon avec un regard triste, partagé entre colère et abattement.

« Je crois que cette fois c'est la fin, murmura-t-elle. Je rends les armes. Je n'ai pas envie de me battre chaque jour contre des imbéciles pour survivre. Ils ont gagné. Je n'en peux plus. Je vends tout. Je vais terminer mes études à Grenoble et oublier à jamais ce coin. »

Simon se redressa, comme sous l'effet d'une gifle. Il fixa Marie avec un regard dur. Ses mâchoires se crispèrent et deux boules roulèrent sous ses pommettes. Marie ne lui avait jamais vu un tel visage buté.

« Je voudrais bien voir ça que tu t'en ailles, que tu laisses tout tomber ! » articula Simon.

Marie le dévisagea avec surprise. Cette haine soudaine lui faisait presque peur. Elle trouvait sa réaction exagérée.

« Ce ne sont pas tes affaires, Simon ! C'est mon bateau, ma licence, et tu n'as pas à me dire ce que je dois faire.

– Je n'ai peut-être pas à te dire ce que tu dois faire, mais je vais quand même te le dire. Et puis ce n'est pas à moi qu'il faut t'en prendre. Si tu baisses les bras ici, tu les baisseras ailleurs. N'oublie jamais ça ! Là, je ne laisserai pas faire. Ils te molestent, ils t'insultent et, à présent, ils te volent, c'en est trop ! »

Marie ne comprit pas le sens de ces derniers mots. Les yeux de Simon soutinrent un moment son regard clair, puis, gêné, il détailla l'ombre noire des monts du Jura.

« Bon, Marie, il faut trouver une solution. »

La jeune femme se laissa tomber sur le banc du tableau arrière et coupa le moteur. Un silence pesant tomba sur le canot. Son dos se voûta et elle baissa la tête, le menton contre la poitrine, en signe de découragement.

Un couple de mouettes rieuses survola l'embarcation. Avec des voltiges acrobatiques, elles tentèrent des assauts sur le filet, puis, déçues, repartirent avec des cris stridents.

« Tu vois, même les mouettes ne veulent plus de nous ! » murmura Marie.

Un petit sourire plissa les lèvres fines de Simon. Il quitta son banc et vint tout contre elle. Il la prit tendrement entre ses bras et lui caressa les cheveux.

« Ne t'en fais pas, Marie, on va s'en sortir ! Ce n'est pas la première fois qu'ils te font des vacheries. Je te connais, tu vas trouver une solution. »

Marie contemplait ses mains. Elle qui en était si fière avant, toujours à les soigner et à se faire les ongles ! Comme elles étaient devenues laides, avec des coupures et des marques noires ! Elle disait que les mains étaient la carte de visite des gens. Les siennes n'avaient plus rien de féminin. Marie s'abandonna sur l'épaule de Simon.

« Tu sais, Simon, je ne te connais pas beaucoup, mais j'ai une confiance absolue en toi ! J'aime profondément Bastien, mais toi c'est différent. Il y a quelque chose d'étrange qui me lie à toi. Je peux tout dire et tu ne me juges jamais. Tu écoutes et tu essaies toujours de me donner la meilleure solution. Tu es celui sur lequel je peux me reposer. »

Simon sentait la douceur des cheveux de Marie se perdre dans sa barbe mal rasée. Il pensait à Agathe. Elle aussi avait des cheveux fins, ils n'étaient pas aussi blonds, mais ils devaient être doux et soyeux.

Marie se redressa soudain.

« J'ai une idée, dit-elle avec agitation.

– Eh bien, on peut dire que les périodes d'abattement sont courtes chez toi, plaisanta Simon.

– On n'a qu'à pêcher à la monte.

– Ça y est, encore un nom de filet que je ne connais pas, lança Simon avec un sourire complice. Je finis par m'y perdre.

– C'est le filet dont je t'ai parlé. C'est comme un chalut, mais il reste en surface. Il faut être deux pour le manœuvrer. On le tend en faisant un mouvement circulaire avec le canot. Une fois que le bas du filet lesté par des pierres est tendu sous l'eau, chacun tire à la même vitesse sur les bras. Le poisson pris dans le cercle du tamis tente de s'échapper vers le fond et se fait prendre dans la grande poche. Le tour est joué. Là, personne ne peut nous prendre notre poisson puisqu'on le ramasse tout de suite. Ça nous empêche pas de poser des filets dérivants ou des dormants. Même si les autres sont passés avant, on aura toujours du poisson à vendre. »

Marie se félicitait de sa trouvaille.

Simon n'avait pas compris l'intégralité de l'explication de Marie, mais ça n'avait pas d'importance puisqu'elle avait retrouvé sa joie de vivre. Il s'abîma dans ses pensées en fixant les reflets des montagnes dans le lac juste devant Nyon. C'était le seul endroit sinistre de ce paysage riant. Il ne voyait pas le port et devinait à peine la masse claire des maisons tassées au ras de l'eau.

« On commence quand ta pêche à la monte, Marie ?

– Comme d'habitude, tout de suite, enfin, dès que j'aurai vérifié le matériel nécessaire. »

Sa phrase à peine terminée, Marie actionna la poignée des gaz et lança l'embarcation droit sur la côte.

# XXIX

Le silence de la nuit était à peine troublé par les plaintes lugubres du vent dans la cheminée. Marie s'était couchée tard. Simon et elle avaient longtemps parlé de leur passion commune pour le lac et la pêche. Marie avait plus parlé que Simon.

« Tu sais, Simon, parfois le lac me fait peur », avait-elle avoué dans un souffle.

Simon l'avait regardée du coin de l'œil, sans rien dire, attendant qu'elle continuât.

« Je fais des cauchemars la nuit et le lac est toujours présent. Je rêve que je me noie, que des ombres bleues me regardent, mais personne ne bouge. Je les vois sourire. Elles se parlent, et moi, je me noie. Je sens la brûlure glaciale de l'eau pénétrer dans mes poumons et j'étouffe. Je ne peux plus bouger. Je tente bien de me débattre, mais il ne se passe rien. Mes membres sont figés, engourdis. Mon cœur se ralentit et je sombre. C'est toujours à ce moment-là que je me réveille. Je ne sais pas si c'est le réveil qui me tire de l'eau ou quelqu'un qui m'attrape par les cheveux. »

Simon hochait la tête en signe de compassion.

« Parfois les ombres bleues ont un visage. Celui de mon père et de Joseph. Elles n'ont jamais d'autres figures. »

Marie se tut, gênée d'avoir livré un secret aussi intime. Elle se leva et, en s'étirant, se dirigea vers le couloir.

« Bonne nuit, Simon ! lança-t-elle en franchissant la porte.

– Bonne nuit », rétorqua le jeune homme.

Marie pensait, couchée dans son lit. Son esprit était envahi par la ronde des questions sans réponse.

« Et moi, est-ce que j'existe au moins ? Je cherche à retrouver la trace de ma mère, mais je ne me cherche pas. J'ai une date de naissance, le 15 août 1939, et un lieu de naissance, Thonon-les-Bains, mais je ne sais rien de plus. Je n'ai plus de père, si c'était bien mon père, et ma mère est un fantôme, une énigme. Depuis que j'ai découvert que sa tombe était vide et que je n'ai aucune trace de son acte de décès, je n'ose aller à la mairie de

Thonon pour voir si mon acte de naissance existe vraiment. J'ai peur de ce que je pourrais trouver ! »

Marie entendait les paroles du conseiller municipal. Soudain, elle se redressa dans son lit. Elle alluma sa lampe de chevet et se précipita sur son secrétaire.

« Il a peut-être la solution, lui », murmura-t-elle, excitée.

Elle fouilla dans les chemises de documents administratifs. Elle sortit le dossier d'inscription pour la faculté de médecine et l'ouvrit. Les élastiques claquèrent sur la chemise cartonnée. Les mains de Marie sortaient chaque document et l'étudiaient.

« Non, non, ce n'est pas ça ! »

Elle trouva la fiche individuelle d'état civil que son père lui avait envoyée sans d'ailleurs qu'elle y prête la moindre attention. Marie la plaça en pleine lumière, comme si elle avait eu peur que les informations qu'elle contenait disparaissent dans la pénombre.

« Marie Grangez, fille de Gustave Grangez et Sarah Grangez, décédée. »

« Mais ce n'est pas possible ! s'écria Marie. Ma mère ne peut pas porter le même nom que mon père. Il y a une erreur. Il faut que j'en aie le cœur net. Le plus fort est que ça n'a eu l'air de choquer personne ! »

Marie avait remis à plus tard la fouille des papiers de son père. Au retour de la journée de pêche, elle était épuisée et voulait souffler ou, du moins, oublier ses angoisses. Mais là, il y avait urgence. Elle enfila une vieille robe de chambre en pilou rose, élimée aux manches, chaussa ses charentaises trouées, dont elle ne parvenait pas à se séparer, et s'élança dans l'escalier. Son père avait l'habitude de ranger ses papiers au grenier qu'il avait aménagé en salle d'archives. C'était aussi l'endroit où il conservait tous ses souvenirs et les vieux objets qui ne servaient plus, mais dont il ne pouvait se séparer.

L'escalier craqua de tout son long dès que Marie posa son pied sur la première marche. Elle voulait courir, mais le vacarme la retint. Après tout, son locataire et ouvrier méritait un peu de repos après la dure journée qu'ils venaient de vivre. Demain, il devait se lever tôt pour relever les filets dérivants. Ils avaient pris l'habitude de faire un tour de rôle pour les pêches nocturnes, ce qui leur permettait de se reposer un peu, d'entretenir le matériel et aussi d'assurer la livraison aux restaurateurs. Marie avait prospecté dans les environs. Rapidement, elle s'était aperçue que les pêcheurs avaient fait la leçon aux commerçants. Elle avait décidé de vendre son poisson en Suisse. La réussite fut immédiate. Depuis quelques années, le franc suisse était plus fort que le franc français, tout le monde y trouvait son compte. Marie avait pris un abonnement auprès de la compagnie maritime et elle pouvait ainsi vendre son poisson dans la matinée à Lausanne. « Sitôt pêché, sitôt livré, disait-elle aux restaurateurs ! Les prises sont de première qualité. »

Malgré ses précautions, l'escalier gémissait de toutes parts et lançait des craquements sonores et lugubres. Parfois, elle pensait que tout allait s'effondrer dans un nuage de poussière. Le silence amplifiait tout. Elle se trouva devant la porte de bois brut du grenier. Elle tourna la poignée et actionna l'interrupteur. Une lumière orangée éclaboussa une série d'étagères et d'objets hétéroclites. La petite pièce sentait la poussière. Marie s'avança. Des rangées de cartons étaient alignées sur les planches.

Marie déchiffra les inscriptions qu'une main malhabile avait griffonnées : MARIE 24 ANS – MARIE 23 ANS – MARIE 22 ANS et ainsi de suite. À chaque année correspondait un carton. La jeune fille sentit le sol se dérober sous elle. Les étagères, le plafond, l'ampoule nue, tout tournait dans un manège infernal. Elle s'assit sur le sol et posa ses mains à plat pour arrêter la ronde. Enfin, tout reprit sa place. Elle contempla les étagères. Que d'amour entassé là ! Que de constance et d'entêtement ! Marie avait les larmes aux yeux. Elle n'était jamais venue dans cette pièce. Son père lui avait toujours dit qu'il n'y avait rien d'intéressant à voir, seulement des antiquités qui ne passionnent que des vieux.

Marie prit un carton au hasard et le posa sur le sol. Tout était soigneusement rangé et étiqueté. Les dessins, les jouets, les cahiers, les livres de classe, les devoirs, les résultats scolaires, les lettres de ses amies, il ne manquait rien. Marie n'avait pas de famille, mais elle avait des souvenirs. Toute cette vie ainsi classée et répertoriée lui faisait peur. Elle chercha les cartons les plus anciens. Elle s'arrêta devant le dernier : MARIE 3 ANS ? Pourquoi y avait-il un point d'interrogation ? Son père ignorait-il son âge réel ? Elle était pourtant née le 15 août 1939 ! À moins que…

Elle ouvrit méticuleusement le carton avec une crainte incontrôlable. Ses doigts tremblaient. Elle avait peur de cette boîte de pandore. Quel monstre allait-il en sortir ? Des jouets vieillots et des dessins aux couleurs vives, voilà tout. Elle était déçue. Mais à quoi s'était-elle attendue ? Elle retrouvait les affaires de son enfance. Peu de gens ont une telle chance. Tout ce qu'elle avait touché, fait, tout ce qui se rapportait à elle avait été gardé. Une bouffée de chaleur lui monta aux joues. Elle était prise de curiosité. Et tel dessin, telle lettre, tel jouet se trouvait-il là ? Marie eut envie de fouiller tous les cartons pour se replonger dans ses souvenirs. Mais la réponse était donnée par la série de cartons. Oui, toute sa vie était là.

Marie referma lentement la boîte et la replaça sur l'étagère. Elle eut inconsciemment peur que son père ne la retrouvât pas à sa place exacte.

Dans toutes ces affaires, elle ne trouverait rien qui lui donnât une piste. Il fallait chercher ailleurs, dans les papiers de son père.

Contre le mur du fond, dans une zone de pénombre, à l'opposé de la porte, elle remarqua un buffet de style campagnard au corps trapu avec deux portes et deux tiroirs. Les angles, terminés par des pieds triangulaires, déchiquetés sur la moitié de leur hauteur, avaient servi d'exutoire à des générations de chats. Marie s'avança à pas comptés, retenant sa respiration. Les secrets de son père devaient se trouver là, tapis dans les tiroirs. Elle saisit le petit bouton de bois usé et tira. Rien ne vint. Peut-être le bois avait-il joué. Marie tira plus fort. Le tiroir resta scellé dans son logement. Elle remarqua, juste dessous la poignée, un trou de serrure. Il était si noir qu'elle l'avait d'abord pris pour une tache ou un défaut du bois. Elle étudia la pièce d'un regard circulaire, pas de porte-clefs.

« Avec un tournevis, je dois bien arriver à l'ouvrir ! murmura-t-elle pour se convaincre. De toute façon, personne ne me dira rien si je casse ce meuble. Après tout, je suis chez moi ! »

Elle franchit la porte et dévala l'escalier. Un bruit de tonnerre suivit ses pas précipités. Elle avait oublié la vétusté des lieux. Dans l'atelier, au rez-de-chaussée, elle s'empara d'une collection d'outils divers : tournevis, pied-de-biche, burin, massette. Tout ce qui pourrait lui permettre de forcer ce tiroir et de lui faire cracher ses secrets. Elle glissa la lame d'un tournevis à frapper au-dessus de la serrure, prit la poignée à deux mains et pesa de toutes ses forces. Immédiatement un gémissement puis un bruit d'arrachement retentirent. Marie avait mis tant de force que la serrure se détacha et vola sur le sol avec un bruit métallique. Elle retint son souffle comme un cambrioleur et écouta la respiration de la maison. Seul le vent qui jouait entre les cheminées se fit entendre. La maison dormait.

« Quelle sauvage tu fais, ma pauvre ! » s'amusa-t-elle.

Elle saisit le petit bouton de la poignée et, lentement, ouvrit le tiroir. La petite boîte était pleine de courriers soigneusement rangés. Marie reconnut des missives administratives et d'autres documents sans intérêt. Rapidement, elle sut qu'elle devait passer à l'autre tiroir.

« Allez, à la suite ! »

Marie répéta l'opération avec moins de puissance. La serrure céda en douceur et seul un gémissement l'avertit que le travail avait été accompli. Elle ouvrit le tiroir. Une violente émotion empourpra ses joues. Devant elle, posée sur le dessus, elle vit une enveloppe sur laquelle figurait l'adresse de son père, dactylographiée. La taille du courrier et la disposition des caractères étaient semblables à ceux utilisés pour les lettres anonymes. Sa main trembla. Elle saisit l'enveloppe et en extirpa une petite feuille pliée en quatre. Par transparence Marie sentit les collages. Elle déplia la lettre et, le regard fasciné par la missive, elle lut à haute voix :

« LES SALAUDS QUI ONT FAIT LEUR BEURRE SUR LA MORT DES JUIFS PENDANT LA GUERRE VONT PAYER ! »

Le texte était le même que celui de la lettre que Joseph avait montrée dans le bar. Son père était donc aussi soupçonné de s'être livré à des abominations pendant la guerre. Son monde s'effondrait. Elle avait souhaité découvrir un courrier de la sorte pour clouer le bec aux autres pêcheurs et, à présent qu'elle l'avait entre les mains, elle avait peur que tout cela ne fût vrai. Elle se retourna et détailla les étagères qui supportaient les cartons de ses affaires. Comment un homme aussi bon aurait-il pu faire du mal ?

« Ce n'est pas possible ! Papa n'aurait jamais fait une chose pareille. Il était bourru, c'est vrai, mais sans malice, simplement pour qu'on le laisse tranquille ! »

Elle s'assit sur le plancher poussiéreux et relut le texte. Elle leva la tête, comme si elle avait senti une présence étrangère. Simon était derrière elle et lisait par-dessus son épaule. Elle ne l'avait pas entendu entrer. Elle était si concentrée par son activité de cambriolage qu'elle avait oublié qu'elle n'était pas seule dans la maison ; Simon était armé d'une longue barre de fer et ses yeux bleu pâle étaient animés d'une étrange flamme de violence.

« Je… J'ai entendu du bruit dans l'escalier, s'excusa-t-il d'une voix étrangement grave, puis un bruit de bois que l'on brise. J'ai cru qu'il y avait des cambrioleurs. Alors, je suis monté. »

Marie le dévisagea, embarrassée.

« Non, non, ce n'est que moi, dit-elle d'une voix pâle. Je cherchais des documents administratifs.

– Et tu… tu es tombée sur cette saloperie de lettre, reprit Simon en la fixant. Elle est bien comme celle du bar, tu avais raison !

– Heu, oui… Bon, je retourne me coucher. Je n'ai rien trouvé qui pouvait m'intéresser. »

Marie dévala l'escalier et disparut. En partant, elle laissa tomber la lettre. Simon se baissa, la ramassa et la lut en hochant la tête. Calmement, il la remit dans son enveloppe et la rangea dans le tiroir.

« C'est tout de même dommage d'avoir cassé ces tiroirs. Je suis sûr que les clefs devaient être dans la boîte, dans le hall d'entrée ! »

## XXX

LE PRINTEMPS S'INSTALLAIT. Les forêts se paraient de vert et les sous-bois s'animaient à nouveau de chants d'oiseaux. Même les pentes abruptes du Jura s'égayaient. Les premières chaleurs tombaient sur le lac et les estivants en bras de chemise trempaient du fil dans l'eau.

Les arbres fruitiers étaient en fleur et composaient de somptueuses symphonies en blanc et rose. Marie contemplait le verger par la fenêtre de la cuisine qui était grande ouverte. Elle était debout et épluchait des légumes sur l'évier. Si les saints de glace ne jouaient pas un mauvais tour, la récolte serait grandiose. Elle sentait déjà l'odeur sirupeuse des confitures qui cuisent à petit bouillon dans la grande marmite en cuivre envahir toute la maison. On pourrait même faire un peu d'eau-de-vie. Ça fait de mal à personne et qu'est-ce que c'est bon, surtout dans les gâteaux ! Marie fixait le Léman qui formait au fond une bande lisse et lumineuse. Le vent s'était tu et des nuages lourds s'amoncelaient derrière le Jura. L'air était électrique. Marie espérait même que les orages éclateraient avant le soir pour rafraîchir un peu l'air. Elle s'était légèrement vêtue. Elle allait bientôt descendre au lac pour poser des filets tombants. Simon avait levé les grands-pics la nuit dernière et il dormait encore. L'après-midi, comme chaque jour, ils pêchaient à la monte. Marie baissa la tête pendant qu'elle nettoyait des légumes pour le repas de midi. Elle entendit le froissement du gravier de l'allée. Elle leva un regard surpris. Bastien arrivait. Il avait une allure sombre. Le visage de Marie passa du bonheur absolu à une inquiétude profonde. Elle se précipita dehors. Avant que Bastien n'ait eu le temps de dire le moindre mot, Marie le bâillonna de ses lèvres.

« Comme je suis heureuse de te voir ! lança Marie en jetant ses bras autour de son cou. Comme tu me manquais ! Mais entre ! Tu as faim ? Tu as eu le temps de déjeuner ? »

Bastien leva un bras :

« Stop, Marie, laisse-moi arriver ! »

La jeune femme eut un mouvement de recul, surprise par la soudaine agressivité de Bastien. Le jeune pêcheur reprit un air aimable et dit :

« Excuse-moi si je ne suis pas très agréable, mais je suis assez énervé ! »

Marie le dévisagea, puis désigna la porte d'entrée d'une main timide.

« Tu as le temps d'entrer quelques minutes ? demanda-t-elle d'une voix un peu triste. Je ne t'oblige pas, tu sais. »

Bastien fit quelques pas en direction de la maison puis s'arrêta au centre de l'allée. Il fixa le gravier du sol et dit d'une voix grave :

« Je crois qu'il serait plus sage qu'on se voie moins souvent et qu'on réfléchisse chacun de son côté. »

Marie qui le devançait de quelques pas se figea. Elle fixa la façade à la peinture écaillée et se retourna brusquement.

« Qu'est-ce que tu dis, Bastien ? Sa voix semblait sur le point de se briser. Tu ne m'aimes plus ?

– Mais non, ce n'est pas ça ! rétorqua Bastien. C'est compliqué. Je voudrais qu'on prenne un peu de recul. C'est si soudain et tellement inattendu. »

Marie se sentit blessée.

« À quoi veux-tu réfléchir ? Si tu ne m'aimes plus, dis-le ! À moins qu'il y ait autre chose. »

Bastien n'osait lever le regard. Il semblait compter les cailloux ou les trier par tailles et couleurs. Il se triturait les mains nerveusement. Son visage avait blêmi lorsque Marie avait prononcé la dernière phrase. Un frisson désagréable remontait le long de son dos et agitait sa nuque douloureusement.

Alors, Marie comprit.

« Ah ! C'est donc ça. C'est Simon. C'est ça ! Tu crois que je te trompe avec lui. Hein, Bastien ? Tu n'oses pas me le dire, mais tu es jaloux de lui. »

Bastien leva un visage ravagé d'une profonde souffrance et fixa Marie avec des yeux remplis de rancœur et de colère rentrée. La jeune femme avait touché juste.

Bastien était jaloux. La présence de Simon dans la maison le rongeait. Il ne dormait plus. Ses yeux cernés de bistre en étaient témoins. Il imaginait les choses les plus odieuses. Il pensait que Marie et Simon se moquaient de lui lors de leurs soirées en tête à tête. Il se répétait au cours de ses nuits d'insomnie : « Un homme et une femme sous le même toit, c'est pas sain. Ça finit forcément dans un lit. » Sur le quai, devant sa bicoque, il les zieutait sans cesse. Il souffrait de leur complicité. Et les plaisanteries qu'ils se lançaient parfois lui étaient insupportables. Son cœur et son amour-propre souffraient. Il avait l'impression que sa fierté de Savoyard était foulée aux pieds devant tout le village.

Après une grande dispute avec son père au sujet de l'agression de Marie, où le père et le fils en étaient arrivés aux mains, Bastien avait fini par convenir que la situation de la jeune femme était ambiguë. Son père avait eu tort de la molester, mais les pensées malsaines du bossu s'étaient insinuées dans l'esprit malléable de Bastien.

« Marie, ça peut plus durer comme ça ! reprit Bastien. Je veux bien être brave, mais il y a des limites. Il faut que tu choisisses. C'est lui ou moi. »

Marie ne parvenait pas à détacher son regard de Bastien. C'était la première fois qu'elle lui trouvait une ressemblance avec son père. Un instant une phrase méchante lui traversa l'esprit : « C'est bien le fils du bossu, aussi méchant et l'œil aussi noir. » Mais tout de suite une vague d'amour monta à l'assaut de sa poitrine. Non, elle l'aimait. Elle adorait son regard sombre, ses belles mains larges et son sourire étrangement doux. Elle ne savait quoi lui répondre. Elle avait de la tendresse pour Simon, mais cela n'avait rien à voir avec de l'amour. Il s'agissait d'une profonde amitié, d'une complicité comme au collège ou au lycée, rien de plus. Ils souffraient tous les deux sur le lac. Ils faisaient face à l'hostilité de tout un village. Simon était un garçon intelligent et elle avait plaisir à parler avec lui. Il était réfléchi et trouvait toujours des solutions cohérentes, en accord avec l'intérêt commun.

« C'est vrai que je l'aime bien, Simon, mais il n'y a rien de plus entre nous..., dit Marie pour se justifier. C'est mon ouvrier et je ne peux m'en séparer avant que j'aie redressé mes finances. Comme tu le sais, ton père me mène la vie dure et il faut que je travaille ! Grâce à Simon, je peux espérer m'en sortir.

– Ne me mens pas ! renchérit Bastien, pris d'un accès de violence. On vous a vus. On vous a vus vous embrasser dans la pénombre de la cabane.

– Mais tu dis n'importe quoi ! Qui ? Peut-être qu'une fois, on s'est parlés à l'oreille ou quelque chose comme ça. Mais rien de plus. Et puis c'est ridicule ! Je n'ai pas à me justifier. »

Bastien baissa de nouveau la tête, plus buté que jamais.

« Mon père me l'avait dit, grommela-t-il. T'es une traînée qui n'est même pas du pays. »

Une pointe de fer rougi fouailla le cœur de Marie. Une vague de larmes monta à l'assaut de ses yeux et sa gorge se serra à l'étrangler. Elle avait envie de se jeter dans les bras de Bastien. Elle voulait le supplier à genoux et lui promettre qu'elle allait tout abandonner pour lui. Elle eut presque envie de lui jurer qu'elle allait jeter Simon dehors.

Mais le regard de Bastien était si cruel et ses lèvres s'étaient plissées d'une telle moue de dégoût que Marie se retint. Pourtant l'amour fut le plus fort et, dans un hoquet, elle lâcha :

« Bastien… Bastien… Je t'aime. Je… »

Au même instant, Simon arriva, hirsute, torse nu et seulement vêtu d'un caleçon. Sans prendre garde à Bastien, il se dirigea droit vers Marie. La jeune femme le regarda approcher d'un air désespéré. Décidément, tout se liguait contre elle !

« Bonjour Bastien, lança Simon sans prêter attention au regard de haine du garçon. Marie, faut que je te parle de ce qui s'est passé cette nuit. »

Bastien foudroya Simon et Marie du regard. Ses joues se gonflèrent et il cracha par terre.

« Marie, j'aurais jamais cru que tu me ferais une telle chose. Je te déteste. Tu n'as pas le droit de te moquer des gens comme tu le fais. Tu me le payeras. Tu m'entends, Marie Grangez ! T'avise pas de te trouver sur mon chemin, sinon… ! »

Bastien fit quelques pas sur l'allée, puis se retourna et pointa Simon du doigt.

« Et toi le Suisse, traîne pas trop dans les parages ! Un malheur est vite arrivé. T'as compris ? »

Simon serra les poings, prêt à fondre sur le pêcheur. Marie lui agrippa l'épaule d'un geste autoritaire :

« Laisse-le partir, Simon ! commanda Marie. Ça ne ferait qu'envenimer les choses. »

Simon posa un regard compréhensif sur Marie. La jeune femme fixa le dos de Bastien que la côte faisait disparaître rapidement. Elle sentait son corps se ramollir. Son cœur cognait à tout rompre.

« Qu'est-ce que tu voulais me dire ? demanda Marie sans quitter la route des yeux.

– Euh, c'est moins important que tes amours, Marie, tenta de plaisanter Simon.

– Je t'en prie, Simon, laisse ça tranquille et dis-moi ce qui se passe !

– Eh bien, cette nuit, je suis allé relever les grands-pics. D'abord, j'ai retrouvé qu'une lampe-tempête, ensuite, lorsque je l'ai sortie de l'eau, je me suis rendu compte qu'on avait coupé les filets. »

Marie fit une moue de contrariété.

« Mais peut-être que c'est le vent ou que la lampe-tempête était mal attachée, répondit Marie d'une voix mal assurée.

– Non, j'ai la corde sous le flotteur. Elle a été coupée net avec une lame tranchante. C'est sûr que c'est un coup du bossu. »

Marie se mordit la lèvre et dit :

« À présent, en plus d'avoir le père à dos, j'ai le fils. »

Elle avait le cœur au bord des lèvres. Elle fit face à Simon. Elle voyait son regard clair la dévisager avec compassion et tendresse. Heureusement qu'il était là ! Elle sentait qu'il la soutiendrait toujours. Une vague de chaleur lui réchauffa le cœur et un pan de sa tristesse s'envola.

« Je ferais peut-être bien de tout laisser tomber, murmura-t-elle. Après tout, on se crève pour rien à pêcher sur ce foutu lac. »

Simon n'osait répondre et regardait fixement les fleurs des arbres fruitiers. Marie quitta le visage amical de Simon et suivit son regard.

Le miroir du lac était froissé des risées du sudois. Une bouffée de chaleur annonçant l'orage lui souffla au visage. D'énormes masses nuageuses s'avançaient dans la vallée glaciaire entre les monts du Jura et du Salève. Ils sentirent les premières gouttes, puis le roulement du tonnerre répondit à la pluie.

Marie et Simon ne bougeaient pas. Leurs visages se constellèrent d'une myriade d'étoiles d'eau. Ils ne voyaient plus le paysage. Tout devint flou, troublé par le rideau de l'orage.

« Pourvu que les arbres ne souffrent pas trop », commenta Marie en courant vers la maison.

Simon hésita, puis partit à sa suite en courant.

« Ne t'en fais pas, ils ont l'habitude, c'est tous les ans pareil ! »

# XXXI

« Si la pollution continue à cette allure, avait lancé le président du syndicat lors d'une réunion publique, non content de ne plus rien pêcher, les malheureux poissons qu'on prendra seront pires que l'arsenic. Et on finira par nous traiter d'assassins, d'empoisonneurs. En plus de mourir de l'eutrophisation, le lac est rempli de mercure. »

La phrase était tombée sur l'assistance comme un coup de massue.

Sur le Léman, la rage des hommes s'était tournée contre eux-mêmes. Contre cette capacité à détruire tout ce qui les entoure. Il n'était pas un canot sans rancœur. Les marins du lac osaient à peine croiser un regard tellement leur cœur était plein de bile. La colère rampait dans leur solitude d'artisan au moment de lever les engins, dans les cafés au coin du zinc, dans les assemblées à voix basse et même dans les rues en marchant le nez baissé. Il n'était pas un endroit où l'on ne se plaignît de l'état du lac et des piètres pêches qu'on y faisait. Certaines espèces avaient disparu et d'autres proliféraient, mais pour combien de temps ? Les professionnels s'étaient plaints aux autorités locales, sans effet. Les coupables étaient montrés du doigt : les grandes entreprises, les agriculteurs, les fabricants de lessive, enfin tous ceux qui déversaient n'importe quoi dans l'eau.

« Et pour votre information, avait complété le représentant syndical, le mercure ne se dissout pas dans l'eau. Il se fixe dans la chair des poissons et reste dans les sédiments, au fond du lac. Les ingénieurs ont calculé que, dans toutes les vases, il y avait à peu près soixante tonnes de mercure ! »

La colère était montée d'un cran dans l'assistance. Face à ce constat, les pêcheurs sentaient une rage folle les étouffer.

« Faut faire quelque chose de fort qui marquera les esprits et fera bouger ceux qui nous gouvernent, avait lancé Joseph avec un élan d'altruisme que personne ne lui connaissait. Il faut montrer à ces pollueurs qu'on est là et qu'on est prêts à se battre et pourquoi pas à mourir pour notre lac. »

Bastien regardait son père et, pour une fois, il était fier de lui. Il se sentait prêt à le suivre partout où il déciderait d'aller. Certains applaudirent, d'autres regardèrent Joseph en coin, curieux de le voir mourir pour une cause quelconque. Bastien se pencha à l'oreille de son père et chuchota :

« Bravo, papa, tu vas les avoir. Ils vont te suivre et on fera bouger les choses. »

Joseph dévisagea son fils et une bouffée de joie paternelle l'envahit.

« Assez de bla-bla, lança-t-il en se levant brusquement. C'est le moment de l'action. Que ceux qui veulent que les choses bougent me suivent ! »

Un silence d'hésitation survola la salle.

« On est tous avec toi, Joseph », lança Bastien pour convaincre les indécis et conforter ceux qui s'étaient déjà rangés du côté du bossu.

Comme un seul homme, l'assistance se leva.

« Où on va, Joseph ? questionna un petit pêcheur malingre.

– On va bloquer les ports et les routes et on verra si la préfecture fait rien. Y a que le coup de force pour que ça bouge ! Il faut interdire à tout le monde de passer ou d'aller sur le lac. Même la compagnie maritime doit pas pouvoir accoster. »

Bastien sortit aux côtés de son père, une lueur d'orgueil au fond des yeux.

# XXXII

La chaleur était caniculaire. Les hommes, torse nu, lançaient leurs boules sur le gravier blanc à l'extrémité de la digue. Les spectateurs de la partie de pétanque profitaient de ce moment de détente sous une tonnelle ombragée. Après tout, les manifestations syndicales n'avaient pas que du mauvais !

À l'entrée du port, le trait clair d'un câble tranchait sur le bleu du lac. Comme au Moyen Âge, on avait fermé le port à l'aide d'une élingue, ainsi aucune embarcation ne pouvait ni entrer ni sortir sans autorisation. Des pêcheurs montaient la garde devant les fanaux pour empêcher toute rupture du filin. Le bateau de la compagnie maritime manifesta son approche par plusieurs coups de corne de brume et entama sa manœuvre pour venir à quai.

« Vous n'avez pas lu les affiches ! hurla un pêcheur trapu en exhibant une gaffe. C'est interdit d'accoster. Retournez d'où vous venez ! Y a pas de passagers ici, tout est bloqué. »

De nouveau la sirène retentit et le capitaine poursuivit son approche. Les manifestants se précipitèrent. Certains portaient des fusils à l'épaule. Ils les levèrent à bout de bras et, avec des gestes d'intimidation, menacèrent le vapeur. Le capitaine stoppa son bateau à quelques encablures de la digue.

« Dégagez le quai, tonitrua-t-il à travers son porte-voix. Si vous restez, c'est une entrave à la navigation internationale et j'en référerai aux autorités !

– Va pleurnicher dans le giron de qui tu veux, ironisa le premier pêcheur. En tout cas, si t'essayes d'accoster, y t'en cuira, crois-moi ! »

Le capitaine regagna sa salle de commandes, lança ses machines à pleine puissance et dirigea son embarcation droit vers la berge suisse. Devant le changement de cap du transport transfrontalier, un hourra de joie souleva les participants. C'était déjà un premier pas vers la victoire. Après tout, les principaux pollueurs étaient les industriels suisses et il n'y avait pas de raison qu'ils posent le pied sur le sol savoyard.

Joseph faisait d'incessants allers et retours entre le haut du village, le barrage sur la route départementale et le quai. Il prenait son rôle de chef très au sérieux. Bastien l'accompagnait dans ses déplacements. Il ne manquait pas une occasion pour se faire remarquer. La démonstration de force se déroulait dans le plus grand calme.

L'estafette de la gendarmerie de Douvaine apparut à l'horizon ; elle avançait paisiblement. Elle ralentit à la vue de l'impressionnant dispositif et se stationna à l'entrée du village, à une centaine de mètres du barrage. Deux gendarmes descendirent et se dirigèrent droit sur Joseph. Le bossu serra les dents tel un chien prêt à mordre. Le visage des militaires indiquait qu'ils venaient simplement aux nouvelles. Ils avaient sûrement reçu des consignes de modération.

« Bonjour Joseph ! » dit le gendarme le plus gradé en tendant une main potelée.

Joseph serra la pogne et dit :

« Bonjour chef ! Qu'est-ce que vous voulez ?

– Vous pensez bloquer la route longtemps ? questionna le chef sans tenir compte de l'agressivité évidente du pêcheur.

– Qu'est-ce que ça peut vous… ? tenta de poursuivre Joseph, interrompu par un coup de coude du maire.

– Toute la journée, messieurs, répondit le maire. Mais ne vous inquiétez pas, tout est prévu pour que la manifestation se déroule dans le calme.

Notre but n'est pas de nous battre, mais d'attirer l'attention de la population et, au-delà, celle des pouvoirs publics.

– Merci, monsieur le maire », dit le chef d'une voix administrative.

Le maire et le militaire s'éloignèrent de quelques mètres afin de garantir la confidentialité de leur entretien. Le maire parla avec de grands gestes. Par moments, il désignait le port, puis les manifestants et, parfois même, son doigt flottait sur le dos voûté de Joseph. Le militaire, le visage penché en avant et les yeux plantés dans le bitume de la route, se concentrait sur le discours de l'édile en hochant la tête.

« Bien, monsieur le premier magistrat, reprit le militaire. Je vous fais confiance. »

Les gendarmes firent demi-tour et regagnèrent le chef-lieu pour informer les autorités des intentions des manifestants.

La presse s'empara rapidement de l'événement et l'entrée du port fut bientôt le lieu de rendez-vous de tous les journalistes alentour. Le maire, assisté de Joseph et de Bastien, tint même une conférence de presse. Le mouvement ne se voulait pas une action violente, leur avaient-ils expliqué. Il s'agissait d'un mouvement de protestation citoyenne face à une catastrophe écologique et économique qui touchait tous les acteurs du lac. Il avait pour but de peser sur les décisions de l'État.

La journée avançait. Après les grillades et les quelques verres de blanc et de rouge, les manifestants avaient perdu de leur morgue. Ils somnolaient à l'ombre d'un arbre ou sur le banc courant d'un canot. Seul le piquet de grève restait actif à l'entrée de la petite rade.

Marie descendait la côte d'un bon pas et se dirigeait vers son cabanon. De loin, elle remarqua le barrage en travers de la rue du Port. Elle avait lu les affichettes annonçant la manifestation, mais après une nuit passée sur le lac à remonter ses filets, elle l'avait complètement oubliée. Pour une fois, ses pièges n'avaient subi aucun avatar.

« Leur manifestation ressemble plus à une kermesse qu'à une action revendicative », laissa échapper Marie avec un sourire condescendant.

Alors qu'elle était à une centaine de mètres du barrage, elle vit Joseph surgir comme un diable. Il avait l'air hirsute et aussi mauvais qu'à l'accoutumée.

« Aïe, ça se gâte ! commenta la jeune femme. Je suis certaine qu'il va encore me chercher des crosses, ce bossu de malheur. »

Au même instant, la tignasse brune de Bastien apparut. Marie reçut une décharge électrique le long du dos. Elle voulut faire demi-tour pour éviter de croiser le jeune homme. Mais, sans qu'elle s'en aperçoive, ses pas l'amenèrent droit sur les manifestants.

Joseph l'interpella :

« Où vas-tu, Marie Grangez, d'un si bon pas ?

– Je vais gagner mon pain, ironisa Marie, inquiète de la suite. Faut bien que je travaille vu qu'on me coupe la moitié des filets ! Faut que je pêche avec le reste. »

Joseph ignora l'allusion et cria :

« Fais demi-tour ! Aujourd'hui, on pêche pas ! C'est la grève. T'as pas lu les affiches ! Même les journaux l'ont annoncée. »

Marie hésita, puis poursuivit son chemin en direction du barrage. Bastien, tout contre son père, fixait intensément la silhouette de la jeune femme. Son visage était devenu blême.

« Tire-toi, Marie, je te dis ! » reprit le bossu.

Marie était contre l'amas de ferrailles et de morceaux de bois. Elle enjambait une barre et s'apprêtait à franchir l'ensemble quand Joseph se dressa devant elle, un gourdin à bout de bras.

« Si tu t'en vas pas, tu vas y goûter ! » grommela-t-il en désignant son bâton d'un regard oblique.

Marie avança encore. D'un geste rapide de la main, Joseph agrippa sa chevelure blonde, la tira vers lui en levant le gourdin.

« Alors c'est ça ! hurla-t-il, les yeux révulsés. Tu veux y goûter, ma foi, tu vas être servie ! »

Les autres manifestants, sidérés, regardaient la scène sans pouvoir se décider à intervenir. Le regard de Bastien faisait des va-et-vient entre le gourdin et le visage crispé de douleur de Marie. D'un élan, il se jeta sur la matraque et l'arracha des mains de son père.

« Ça suffit maintenant ! gronda-t-il. Elle y est pour rien, alors tu lui fous la paix. T'as compris papa ou…

– Ou quoi ? hurla le bossu en tournant une face grimaçante. Ou tu me frapperais ? C'est ça que tu veux dire ? Eh bien, essaye un peu, pour voir ! »

Joseph tendait le cou avec un regard de haine. Bastien leva le gourdin pour l'écraser sur sa face, puis son regard rencontra les yeux inquiets de Marie. La matraque battit l'air, le bras de Bastien fit un geste circulaire et propulsa le bâton loin dans le champ.

« Vas-y, Marie, dit Bastien d'une voix redevenue douce. Tu peux passer, mon père a perdu la tête, y sait plus ce qu'il fait. Excuse-le ! »

Marie hésita, puis franchit le dernier rempart. D'un pas lent, elle s'éloigna dans la descente.

Joseph écumait. Mais, devant la force tranquille de son fils, il se sentit désarmé. Bastien le fixa, puis son regard suivit Marie.

« Venez vite ! cria un pêcheur qui remontait du port en courant vers le barrage. Il faut un médecin. Le vieux Sylvestre pisse le sang. »

Dès qu'elle entendit l'appel, Marie se dirigea droit sur l'homme.

« Que se passe-t-il ? questionna-t-elle.

– Eh ben, Sylvestre a voulu couper le filin qu'est en travers du port avec un grand couteau. Il a dérapé et se l'est planté dans la cuisse. Y se vide comme un cochon. Il faut faire quelque chose !

– Y a longtemps que c'est arrivé ? demanda Marie en courant vers le port.

– Oh ! juste quelques secondes. J'étais à côté pour tenter de l'empêcher de couper la corde quand ça s'est produit. Il a pas fait attention tellement il était énervé de pas pouvoir sortir son bateau. Tu le connais le Sylvestre, quand il a quelque chose dans le crâne, il l'a pas ailleurs ! »

Marie courut à toutes jambes vers la digue. Elle vit un attroupement au bout du quai.

« Poussez-vous, je suis médecin ! lança-t-elle en arrivant. Laissez-moi passer et laissez-le respirer ! »

Un pêcheur, penché sur la cuisse, pressait un amas de chiffons pour tenter de juguler l'hémorragie.

Mais le sang coulait sans discontinuer. Tout était rouge. Le visage de Sylvestre était devenu gris. Les yeux exorbités, il serrait le haut de sa jambe sans comprendre.

« Putain de couteau ! grinçait-il. Putain de câble ! »

Marie poussa le secouriste bénévole sans ménagement et écarta le pansement poisseux. Sur le sol, elle remarqua l'éclat argenté de la lame du couteau. Elle le saisit et sans une hésitation découpa la jambe du pantalon jusqu'à la taille. Au creux de la cuisse une artère palpitait, crachant du sang comme un tuyau d'arrosage. Marie écarta les lèvres de la plaie. L'artère fémorale était touchée. Si elle n'intervenait pas rapidement, le vieux était perdu. Il allait se vider de son sang en quelques minutes. D'un mouvement nerveux de la tête, Marie fit un rapide tour d'horizon. Rien, pas un objet qui puisse lui venir en aide. Elle eut un moment de panique, puis se remémora ses cours d'anatomie.

« Un garrot ça suffira pas », dit-elle par-devers elle.

D'un geste sûr, elle saisit du bout des doigts l'extrémité de l'artère et y enfonça son auriculaire. L'écoulement cessa instantanément.

« Appelez vite une ambulance ! ordonna Marie d'une voix sûre. Je vais pas pouvoir tenir longtemps.

Faut le transporter d'urgence à l'hôpital pour suturer l'artère ! »

L'assistance la contemplait, partagée entre l'admiration et l'horreur. Le visage de Marie zébré de rouge et sa main enfoncée dans la cuisse du pêcheur leur soulevaient le cœur. Elle semblait plonger dans le corps du vieux pour puiser dans ses entrailles.

Les pompiers arrivèrent rapidement avec une civière. Marie suivit le blessé, le doigt toujours enfoui dans l'artère. Elle réalisa alors que sa vocation première était toujours vivace. Elle n'était pas peu fière d'aider à sauver Sylvestre. Elle sentait au fond d'elle palpiter le besoin d'être utile aux autres. Le regard des pêcheurs avait changé. Ceux qui la méprisaient la regardaient tout à coup avec respect, et même avec un peu d'admiration.

Joseph et Bastien avaient suivi le mouvement. Le jeune homme sentit des larmes lui monter aux yeux.

« Marie ! Marie ! chuchota-t-il pour lui-même. Comme je suis fier de toi et comme je t'aime ! »

Marie passa devant lui sans le regarder, concentrée sur sa tâche. Par moments, elle touchait le front de Sylvestre et donnait des consignes aux pompiers. Elle avait naturellement pris la direction des opérations.

La manifestation se regroupa derrière les secours et suivit la civière. Les hommes parlaient à voix basse, comme s'ils participaient à une procession religieuse.

« Elle est culottée tout de même, la petite Grangez, laissa échapper un pêcheur entre deux âges. Moi, j'aurais pas su quoi faire. On dira ce qu'on voudra, mais elle a du cran. »

# XXXIII

L'ÉTÉ AVAIT ENVAHI LA CHAMBRE et dispensait une moiteur d'équateur. Le vent du sudois était tombé. Les orages avaient laissé un semblant de fraîcheur.

Couchée sur son lit, Marie brûlait de fièvre. Dans ses rêves, elle imaginait le lac, son lac. Elle y plongeait nue et sentait la douce fraîcheur de l'eau. Elle rêvait que des bras l'enlaçaient, qu'un corps recouvrait le sien et que la passion la faisait chavirer dans un autre univers, dans celui de l'amour et de la passion frénétique. Les visages se mélangeaient, Bastien, Simon. Son corps, son cœur et sa raison s'entre-déchiraient.

Les mains de Bastien, son visage, son odeur, tout resurgissait. Elle revivait leurs étreintes et leurs jeux amoureux. Elle lui tendait les bras dans un appel désespéré. Elle voulait qu'il revienne et qu'il l'aime à nouveau, mais il se détournait. Elle voulait sentir la force de ses bras. Puis la silhouette de Simon apparaissait. Marie sentait son cœur battre d'un autre amour, d'une sensation de réconfort et de protection. Elle voyait les yeux clairs du jeune homme la fixer d'un regard bienveillant. Simon était la douceur, l'intelligence. Marie jetait ses bras en avant à la rencontre des fantasmes que ses rêves faisaient naître, mais elle ne rencontrait aucun corps, seulement l'air surchauffé de la chambre.

Un bruit, comme un craquement, la réveilla. Était-ce dans son rêve ou dans la maison ? Elle n'aurait su le dire. Ses rêves l'avaient laissée en sueur. Elle se redressa et écouta la respiration de la vieille bâtisse. Rien. Elle avait dû rêver. Elle alluma sa lampe de chevet, se cala le dos avec des oreillers et s'empara d'un ouvrage traitant de l'eutrophisation du lac. Une lecture qui, à n'en pas douter, calmerait ses ardeurs.

Elle sentait la présence de Simon. Il était tout proche. Sa chambre était juste au-dessus de la sienne. Certaines nuits, elle entendait les craquements du plancher entrecoupés de petits ronflements. Une attirance au-delà de l'amour ou de la passion l'unissait au jeune homme. Un instant, elle fixa le plafond. Simon devait dormir.

Elle tournait les pages avec une moue de dégoût devant les ravages que causait cette pollution insidieuse. Soudain, elle entendit les pas de Simon. Que faisait-il à une heure pareille à errer dans les couloirs de la maison ? Peut-être était-il malade. Marie fit un geste d'évidence.

« Il est comme moi, avec la chaleur de l'orage, il n'arrive pas à dormir. »

Elle revint à son livre. Ses yeux suivaient les lignes, mais son esprit était ailleurs ; il vagabondait dans les couloirs de la vieille demeure. Elle entendit les planchers craquer, ce n'était pas son imagination qui lui jouait des tours, le bruit était bien réel. Elle se releva sur ses coudes. Le drap glissa, la laissant nue sur le lit. Elle tendit l'oreille. Le plancher du couloir de l'étage craqua. Des pas pesaient sur les marches de l'escalier. Il venait la rejoindre. Son cœur se mit à cogner plus fort. Elle entendait le sang battre dans ses tempes et le plafond tournait. Pourquoi un tel émoi ? Non, les pas se dirigeaient vers le fond de la maison, vers le grenier et la pièce de son père. Il y avait un intrus, un voleur.

Marie se leva.

« Il faut que je prévienne Simon ! » murmura-t-elle.

Elle enfila une chemise de nuit, saisit le tisonnier et emprunta le couloir à pas de loup. Malgré toutes ses précautions, l'escalier gémissait et laissait par moments échapper des claquements secs.

La porte de la chambre de Simon était ouverte. Il avait dû entendre le rôdeur et, comme elle, s'élançait à sa poursuite. Marie brandissant son arme crochue s'avança dans la pièce. Elle actionna l'interrupteur. Le lit était impeccablement fait et le sac de voyage du jeune homme était posé dessus. Qu'est-ce que ça voulait dire ? Un flash douloureux ébranla son esprit. Simon avait-il préparé ses affaires pour partir après l'avoir volée ? Marie serra les dents. Elle reprit sa progression avec une rage nouvelle. Elle voulait le surprendre.

Elle parvint devant la porte du grenier. Un rai de lumière orangée, à peine visible, filtrait sous l'huisserie. Le maraudeur avait eu soin de ne pas allumer l'ampoule du plafonnier, mais simplement la lampe de bureau qui se trouvait sur la table d'angle, face à la lucarne qui ouvrait dans le pignon.

Marie se raidit. Elle changea son arme de main et, la brandissant comme un glaive, pesa sur la poignée, le pêne glissa sans bruit et la porte pivota avec un feulement de bronze. La jeune femme avança. Elle vit Simon assis à la petite table d'écolier de son père. La tête légèrement penchée, il découpait des journaux. Il besognait sans hâte avec une méticulosité de chirurgien. Les lames des ciseaux jetaient dans l'air des craquements d'insectes, suivis d'éclairs argentés. Marie resta pétrifiée. Elle hésita, puis avança un pied. Une lame de parquet craqua avec un bruit sinistre.

« Entre, Marie ! dit la voix ironique de Simon. Tu es chez toi, après tout. »

Le jeune homme poursuivit sa tâche sans se retourner. Une fois sa stupeur passée, Marie sentit la colère monter en elle. Sa main se crispa sur le tisonnier et elle arma son bras. Elle allait frapper, là, derrière la nuque et ça en serait fini de l'odieux corbeau. Elle franchit les quelques pas qui la séparaient de Simon et s'apprêta à abattre son arme. Avant, elle voulait qu'il se retournât et lui avoue pourquoi il faisait tout ce mal. Pourquoi crachait-il sur les gens, sur les pêcheurs et sur son père ? Elle lui avait fait confiance et, lui, la trahissait !

« Alors, c'est toi ! grinça-t-elle en serrant les dents. Celui qui écrit toutes ces saletés sur les gens du village, c'est toi ! »

Sans émotion, Simon poursuivit son découpage. Ensuite, il prit le rectangle de papier qu'il venait d'extraire d'un article dans la page des sports avec des pinces à épiler, l'enduisit de colle et le posa sur une feuille à la suite d'autres mots. Il souffla sur le texte et se recula.

« Voilà, c'est fini ! Avance, Marie, et lis ! Ça va te plaire. »

Marie avait envie de le frapper. Comment avait-elle pu penser avoir une quelconque complicité avec lui ? Une osmose telle qu'ils semblaient sortis du même moule, avoir les mêmes passions, les mêmes envies et les mêmes délires ! C'était un monstre, un délateur et, par-dessus tout, un lâche. Malgré tout, poussée par la curiosité, elle s'avança. Elle tenait toujours le tisonnier au-dessus du crâne de Simon.

« C'EST TOI JOSEPH QUI TUAIS LES JUIFS PENDANT LA GUERRE ET PRENAIS LEUR ARGENT. JE LE SAIS ET BIENTÔT TOUT LE MONDE LE SAURA ! ET APRÈS, JE VAIS TE TUER. »

Un frisson agita la frêle silhouette de la jeune femme. Une vague de froid monta le long de son dos et lui glaça le visage. Lentement, elle baissa le bras et laissa tomber le tisonnier sur lc sol. Le bruit métallique résonna entre les poutres poussiéreuses du grenier. L'esprit de Marie chavirait. Elle voulait parler, mais les mots ne parvenaient pas à franchir le barrage de la bouche. Ils restaient terrés dans sa gorge.

« Marie, tu sais quand c'est la Saint-Simon ? » questionna le jeune homme sans se retourner.

Marie fixa la nuque aux longs cheveux blonds, sans comprendre le rapport entre cette feuille couverte de calomnies et cette question stupide.

« Non… Non ! bredouilla-t-elle enfin.

– Le 28 octobre », reprit Simon d'une voix posée, sans émotion.

Cette date résonna comme un glas dans l'esprit de la jeune femme.

« Mais le 28 octobre, c'est aussi le jour de mon anniversaire, poursuivit Simon sur le même ton détaché. C'est le jour de ma naissance. Le jour où je suis arrivé au monde, en Suisse. Mon père y a rajouté une année, 1938, parce que quand il m'a trouvé, je devais avoir à peu près quatre ans. »

Marie écoutait sans comprendre les divagations de cet homme qu'elle fréquentait depuis quelques mois et qu'elle croyait connaître.

« Simon n'est pas mon prénom et je ne m'appelle pas Beurel non plus. Je m'appelle d'un nom qui se termine par *mann* ou *ein*, bref une terminaison qui crache à la face du monde que je suis juif. Quelque chose comme Rubinstein, Geismann, Azoulai, Lévy. Enfin, un nom de la sorte. Un nom que l'on a pourchassé, traqué pendant la guerre. Un nom que l'on a voulu exterminer, que l'on a exploité, spolié, avili et réduit en esclavage. Oui Marie ! Je suis juif. Mes cheveux blonds, mes yeux pâles et mon nez crochu en bec d'oiseau de proie, ça veut dire que je suis juif. Je suis l'héritier de l'errance. Je ne sais pas encore bien ce que ça veut dire d'être juif, car je ne le suis que depuis peu ; depuis la mort de mon père, l'homme qui m'a adopté. Avant, j'étais seulement suisse, fils de garde-frontière, orphelin de mère. »

Les jambes de Marie se mirent à trembler. Elle avait des vertiges et un froid polaire était tombé sur ses épaules. La vie n'était plus qu'une tourmente. La voix calme et dure de Simon reprit son récit impitoyable. Marie avait envie de se boucher les oreilles. Elle ne voulait pas entendre la suite. Elle voulait que tout restât à la même place qu'avant.

« Le 28 octobre 1942, ton père et Joseph ont tué mes parents. Je le sais. Ton père est mort. Il ne reste plus que Joseph. Il faudra qu'il paye pour les deux. Maintenant, c'est l'heure de l'addition ! »

Simon se retourna lentement. La chaise grinça, comme une plainte lugubre, la plainte d'un moribond avant de pousser le dernier soupir.

Simon la toisa d'un regard de bête fauve prête à mordre. Ses yeux lançaient des éclairs fous. Marie sentit ses jambes se dérober sous elle. Le plafond était devenu un manège infernal. Ce n'était pas possible ! Son père était droit et honnête. Il était parfois un peu rude, mais il y avait une réelle générosité sous cette carapace. Simon avait tort, tout était faux ! C'est le chagrin de la mort de son père qui l'avait emmené dans ces inepties. C'était les délires d'un jeune homme dérangé en mal de sensations fortes ! Pourtant, ce 28 octobre, cette date, il ne l'avait pas inventée.

« Mes parents ont été noyés par des passeurs, reprit Simon d'une voix lugubre. Je le sais depuis peu. Mon père me l'a dit sur son lit de mort. Je devrais plutôt dire mon père adoptif, le garde-frontière Beurel, celui qui m'a recueilli et à qui je dois tout. Des hommes sans scrupules, ni foi ni loi, passaient des Juifs, des résistants, des déserteurs, des gens pourchassés par les Allemands et la Milice. Ils faisaient payer cher leurs prestations. Certains, malgré tout, plus honnêtes, remplissaient leur part du contrat en faisant passer les fuyards en Suisse. D'autres, abominablement cupides, s'en débarrassaient au milieu du lac. Mes parents n'ont pas eu de chance. Ils sont tombés sur deux monstres de la pire espèce. Ils ont jeté mes parents et moi par-dessus bord et ont regagné tranquillement la côte française. Ces monstres, je les connais et tu les connais aussi. Je respecterai la mémoire de ton père, car ça ne servirait qu'à te faire du mal à toi. Mais Joseph va payer. Il va périr comme il a fait périr des dizaines d'innocents. »

Marie se laissa tomber sur une chaise. Elle était vaincue par les paroles de Simon. Les mots pénétraient dans sa tête comme des pointes de fer rougi. Elle voyait l'odieuse besogne des deux compères se dérouler devant ses yeux. Elle voyait son père et Joseph, une vingtaine d'années plus tôt, se remplir les poches de l'argent des Juifs. Grâce à ça, Marie avait pu faire des études. Gustave avait acheté une belle maison qui domine le lac. Marie avait toujours cru à un héritage. Du moins, elle ne s'était jamais posé de question. Il lui semblait naturel d'avoir ce qu'elle souhaitait. Même depuis qu'elle avait repris l'affaire de pêche, elle ne s'était pas demandé comment son père avait pu avoir tant d'argent simplement en posant des filets dans le lac.

« En 1942, Frantz Beurel, mon père, était en poste sur le *Héléna*, le bateau qui patrouillait jour et nuit sur le lac. Il faut dire que c'était à peu près le seul bâtiment à surveiller la frontière, car les Français n'avaient pas de carburant pour faire naviguer leurs embarcations. Donc, le 28 octobre 1942, mon père était en patrouille. Le lac était noyé dans le brouillard. Arrivé au niveau de la frontière, ils ont entendu un bruit de rames. Ils ont allumé les projecteurs, mais le brouillard était un véritable mur opaque. Ils ont lancé des appels avec des porte-voix. Au même instant, ils ont entendu le bruit d'objets que l'on jette dans l'eau, des bruits de rames et des appels au secours. Lorsque, enfin, ils sont arrivés à l'emplacement des bruits, il n'y avait plus que moi. Mes parents s'étaient noyés. L'eau était si froide qu'ils n'ont pas pu survivre. Ils m'avaient emmailloté dans leurs vêtements les plus chauds pour que je ne sois pas malade en traversant le lac. Grâce à ça, je ne suis pas mort. »

La voix de Simon se cassa comme du verre :

« Marie, tu es la fille d'un meurtrier, d'un assassin de la pire espèce. Mais je ne t'en veux pas. Tu n'y es pour rien. Tu ne pouvais pas savoir. »

Le visage de Marie était blême. Elle s'était recroquevillée sur sa chaise comme pour disparaître et serrait les bras autour de ses genoux. Plus rien n'avait de sens. Marie articula d'une voix sortie d'un tombeau :

« Mais pourquoi les lettres anonymes ?

– J'ai mis beaucoup de temps avant d'avoir des certitudes, reprit sentencieusement Simon. Il a fallu que je localise les auteurs potentiels de cette monstruosité. J'ai eu l'idée d'envoyer des courriers à tous les pêcheurs de la rive française. Du moins à tous ceux qui pêchaient à cette époque. Je n'ai pas eu à attendre longtemps. La disparition de ton père a été le signal. J'ai tout de suite pensé que cette mort était liée à mes lettres. Je me suis renseigné pour tenter d'entrer en contact avec toi. La Providence m'a servi au-delà de mes espérances. En étant sous ton toit, j'ai pu poursuivre mes recherches et j'ai fini par trouver. Ça a été long ! Il a fallu que je fouille des tonnes de papiers. Ton père était un sacré archiviste. Il ne jetait rien ! »

En lançant cette dernière phrase, Simon posa la main sur un petit cahier d'écolier que Marie n'avait pas remarqué jusque-là.

« J'ai fini par trouver les preuves de ce que je soupçonnais. En fait, ce cahier est un véritable livre de comptes dans lequel ton père consignait méticuleusement tous les passages qu'il faisait avec Joseph pendant la guerre. Pour chaque personne transportée correspondent les sommes versées et les destinations prises. La date du 28 octobre 1942 est la dernière à figurer sur le cahier. Apparemment, les deux assassins ont cessé leur besogne après ce voyage. Sur la ligne du 28 octobre 1942, il y a : Une famille – 5 000 francs – Noyée. »

Après un instant, la voix de Simon tomba comme un couperet :

« Éloquent, non ! »

Simon quitta la silhouette de Marie et revint à sa table. Il saisit la lettre anonyme, la plia en quatre et la glissa dans une enveloppe sur laquelle il avait dactylographié le nom et l'adresse de Joseph.

« Maintenant, Marie, va-t'en ! dit-il sans se retourner. Laisse-moi finir ce que j'ai à faire ! Il faut que cela cesse. Je m'en vais et tu n'entendras plus jamais parler de moi. Je ne t'ai rien volé. Le cahier, tu peux le garder, je n'en ai plus besoin. Une fois que Joseph sera mort, ça ne sera plus qu'une vieille histoire. Une péripétie de plus que cette saleté de guerre a fait naître. »

Marie se leva et franchit la porte comme un spectre. Le plancher resta silencieux. La maison, elle-même, avait honte.

# XXXIV

« GENEVIÈVE ! hurla Marie en tambourinant contre les volets de bois plein. Geneviève ! Bastien ! Réveillez-vous ! »

Après un moment qui lui parut interminable, la maison s'ébroua. Le bruit sonore des gonds qui tournent sur l'axe des paumelles se fit entendre dans la nuit.

« Ah ! C'est toi, Marie, lança une voix de femme ensommeillée. Qu'est-ce qui te prend de crier comme ça dans la rue à une heure pareille ? Tu vas réveiller tout le village. T'es devenue folle ou quoi ?

– Ouvrez, Geneviève ! » ordonna Marie. Je vous expliquerai à l'intérieur.

Au même instant, les volets du rez-de-chaussée, poussés d'une main forte, claquèrent contre la pierre. La face éberluée de Bastien apparut. Il fixa la jeune femme et son visage profondément triste s'illumina d'un sourire tendre.

« Qu'est-ce qui t'arrive, Marie ? demanda-t-il d'une voix inquiète. Bouge pas, je viens t'ouvrir ! »

Sans prendre le temps de refermer les contre-vents, Bastien s'éclipsa. Marie aperçut la lumière du couloir à travers les vitres de la porte d'entrée. À peine eut-elle escaladé les trois marches du perron que la porte s'ouvrit sur Bastien seulement vêtu d'un polo léger et d'un caleçon. Marie sentit une bouffée d'émotion lui monter au visage. Elle ne s'était pas attendue à l'effet que la vue de Bastien pouvait avoir sur elle. Elle fit taire ses sentiments. La situation était grave.

« Ah, Bastien ! dit-elle en l'embrassant tendrement sur la joue. Où est ton père ? »

Bastien, que la réalité des événements n'avait pas encore conquis, regardait Marie d'un œil absent. Les mots parvenaient à ses oreilles, mais ils avaient perdu leur sens. L'odeur des cheveux de Marie lui montait à la tête et tout disparaissait derrière cette douce fragrance. Avant même que Bastien n'ait eu le temps de dire quoi que ce fût, Marie se redressa.

« Vite, Bastien ! dit-elle en le poussant dans le couloir. Où est-il ? »

Le pas pesant de la maîtresse de maison retentit dans l'escalier en colimaçon. Geneviève resta plantée dans le couloir, attendant que Marie la rejoigne.

« Mais enfin Marie, que se passe-t-il ?

– C'est Simon ! Il est devenu fou. Il veut tuer Joseph. Il m'a débité tout un tas d'histoires sur la guerre et les passeurs de Juifs. C'est lui qui envoie les lettres anonymes. Il m'a dit qu'il était l'enfant d'un des clandestins que Joseph avait fait passer avec mon père pendant la guerre. Il a dit… »

Geneviève leva une main autoritaire.

« Tais-toi, Marie… ! » ordonna-t-elle.

Bastien, pétrifié, suivait la scène comme s'il s'était agi d'une pièce de théâtre. Marie était décidément très belle emmitouflée dans une gabardine trop grande pour elle, jetée à la hâte sur sa petite robe à fines bretelles. Dormait-il encore ? S'agissait-il d'un de ces rêves ou cauchemars où issues heureuses se chevauchent ? Enfin, il s'ébroua et se dirigea vers les deux femmes. Geneviève jeta un regard autoritaire à son fils. Elle le prit par les épaules en mère aimante et lui dit d'une voix tendre :

« Marie et moi avons à parler. Je te demande de bien vouloir nous attendre un petit moment. Ça ne va pas être long, mais pour l'instant nous avons besoin d'être seules. J'espère que tu le comprends et que tu ne te vexeras pas. Quand ce sera le moment, je viendrai te chercher. »

Marie dévisagea Geneviève sans comprendre. Visiblement elle n'appréhendait pas l'urgence de la situation. Joseph risquait sa vie et Geneviève voulait papoter !

« Geneviève, je ne crois pas que ce soit le moment de…, tenta-t-elle d'intervenir.

– Justement si, reprit la vieille dame. Il y a longtemps que j'aurais dû prendre cette initiative. »

Geneviève poussa Marie dans le salon et ferma soigneusement la porte derrière elle. Bastien, médusé, les bras ballants, resta debout dans le couloir. Il s'apprêtait à s'élancer à la suite des deux femmes, lorsque sa mère rouvrit la porte et passa la tête.

« Je t'en prie, Bastien, laisse-nous. Je t'expliquerai plus tard. »

Puis Geneviève referma la porte.

Marie fit quelques pas sur le parquet brillant, ne sachant quelle attitude prendre. Elle avait chaud. Dans les maisons, l'été était toujours là, alors que dehors le brouillard avait jeté un voile glacial.

« Geneviève, il faut prévenir Joseph car…, tenta-t-elle encore. Vous ne savez pas combien…

– Ne t'en fais pas pour ce vieux bouc ! répondit Geneviève d'une voix posée. Joseph est au milieu du lac et, avec le brouillard qu'y fait, bien malin celui qui pourrait le trouver ! Peut-être que Joseph lui-même ne sait pas où il se trouve. Simon se calmera avant qu'il fasse jour et que la brume se dissipe. »

Geneviève se rapprocha de Marie et la prit par les épaules.

« Assieds-toi, ma petite Marie ! Enlève ton manteau, tu vas prendre froid en sortant ! J'ai des choses à te dire. Ça va être un peu long et puis l'émotion peut t'envahir, alors vaut mieux que tu sois à ton aise. »

Sans que Marie puisse résister, Geneviève lui ôta sa gabardine et la conduisit vers un fauteuil Voltaire recouvert de velours vert-de-gris. Marie se laissa faire et se cala dans le creux douillet. Elle se sentait presque nue, seulement vêtue d'une légère robe d'été. Elle referma ses bras sur sa poitrine et se frotta légèrement les épaules.

« C'est fou comme le temps change ! » dit-elle d'une voix gênée, essayant de garder une contenance et effrayée à l'idée des révélations que la femme du bossu allait pouvoir lui faire.

Geneviève tira une chaise à l'assise matelassée aux couleurs en accord avec le fauteuil et se rapprocha à toucher le visage de la jeune femme. Marie nota le désordre de ses cheveux, d'ordinaire si parfaitement sculptés.

« Marie, les années ont passé. Comme tu es devenue belle et intelligente avec ça ! »

La jeune femme fit mine de se lever. Geneviève lui saisit la main, la fixa d'un regard autoritaire et l'empêcha d'aller plus avant.

« Non, Marie ! Attends ! Je ne fais que commencer, mais ce n'est pas facile de raconter ces choses-là, alors autant que je commence par ce qui est doux et agréable à dire. »

Geneviève essuya une petite goutte de sueur qui perlait sur son front. Elle respira plusieurs fois profondément, comme une asthmatique, et reprit :

« Voilà, Marie. Toute cette histoire vient de la guerre. Je sais que tu t'en doutais. Pendant l'Occupation nous étions en zone libre et beaucoup de Juifs tentaient de passer en Suisse. C'était une aubaine pour les gens de la région. »

Marie fixa Geneviève d'un œil dur et réprobateur.

« Ne me juge pas, Marie ! C'était pas si facile que ça de vivre à cette époque-là. Enfin, ton père, ou plutôt je devrais dire Gustave, et Joseph, mon mari, pêchaient ensemble. Ils avaient tous les deux perdu leurs compagnons. L'un était mort sur la ligne Maginot et l'autre était parti au STO en Allemagne. Alors, ils se sont mis tous les deux. Oh ! C'était pas commode avec deux caractères comme ça. Mais nécessité fait loi ! Malheureusement, ils ne pouvaient pas pêcher la nuit, alors le poisson se faisait rare. Un jour, quelqu'un qui avait pris le maquis leur a demandé de faire traverser le lac à des clandestins. Ils l'ont fait et n'ont pas voulu être payés.

Malgré ça, une fois passés de l'autre côté, les Juifs leur ont donné de l'argent et une belle montre en or. Devant ce petit trésor, ils ont eu l'idée de se faire payer. Au début, ils faisaient cela en plus de leur métier de pêcheurs et pas souvent. Puis ils se sont mis à ne faire que ça. »

Geneviève poursuivit son récit d'une voix douce, presque tendre. Elle évoquait les privations de l'Occupation et les atrocités commises par les Allemands avec une bonhomie surprenante. Elle semblait ne pas avoir honte du vil commerce mis en place par son mari. Marie crut même que Geneviève était la comptable et répartissait équitablement les sommes accumulées par les deux passeurs. Elle paraissait se moquer des événements qui poussaient les pauvres malheureux à fuir leur pays au prix de tous les dangers et pour des sommes prohibitives. La musique de la voix de Geneviève la berçait.

« Tu vois, Marie, c'est dans ce contexte-là que tu es arrivée chez nous », laissa tomber Geneviève.

Marie n'entendit pas tout de suite la phrase ou, du moins, n'en comprit pas le sens. Geneviève se tut. Elle attendit la réaction de Marie, mais rien ne vint. La jeune femme n'eut pas un mot, pas un regard curieux. Alors Geneviève poursuivit, mais le timbre de sa voix avait perdu son ton d'insouciance pour devenir dur et un peu cassant :

« Tu comprends, Marie, moi je savais pas. Je n'ai appris que longtemps après ce qui s'est passé ce jour-là.

– Quoi ? Qu'est-ce que vous dites ? demanda Marie comme si elle venait de se réveiller. Je ne comprends pas toutes vos allusions.

– Je vais te raconter toute l'histoire alors. »

L'air de la pièce était devenu glacial. L'haleine du Grand Nord soufflait sur le visage de Marie qui était devenue blême.

« Une nuit de l'automne 1942 où le brouillard était si épais qu'on ne distinguait pas sa main droite de sa main gauche – tiens, un brouillard comme aujourd'hui ! –, Joseph et Gustave devaient faire traverser une famille. Le temps était si bouché que ton père et mon mari ont d'abord refusé, mais le couple de Juifs a insisté pour passer ce soir-là. Ils ne voulaient pas attendre. Ils disaient que les Allemands allaient bientôt occuper la zone libre et que ça serait perdu pour eux. Alors, on les a fait payer le tarif fort. »

Marie plantait ses yeux dans les pupilles de la maîtresse de maison. Le regard de Geneviève était flou. Elle revivait les événements du passé comme si elle y était encore. Ses mains s'agitaient pour relayer la parole.

« Comb… Combien ils étaient les Juifs ? l'interrompit Marie d'une voix cassée.

– Oh ! C'était une famille. Un couple avec deux enfants : un garçon et une fille. Mais moi, je les ai pas vus. C'est Joseph qui me l'a dit après. Le garçon devait avoir quatre ans et la fille un an de moins. »

Geneviève se triturait les doigts. Son regard ne parvenait plus à se poser nulle part. Elle respirait de plus en plus fort et ses joues étaient en feu.

« Tu… Tu veux boire quelque chose, Marie ?

– Non, je voudrais que vous poursuiviez. On verra après.

– Au départ, tout s'est passé comme convenu. La femme nous a donné l'argent. Je me rappelle encore, cinq mille francs qu'elle a donnés. C'était une somme ! Et tout le monde est parti en pleine nuit. Avant, ils ont attendu chez Gustave, dans ton cabanon actuel. J'avais peur. J'ai même essayé de dissuader Joseph, mais tu le connais et y a rien eu à faire. Alors, j'ai laissé faire. Comme la nuit a été longue, tu peux pas t'imaginer ! La plus longue nuit de ma vie. Enfin, au petit matin, Joseph est arrivé. Il est entré sans faire de bruit. Je suis allée voir. Il était trempé jusqu'aux os. Il avait les lèvres bleues et il tremblait de tous ses membres. Son visage était glacé de peur. J'ai même cru qu'il allait mourir tellement il toussait. Et… »

Marie ne parvenait pas à la quitter des yeux.

« Et… quoi, Geneviève ?

– Il tenait une petite fille dans les bras. Une fillette belle comme le jour. Il l'avait mise dans sa veste pour pas qu'elle prenne froid. La fillette aussi était trempée. Mais elle dormait. Faut croire que la gabardine de mon Joseph était chaude. Et cette fillette, Marie, c'était toi. »

La dernière phrase était tombée dans un silence de plomb. Geneviève avait du mal à parler. Sa langue remuait une salive poudreuse qui lui collait aux joues. Elle se leva, alla dans la cuisine et revint avec deux petits verres à pied et une bouteille transparente. Elle remplit les deux verres avec application et en tendit un à Marie.

« Bois, ma fille ! commanda Geneviève. C'est de l'eau-de-vie de prune et, crois-moi, elle est bonne. »

Sans réfléchir ni poser de question, Marie vida le petit verre ciselé d'un coup sec. Elle sentit sa gorge brûler sous le feu du liquide. Une petite larme brilla au coin de ses yeux. Elle avait besoin de cette douleur et de la chaleur qui suivit. Geneviève but son verre à petites lampées. Sa voix devint plus claire :

« D'abord, Joseph n'a rien expliqué. Il était vidé. Il est allé dormir et m'a simplement demandé de m'occuper de toi en attendant de trouver une solution. Il était dans une rage folle. Le lendemain et les jours qui ont suivi, je t'ai gardée à la maison. Tu jouais avec Bastien. Comme vous étiez mignons tous les deux ! Tu étais la fille que je n'ai jamais eue et que j'ai tant souhaitée. Le troisième jour, Gustave est arrivé. Il avait son air mauvais, mais quelque chose de sévère s'était envolé. Il m'a demandé de partir et de le laisser seul avec Joseph. Je ne sais pas ce qu'ils se sont dit. J'ai entendu un bruit de chaises renversées et des cris de colère de part et d'autre. Je crois même qu'ils se sont battus, car Gustave avait la pommette rouge comme s'il avait reçu un coup de poing. Faut dire que Joseph, il a le sang chaud ! En sortant, Gustave te tenait par la main et te faisait des sourires. J'ai cru que j'allais me trouver mal. Voir ce vieux bouc partir avec toi, je lui aurais sauté au visage ! Mais Joseph m'a serré l'épaule à l'écraser pour que je me taise. Après, mon mari m'a dit que c'était Gustave qui avait jeté les Juifs à l'eau quand il avait entendu le bateau des gardes-frontière. Lui avait sauté pour sauver la petite fille. Les autres se sont noyés. Joseph en est resté marqué. C'était que justice que Gustave répare un peu le mal qu'il avait fait. J'ai demandé à Joseph pourquoi il avait sauté alors qu'y risquait de se noyer. Il m'a répondu qu'il avait jamais su pourquoi. Il m'a dit que tes yeux étaient trop brillants et trop beaux pour que tu meures de la sorte. »

Marie tremblait de tous ses membres. Elle aurait aimé disparaître. Elle se tordait les mains et se frottait le visage. Comment son père, si aimant, avait-il pu faire une chose si monstrueuse ? Les difficultés de la guerre ne suffisaient pas à l'excuser.

« Marie, il faut pas lui en vouloir. Malgré tout c'était un brave homme. Il a eu peur quand les gardes-frontière sont arrivés. Il voulait pas aller en prison en Suisse ou être fusillé par les Allemands ou la Milice. C'était la guerre… ! Il a pas réfléchi. C'est l'instinct de survie qui a parlé. »

Marie serrait les mâchoires. Elle ne parvenait pas à juguler les sentiments de haine qui montaient à l'égard de Gustave. Il avait tué ses parents. Peut-être que ce n'était pas la première fois qu'il jetait des gens dans le lac. Malgré tout l'amour qu'il lui avait prodigué, il n'en restait pas moins un assassin. Être la fille adoptive de l'assassin de ses parents, quelle abomination ! Quelle ironie !

« Et… et le petit garçon, qu'est-il devenu ? questionna Marie d'une voix blanche. Tu crois pas que ça pourrait être…

– Oui, Marie, moi je crois que Simon est ton frère ! C'est le passé qui vient demander des comptes et qui nous saute au visage.

– Mais pourquoi Joseph me hait tant puisqu'il m'a sauvée ? demanda Marie.

– Tu sais, après cette nuit-là, Joseph n'a plus jamais été le même. Il s'est mis à haïr tout le monde, et même lui. Il se sentait responsable de la mort du garçon et de tes parents. Alors, il s'est mis à détester Gustave et à te détester. À chaque fois qu'il te voyait, il ressentait la honte de sa faute. Il voulait que tu partes pour ne plus avoir à se remémorer le passé. »

Marie hocha la tête lentement.

Geneviève ne bougeait plus. Ses aveux l'avaient épuisée. Elle avait revécu cette histoire et se sentait vidée de tout le poids de sa propre culpabilité qui l'empêchait de vivre depuis des années. Marie était abasourdie. Prostrée dans son fauteuil, le buste en avant, le visage dans ses mains, elle pleurait en silence. Une foule de questions tournoyaient dans son esprit. Geneviève disait-elle la vérité ? Gustave avait-il délibérément jeté ses parents par-dessus bord ou l'avaient-ils fait de leur propre initiative pour échapper aux gardes-frontière ? C'était peut-être Joseph qui les avait poussés ? Et Simon, si doux, si attentionné, qui se révélait être son frère. Car les deux histoires s'emboîtaient parfaitement. Elle avait tout d'abord pensé que Simon était un fou paranoïaque, obsédé par sa situation d'orphelin. À présent, elle comprenait pourquoi elle s'était toujours sentie proche de lui. Elle comprenait son attirance et leur complicité…

Marie se leva brusquement. Le fauteuil tomba à la renverse avec un bruit de bois qui se brise.

« Geneviève, il faut avertir Joseph ! Moi, je vais essayer de trouver Simon pour l'arrêter. Avec un peu de chance, il m'écoutera. Ce sont de vieilles histoires et ça ne sert à rien de se venger après tant d'années. Le responsable, c'était mon père et il est mort. »

Marie laissa tomber la dernière phrase avec une voix lugubre. En même temps, elle entendait le rire grave de Gustave. Elle revivait les soirées d'hiver où il lui faisait réciter ses leçons. Elle revoyait son regard brillant de larmes quand elle avait été admise en deuxième année de médecine. Malgré tout, c'était son père, du moins le seul qu'elle ait connu.

« Bon, faut y aller ! » lança-t-elle en posant tendrement sa main sur l'épaule de Geneviève.

La jeune femme franchit la porte et appela dans le couloir :

« Bastien ! Bastien ! Viens vite ! J'ai besoin de toi, y a pas de temps à perdre. »

Geneviève la rejoignit et dit d'une voix maternelle :

« Tu peux pas sortir dehors comme ça, avec ce brouillard qui glace tout ! Viens un peu avec moi ! »

Geneviève attrapa une salopette de pêcheur matelassée et une veste de pluie confortable.

« Ça va être un peu grand pour toi, mais au moins t'auras pas froid, commenta-t-elle en aidant Marie à s'habiller. Voilà, comme ça tu es prête à tout affronter, reprit-elle d'une voix douce. Faites attention à vous, les enfants ! » poursuivit-elle en suivant son fils et Marie qui franchissaient le seuil de la porte d'entrée.

Geneviève resta un long moment debout dans le couloir. Elle ne savait plus quoi faire. Elle savait que les heures à venir allaient être très longues.

# XXXV

Le port se trouvait à quelques centaines de mètres seulement de la maison de Joseph. Les bottes de pluie de Marie et de Bastien résonnaient sur les pavés luisants de bruine. Leurs vestes de toile cirée crissaient dans le silence de la nuit.

Bastien était heureux de retrouver Marie. Par moments, ils échangeaient un regard complice. Bastien sentait alors son cœur bondir dans sa poitrine. Il avait presque oublié la raison pour laquelle ils étaient réunis. Son père s'en tirerait, comme il l'avait toujours fait, et le jeune homme ne pensait pas qu'il fût réellement en danger. Marie avait les joues en feu. Les émotions s'étaient succédé tout au long de la nuit.

Le brouillard décorait leurs cheveux de filaments blancs et leurs visages vernis par la bruine ressemblaient à des figurines de cire. L'eau coulait dans la bouche de Marie, la rafraîchissant un peu.

Le port était vide. Le lampadaire situé devant le cabanon de Marie éclairait à peine le sol. La brume recouvrait tout, empêchant de distinguer la forme du port et la limite de la digue. Les deux jeunes pêcheurs ne reconnaissaient rien. Ils s'approchèrent du quai. Le canot de Marie n'était plus là. Tout ce qui se trouvait normalement à bord avait été soigneusement posé sur la digue.

« Simon a pris la barque, laissa échapper Marie d'une voix blanche. C'est ce que je craignais.

– Allons voir de mon côté ! » lança Bastien.

À grandes enjambées, ils se précipitèrent à l'autre bout de l'arc de cercle de la digue.

« Le canot de mon père n'est pas là non plus, lança Bastien. Ils sont tous les deux sur le lac. Enfin, ça serait bien extraordinaire qu'ils se rencontrent avec un temps pareil. Je crois qu'on s'inquiète pour rien.

– Tu sais bien qu'ils sont aussi fous l'un que l'autre, répondit Marie. Il faut qu'on les retrouve.

– Comment veux-tu qu'on aille sur le lac ? On n'a pas de barque !

– Sylvestre est pas encore sorti de l'hôpital, s'écria Marie, de plus en plus nerveuse. Sa barque doit être là. Après ce que j'ai fait pour lui, je peux bien la lui emprunter. »

Le visage inquiet de Bastien se fendit d'un petit sourire ironique. Une chaîne aux maillons épais fixait la barque du vieux à l'anneau du quai. Bastien tira de toutes ses forces sur le cadenas et tenta de faire tourner l'anneau, mais rien ne bougea. Le lien était solide.

« Décidément, les vieux font pas les choses à moitié, ironisa Bastien.

– Va chercher une pince ou une scie à métaux, ordonna Marie. On n'a pas que ça à faire ! »

Bastien courut dans son cabanon et revint avec les outils demandés. En deux coups de pince-monseigneur, l'étrave fut libérée du quai.

« Eh bien ! Tu ferais un bon voleur ! s'exclama Marie. Je vais chercher mon moteur de rechange et toi, prends une nourrice d'essence. »

Le petit moteur hors-bord fut fixé sur le tableau arrière du canot et Bastien le lança d'un coup de cordelette. Marie sauta dans la barque et s'installa sur le banc courant, tout contre le jeune homme. Elle agrippa le bras de Bastien et le dévisagea d'un regard brillant.

« Je t'aime, Bastien ! » laissa-t-elle échapper dans un souffle.

Le jeune pêcheur lui caressa la main, saisit la poignée des gaz et accéléra. La barque quitta le quai et se dirigea vers l'extrémité de la digue. Elle fut rapidement happée par le brouillard. Seul le ronronnement sonore du moteur trahissait sa présence.

# XXXVI

SIMON, ASSIS AU FOND DE SA BARQUE, attendait, sans un geste, sans un bruit. Ses yeux bleus, fixes, fouillaient le brouillard épais à la recherche de Joseph.

En quelques heures, la chaleur avait cédé la place à un temps d'hiver. Le crépuscule avait tiré la masse compacte des nuages derrière lui. Les gros cumulus avaient péniblement suivi la vallée du Rhône, s'étaient regroupés dans la gorge sous le fort l'Écluse, puis s'étaient installés sur la plaine. Le sudois, ce vent chaud venu de l'océan, était tombé et le brouillard recouvrait le lac. Par endroits, des flammèches de brume se dissipaient, laissant entrevoir une lune pleine. Tout était devenu irréel. L'eau brassée par le vent était glaciale. L'été était resté à terre, sur le lac, l'hiver était de retour.

Les oreilles aux aguets, Simon disséquait le moindre bruit, la plus petite rumeur apportée par la brise de terre. Il percevait le bruissement des feuilles des arbres de la côte comme un tintamarre assourdissant.

Il lui sembla qu'un moteur ronronnait. C'était lui. Il arrivait. Il allait se jeter dans son piège. Non, le bruit était bien trop lointain. C'était une voiture. Non, c'était bien le bruit d'un moteur de canot, mais il était du côté suisse.

Simon avait mis sa barque à l'ancre à quelques dizaines de mètres de l'éclat voilé des lampes-tempête qui signalaient la présence d'une des extrémités de son filet dérivant. Il avait sciemment augmenté la lumière en montant la flamme pour que les balises se voient mieux. À cette allure, les réservoirs des escabelles seraient vite à court de carburant, mais ça n'avait pas d'importance. Il serait toujours temps de remplir les réservoirs. De là où il se trouvait, il était dissimulé par le brouillard mais distinguait parfaitement les lueurs jaunes.

Simon savait que Joseph viendrait et il l'attendait. Le bossu ne pourrait pas s'empêcher de venir couper les filets de Marie pour la forcer à quitter la profession. Mais cette fois, il serait là. Lentement le sommeil le gagnait. Ses membres se raidissaient. Le froid pénétrait chaque parcelle de son corps. Ses mains s'engourdissaient. Il sentait sa peau se tendre sur ses joues, prête à se déchirer sur les os saillants de ses pommettes. Le voile du brouillard lui faisait penser qu'il rêvait. Ses yeux ne transperçaient plus les limbes ouatés, ils étaient hypnotisés et regardaient en lui-même.

Agathe montait sur son escabeau pour ranger les rayons. Sa fine silhouette se penchait au-dessus du vide pour agencer au mieux les marchandises. Simon lui passait les articles en commentant les emballages, les couleurs et les prix. Pour chaque objet, il trouvait un mot d'esprit ou un trait d'humour. La commerçante souriait d'aise et Simon goûtait ces moments de bonheur simple. Agathe n'était pas une femme sur laquelle on se retourne dans la rue, c'était une femme cultivée, sensible, et ses petits tics, imperfections que sa nature nerveuse lui avait données, l'émouvaient. Entre deux poses de filets, il passait de longs moments dans le commerce. Il s'était habitué au rythme régulier et paisible de la vie de l'épicière. Souvent, il la regardait cligner des yeux en faisant ses comptes. Il lui trouvait un charme indéfinissable. Son esprit vagabonda encore un moment dans la boutique. Il revit Agathe assise sur son tabouret, fixant d'un œil absent le paysage morne de l'hiver. Elle avait oublié la présence de Simon et se laissait aller à la mélancolie.

« J'ai eu une proposition pour être reporter d'un grand magazine à Rio de Janeiro, au Brésil.

Voulez-vous m'accompagner ? » avait lâché Simon sans quitter le paysage gris et bas de la placette devant l'épicerie.

Agathe avait tourné vers lui un visage grave. Ses lèvres tremblaient sous le coup de l'émotion, puis elle l'avait fixé pour savoir si la proposition était sérieuse. Le visage de Simon l'avait renseignée. Le regard de l'épicière était devenu flou, peut-être qu'une larme avait noyé ses yeux. Elle semblait avoir longtemps attendu ce genre de proposition, puis s'était fait une raison. Ses tics nerveux s'étaient envolés. Sa tête avait sûrement dû tourner, puis avec un haussement d'épaules, elle avait répondu d'une voix calme, un peu triste :

« Vous êtes gentil, Simon, mais nous n'avons rien à faire ensemble. Vous êtes jeune et vous avez tout l'avenir devant vous. Vous vous rendrez compte dans quelques années que votre âge et votre désœuvrement vous avaient induit en erreur. Merci tout de même, votre proposition me touche beaucoup. »

Ils n'en avaient jamais reparlé et Simon continuait de l'aider à remplir les rayons plusieurs fois par semaine.

La pensée de Simon vagabonda de nouveau. Marie apparut avec son exubérance et sa tranquille détermination. Elle lui serrait le cœur. Il aurait aimé devenir son ami. Elle lui avait fait confiance et il l'avait trahie. Il s'était servi d'elle pour découvrir la vérité, sa vérité. Marie riait, s'arrachait les mains sur les ralingues, s'essuyait le front d'un revers de manche. L'odeur entêtante du poisson frais ponctuait chacun de ses gestes. Marie revivait, là, devant lui. Il la voyait triste, désespérée, quand elle pensait que tout était fini, puis, une fois la solution trouvée, il l'entendait chanter, rire et se moquer de son angoisse passagère.

« Sacrée gamine ! » finit par articuler Simon face au brouillard glacial.

Ses lèvres laissèrent échapper une petite buée puis se serrèrent de nouveau.

Simon avait eu soin de choisir une nuit de brouillard pour mettre son plan à exécution. La pleine lune était un cadeau que la nature lui faisait. Depuis une bonne semaine, il remplaçait Marie pour poser et relever les grands-pics. En fait, il ne tendait aucun filet, car il ne voulait pas que Joseph les coupât avant qu'il ne fût là. Mais ce soir, il avait senti la montée des nuages. Il savait que le lac serait noyé dans les brumes et que l'on ne verrait pas plus loin que la cargue du bateau. Il avait posé les filets près de la côte, dans un endroit où l'eau est peu profonde. Il pouvait ainsi se mettre à l'ancre juste à côté et attendre. Il savait que le bossu ne viendrait pas avant le cœur de la nuit.

Le film de ses rêves naissait sur l'écran blanc du brouillard. Il n'entendait plus les clapotis du lac, seulement le tumulte de ses pensées.

Le ronronnement sonore d'un moteur hors-bord le ramena à la réalité. Le bruit venait droit sur lui. Simon s'arrêta de respirer. Son cœur se mit à battre, ses yeux essayaient de percer le blanc. Mais rien, juste le bruit qui s'amplifiait. C'était le moteur de Joseph. Simon le savait. Ça ne pouvait être que lui. Il venait depuis la côte. Il avait dû voir partir Simon dans cette direction et avait suivi le même chemin. Dans un instant, Simon verrait l'ombre noire du canot se dessiner. Le moteur décéléra. Puis s'arrêta, puis repartit lentement. Simon entendait le piston cogner au ralenti. Il ne voyait toujours rien. Le coton se déchira. La barque de Simon fut soulevée par le passage des vagues. Le canot était tout proche. Simon ne le voyait pas. Il passa au ras de lui. Le pêcheur ne l'avait pas vu. Il était fasciné par l'éclat orangé de la lampe-tempête et oubliait toute prudence.

Comme dans un rêve ou le pire des cauchemars, Simon vit le bateau s'arrêter devant la lampe et le pêcheur la saisir et la soulever. Il entendit le ruissellement de l'eau qui coule du flotteur dans le lac. Puis plus rien. Les bancs de brume se superposaient. Parfois un drap plus épais qu'un autre voilait le travail du saboteur. La silhouette déformée de Joseph se dessina dans une éclaircie providentielle. Il tournait le dos à Simon. Une nouvelle nappe cotonneuse escamota de nouveau le pêcheur. Simon entendait le bruit sourd des prises jetées sur le plancher de la barque.

« Le salaud ! grommela Simon, il dépêche avant de couper les filets. Il ne veut rien perdre. »

Simon remonta l'ancre sans faire de bruit. Arrivée contre la coque, le lourd trident cogna, émettant un son mat. Simon leva la tête. Le bossu, trop occupé par son vol, n'avait rien remarqué. Une fois l'ancre posée sur le plancher du canot, Simon se déplaça avec précaution vers le moteur. Il saisit fermement la poignée en bois fixée à l'extrémité de la cordelette de démarrage et banda ses muscles, prêt à tirer. Le temps lui donnerait le signal. Simon n'eut pas longtemps à attendre. Le brouillard se déchira et la silhouette du bateau et du bossu se détacha en ombre chinoise. D'un mouvement sec, Simon lança le moteur. Un ronflement sonore envahit l'espace. Simon tourna la poignée des gaz et accéléra à tout rompre. Le canot vibra et se lança à toute allure sur le bateau du bossu. Simon sentait les minuscules particules du brouillard fouetter son visage. Le bossu se redressa et interrogea le brouillard avec le regard inquiet du braconnier pris en faute.

Simon naviguait droit sur le centre de l'embarcation. Le bossu était paralysé par la surprise. Sans la moindre réaction, il fixait l'étrave de la barque qui fonçait sur lui. Au-dessus, il vit le visage démoniaque de Simon. Il lui sembla percevoir un ricanement de haine. Avant qu'il ait le temps de reprendre ses esprits et de lancer son moteur, Joseph reçut le coup de butoir de la proue de l'embarcation du Suisse.

« Crève, bossu ! » cria Simon en même temps que son bateau percutait le plat-bord.

Joseph, qui se tenait debout, fut propulsé par-dessus bord. Le bruit rond d'un corps qui tombe dans l'eau retentit en même temps que le fracas de la coque.

« Salaud ! » hurla Joseph.

Ses lèvres se crispèrent et il claqua des dents. L'eau envahit ses vêtements et resserra son étau. Joseph était tombé dans le lac, la ligne de flotte du filet à la main. Il la lâcha, mais en se débattant, il se prit les pieds dans le tamis. Plus il tentait de se libérer, plus le piège se refermait sur lui et l'emprisonnait. Sous le choc, son canot avait glissé et il avait disparu dans la brume. Avec des mouvements surhumains, Joseph parvenait à maintenir sa tête au-dessus de l'eau. Par moments, il disparaissait puis refaisait surface en crachant une gerbe d'eau.

« Salaud ! articula le bossu. Qu'est-ce que tu veux ? Maintenant, tu sais que c'est moi qui te coupe les filets et alors, qu'est-ce que t'as de plus ? Tu vas pas me crever pour ça ? Je vais te les payer et même le poisson, si tu veux. »

Simon regardait le pêcheur se débattre sans faire le moindre mouvement. Sa bouche se déforma en une moue de dégoût et il lui cracha à la tête.

« Tu vas crever, Joseph, comme tu as fait crever les Juifs pendant la guerre. C'est l'heure des comptes, tu vas payer. »

Simon godilla à l'aide de la rame et parvint au niveau du bossu. Il s'agenouilla et passa le buste et les bras au-dessus du plat-bord. Il agrippa la tignasse du pêcheur et l'enfonça dans l'eau.

« T'as vu, l'eau est froide, même en été, alors t'imagines au mois d'octobre ! »

Simon releva la tête de Joseph.

« Tu te rappelles en octobre 1942, le 28 octobre exactement ? Tu te rappelles le couple de Juifs et le garçon ? Tu te rappelles quand tu les as jetés à l'eau. Le couple s'est noyé, mais pas le gamin. Le gamin, c'est moi. »

Simon prononça la dernière phrase en hurlant.

« Et c'est moi qui vais venger mes parents. Je vais te crever, Joseph ! »

Les lèvres de Joseph s'agitaient, mais le froid était si intense qu'il ne parvenait pas à articuler le moindre mot. Enfin, dans un souffle exténué, il lâcha :

« Y avait une fille aussi et c'est Marie ! »

Simon lâcha son étreinte. Intimement, il savait que c'était vrai, mais il ne put s'empêcher de lancer :

« Tu dis n'importe quoi pour que je t'épargne ! Tu as peur de mourir, Joseph, mais c'est trop tard. »

Il tira de toutes ses forces sur les cheveux. Il sentit le corps du bossu sortir de l'eau. Il se pencha et fixa la face bleuie par le froid. Les lèvres n'étaient plus que deux fines lames grises entourant le trou noir de la bouche.

« Tu n'es qu'un monstre ! hurla-t-il une nouvelle fois. Un animal ! Je te hais et tu vas mourir au même endroit que mes parents et ma sœur ! Puisque tu me dis que j'ai une sœur.

– C'est Gustave qui vous a foutus par-dessus bord ! reprit Joseph d'une voix précipitée. J'ai sauté pour tenter de vous sauver. Mais j'ai pu rattraper que la petite. Elle avait un gilet de sauvetage et flottait. Toi aussi tu en avais un mais tu nageais. Tu as disparu dans le brouillard. Tes parents, ils n'avaient pas de gilet et ils ont coulé tout de suite. Je t'en supplie, sauve-moi. »

Simon sentait que le bossu ne mentait pas. Il le voyait dans ses yeux. La vengeance et la miséricorde s'affrontaient quand il se pencha pour demander des précisions. Dans un sursaut de survie, Joseph sortit à moitié le torse de l'eau et s'agrippa au col de la veste de Simon. Il tentait désespérément d'échapper au poids du filet qui le tirait vers le fond. Il ne voulait pas entraîner Simon, mais sortir de l'eau. Le jeune Suisse bascula et rejoignit le bossu dans l'eau glaciale. Tout d'abord, le froid le prit à la gorge. Sa respiration fut coupée net. Il crut que sa poitrine allait exploser. Il ne parvenait plus à faire le moindre geste. Joseph brassa l'eau et l'attrapa par le revers de sa veste. Simon se retourna, lança un coup de pied dans les côtes du pêcheur et parvint à se dégager. Joseph émit un gémissement rauque et haleta. Par chance, Simon évita le filet. Il fit quelques brasses et se mit hors d'atteinte du bossu. Il regarda autour de lui. Le canot avait disparu, dissimulé par le brouillard. Simon tenta de s'éloigner pour retrouver son embarcation. Il nagea le souffle court, mais rien. Il ne voyait que les flammèches de brume qui survolaient les flots. La panique s'empara de lui. Il brassa l'eau frénétiquement. Le canot était là, à quelques mètres, il le savait. Il n'avait pas pu s'éloigner beaucoup. Simon cessa de nager et resta sur place, comme le flotteur d'un filet tombant. Il tourna sur lui-même, soufflant bruyamment. L'ombre de l'étrave avait disparu. Soudain, le silence fut brisé par un cri horrible à glacer le sang.

« Aide-moi, Simon ! hurla Joseph. Je te jure sur ma tête que tout ce que j'ai dit est vrai. Pardonne-moi ! »

Simon reconnaissait à peine la voix du bossu, brisée par la terreur. La raison, ou une parcelle d'humanité, illumina l'esprit du jeune Suisse. Mais où était Joseph ? Dans quelle direction chercher ? La voix semblait venir de nulle part. Le brouillard faussait toutes les perceptions.

« Où es-tu, Joseph ? questionna Simon.

– Là ! Je suis là ! répondit la voix à demi éteinte de Joseph. Dépêche ! Je vais pas pouvoir tenir longtemps.

– J'arrive ! cria Simon d'une voix presque enthousiaste. Tiens bon ! Continue de parler pour que je te localise.

– Là ! Je suis là ! lança Joseph. Là ! Là ! »

Sa voix diminuait pour n'être plus qu'un gargouillis. Parfois, dans un sursaut de vigueur, le pêcheur bossu criait :

« Là ! Là ! »

Simon nagea. Ses mains étaient deux outils de bois mort. Ses épaules, de plus en plus lourdes, le tiraient vers le fond. Enfin, il vit la lueur jaune orangé de la lampe-tempête. Il suffisait de la rejoindre, de s'y accrocher et de s'en servir comme d'une bouée. Il pourrait ainsi retrouver Joseph, quitte à tirer sur la corde de flotte du filet. La lumière à peine plus forte que la flamme d'un lampion lui redonna espoir. Il enleva ses bottes pour avancer avec moins de gêne. Il nagea plus rapidement que jamais. Ses pieds battaient l'eau avec le sursaut du désespoir.

« Ça y est cette fois ! » s'encouragea Simon.

Il distinguait nettement la lampe posée sur le flotteur de liège carré. Encore quelques mètres et il serait sauvé. Il en oubliait même les cris de Joseph. Les poussait-il seulement encore ? Simon n'en avait aucune idée. Il n'entendait plus. Parvenu devant le flotteur, il s'y accrocha avec les faibles forces qu'il lui restait. En le prenant à pleins bras, il vit l'inscription GUSTAVE GRANGEZ. Quelle ironie d'être sauvé par un flotteur qui avait appartenu à celui-là même qui avait fait périr ses parents et avait tenté de le noyer vingt et un ans plus tôt ! Il sortit son buste de l'eau et s'agrippa aux montants en bois. La lampe-tempête dansa. Le verre était chaud. Simon plaqua ses mains sur la vitre et sentit une douce chaleur le parcourir. Un frisson monta le long de son dos. Il se félicita d'avoir changé le liège, l'escabelle le supportait sans aucun problème.

« Joseph, où es-tu ? » cria-t-il.

Personne ne répondit, pas même une rumeur du vent.

« Joseph ! » cria encore Simon.

Il écouta. Tout son corps était tendu.

« Joseph ! hurla-t-il. Joseph ! »

Le silence ouaté engloutit ses paroles sans leur donner d'écho. Il se mit à haler la corde. Lentement, elle sortit de l'eau. Dix mètres plus loin, il attrapa la corde de flotte du filet. Au fur et à mesure qu'il tirait, il avançait sur l'eau. Le flotteur de la lampe-tempête était devenu son radeau de *la Méduse*. Le temps ne comptait plus. Le froid, lui-même, s'était évaporé, dissous par le brouillard. Il pensait seulement à Joseph. Où était-il ?

« Cent ou cent cinquante mètres de long ? marmonna Simon d'une voix grelottante. Sur dix ou quinze mètres de haut. Combien mesure ce foutu filet ? Je m'en souviens plus. Ah ! Si Marie était là, elle me le dirait. »

Le temps n'existait plus. Il divaguait. Le froid avait engourdi son corps. Sa vie défilait devant lui sans qu'il s'en rendît compte. Il était dans un autre monde. Il somnolait. Il tirait. Quelle ironie ! Par moments, quelques poissons frétillaient dans le filet, éclairés par la lumière laiteuse qui filtrait à travers la brume.

« Tiens, une perche ! » commenta Simon d'une voix étrangement détachée.

La brume se déchira et la face de la lune apparut, éclairant une scène irréelle. Le filet se fit lourd. Simon s'arrêta net. Le poids de l'engin le ramena à la raison de son halage. Il était là. Il le savait. Il pesait dans le piège, comme un arbre mort. Peut-être faisait-il semblant de ne pas bouger pour lui sauter à la gorge ? Non, il était mort ! On ne résiste pas à l'eau du lac quand on est pris dans un filet !

Simon fixa l'eau claire. La lumière métallique lui permettait de voir à quelques mètres sous la surface. Il dirigea son regard sur l'endroit du poids mort. Joseph était là, immobile, lové dans une poche du filet. Il le fixait de son œil torve, étrangement absent. Il semblait s'être redressé. Sa bosse avait presque disparu, effacée.

Simon éclata d'un rire nerveux. Il pleurait et riait à la fois. Il serrait ses bras autour de ses épaules. Parfois ses pieds faisaient des mouvements de brasse pour le maintenir sur le flotteur. Peut-être avait-il peur que le mort se réveille, le prenne par les pieds et le tire vers le fond ?

« Il est mort ! chuchota Simon comme s'il avait parlé à un autre. Je ne voulais pas. Joseph ! Joseph ! »

Simon pleurait. Il s'accrocha au flotteur et fixa la ouate bleutée qui l'entourait de toutes parts.

« Pourquoi ? » chuchota-t-il.

Il tourna son visage vers le ciel opaque et se mit à hurler à se déchirer la gorge :

« Pourquoi ? »

Il sentit le souffle du fraidieu, ce vent qui venait de Genève. La lune réapparut, laiteuse. Elle se détacha sur un ciel noir étoilé, comme un signe de vie et d'espoir. Si le ciel se dégageait encore, ceux qui naviguaient sur le lac pourraient le voir et venir à son secours. Simon la contempla comme l'ultime cadeau que la nature lui donnait. Son cœur se mit à cogner fort dans sa poitrine. Il rampait au ras de l'eau dans les flammèches de brume. Mais un voile diaphane grignota l'astre puis le nuage grossit. La trouée disparut et le brouillard se referma sur le naufragé.

## XXXVII

« SIMON ! cria Marie d'une voix inquiète. Simon !

– Joseph ! appela Bastien. Papa ! Papa ! »

Les deux jeunes gens appelaient, leurs mains en porte-voix. Ils criaient de toutes leurs forces. La brume se refermait sur leur passage comme un rideau de coton bleuté.

« On va jamais les retrouver, se désespéra Marie. On sait même plus où on est. En plus, ce fou de Sylvestre a même pas de compas sur sa périssoire !

– Eh oui, les vieux, c'est comme ça, commenta Bastien. Ils font confiance à leur instinct et à leur expérience. C'est pas toujours mauvais, mais la technologie ça a parfois du bon. »

Le petit moteur tournait au ralenti pour ne pas masquer les bruits. Marie regarda vers Bastien, elle voyait la brume s'épaissir entre eux. Lentement, elle se rapprocha de lui. Elle se colla contre son épaule et répéta ses appels.

« Simon, où es-tu ? Réponds ! »

Elle interrogea le brouillard d'un coup de menton. Ses mots tombaient comme une plainte désespérée.

Bastien fixait le mur opaque. Il était habitué à la brume et au froid. Il pensait à son père, à toute la haine que parfois il lui vouait, mais aussi à ces petits riens, ces attentions que Joseph savait donner au moment où Bastien s'y attendait le moins. Il revoyait sa démarche grotesque, sa bosse, les moqueries de ses camarades à l'école qui l'appelaient le fils du bossu. Comme il l'avait haï !

« Tu seras comme ton père, seulement ta bosse poussera plus tard ! » se moquaient les autres enfants.

Tout au long des années, Bastien s'était refermé sur lui-même. Il parlait peu et vivait seulement avec le rêve secret de devenir patron pêcheur et de sillonner le lac seul, le nez au vent. La mort de son père serait, après tout, une bonne chose. Elle lui laisserait le champ libre et effacerait la honte qui pesait sur lui depuis son plus jeune âge. Cette idée traversa son esprit en même temps qu'une vague de larmes inonda ses yeux. Comment pouvait-il penser une chose aussi abominable ?

« Papa ! Papa ! gémit-il. Réponds ! Papa ! »

Il se rendait compte qu'il l'aimait. Que sans lui, la vie serait vide ! Il avait plaisir à être à ses côtés, malgré ce que pensaient ou disaient les autres. Joseph connaissait le lac mieux que quiconque et, grâce à lui, il savait tout de la vie cachée des berges, du grand large et des secrets du monde pélagique qui rendent un pêcheur invulnérable.

« Simon !

– Papa ! »

Bastien agrippa le bras de Marie d'un geste brusque et tendit le doigt devant lui.

« Là, Marie, regarde, on dirait l'ombre d'une barque ! » chuchota-t-il comme s'il avait eu peur qu'une voix trop forte la fasse fuir.

En même temps, il vira droit dessus. Marie fixait l'endroit que Bastien désignait. D'abord elle ne vit rien. Le blanc bleuté semblait simplement plus sombre, presque brun. Il s'agissait peut-être d'un coup d'air qui avait chassé un banc de brume et laissait voir une partie de la côte. Marie distingua la forme oblongue d'un canot de pêche. Elle remarqua même le bras de la potence.

« Tu as raison, Bastien, il s'agit d'un canot de pêche », répondit Marie sur le même ton que son compagnon.

En même temps, une décharge d'émotion lui parcourut le dos. C'était sa barque.

« Simon ! cria-t-elle plus fort que précédemment. Où es-tu ? Réponds, je t'en supplie ! »

Bastien se mit à couple contre le canot. Rien n'indiquait qu'il ait pu y avoir une quelconque lutte. Tout était en ordre. Bastien tâta le capot du moteur.

« Il est froid, laissa-t-il échapper. Ça veut rien dire. La brume glace tout en un rien de temps.

– Mon Dieu, c'est pas possible ! se lamenta Marie. Il est arrivé un malheur. Je le sens. »

Bastien n'osait regarder Marie. Il avait peur de lire dans ses yeux une haine viscérale contre son père. Si Simon avait disparu, son père y était certainement pour quelque chose.

« Simon ! Simon ! » appela de nouveau Marie avec un sanglot dans la voix.

Bastien noua la corde de bosse de l'embarcation abandonnée à l'arrière de son bateau et repartit lentement, en faisant des cercles concentriques. Les deux bateaux laissaient un profond sillon dans l'eau sombre. Une petite écume luminescente naissait à la base du moteur pour se dissoudre quelques mètres plus loin.

« C'est le meilleur moyen de le retrouver, commenta Bastien. Il suffit qu'à chaque passage j'agrandisse le cercle. »

Marie fixait le brouillard. Elle espérait le déchirer de son regard de sœur. La bruine dégoulinait de son front et trempait ses cheveux. Elle perçut un bruit, non un appel, mais une sorte de tintement régulier et lugubre. Elle pensa à une corde qui frappe contre une hampe par temps venteux. Mais il n'y avait pas un souffle d'air.

« Bastien, par là ! indiqua-t-elle en désignant une direction. Tu as entendu, toi aussi ? »

Le jeune homme hocha la tête et dirigea le convoi droit sur le bruit. Plus ils approchaient, plus ils percevaient distinctement un tintement métallique. Le brouillard semblait de plus en plus dense comme s'il avait voulu dissimuler l'origine du bruit.

« Ralentis ! » demanda Marie.

Elle tendit l'oreille, puis indiqua une direction sur le côté droit.

« On est passés à côté, dit-elle. C'est par là ! »

Bastien manœuvra. Il lui sembla que le rythme du tintement s'accélérait. Sous l'effet d'un courant d'air, le rideau opaque se déchira. Bastien stoppa le moteur. La scène que la lune éclairait les glaça. Un corps inerte était à plat ventre sur un flotteur de lampe-tempête, aux trois quarts noyé. Le bras droit pendait dans l'eau, entouré d'une corde de flotte de filet dérivant.

« Mon Dieu, quelle horreur ! laissa échapper Marie. Vite, Bastien ! Il y a peut-être encore quelque chose à faire.

– Marie, y bouge plus ! articula lentement Bastien. Je crois qu'il est mort. »

Marie tenait ses mains devant sa bouche. Ses yeux exorbités fixaient le corps. C'était Simon, il n'y avait aucun doute. Bastien plaça le canot contre le naufragé. Au même instant, il remarqua que sa main frappait d'un geste mécanique sur le verre de la lampe-tempête éteinte. Il devait le faire depuis des heures et ce mouvement n'était plus commandé par la pensée, mais était devenu réflexe, celui d'un automate de foire.

Marie s'écria, enthousiaste :

« Il est vivant ! Vite, sortons-le de l'eau ! »

Bastien se pencha par-dessus bord, saisit le buste du jeune homme et le souleva. Alors que Simon était à cheval sur le plat-bord, son bras tira sur le filet. La bosse de Joseph, emmaillotée dans le filet, sortit de l'eau. Bastien n'avait rien remarqué, trop concentré sur son effort. Marie hurla.

« Regarde, Bastien ! Regarde ! »

Le jeune homme tourna la tête et vit le visage de son père émerger.

« Oh non ! Papa ! Papa ! Faut le sortir de là ! »

Il jeta Simon sans ménagement sur le plancher et tira de toutes ses forces sur le filet. La longueur du tamis l'empêchait de remonter rapidement le corps. Tout lui semblait long et difficile. Enfin, il parvint à le sortir de l'eau. Son père n'était peut-être pas mort ! Comme pour Simon, il y avait toujours un espoir ! Il prit le bras et palpa son pouls. Les membres étaient raides et durs comme du bois mort. Le corps, longtemps ficelé dans le piège, était tassé et formait une sorte de masse allongée. Avec des gestes désordonnés, il extirpa le cadavre du filet et le prit dans ses bras.

« Papa ! C'est pas possible, sanglota Bastien. Qu'est-ce qui s'est passé ? C'est à cause de l'autre ordure tout ça ! Je te jure que je vais le lui faire payer ! Je le jure sur ton cadavre ! Oh papa, comme je t'aime et je n'ai jamais su te le dire ! »

Le jeune pêcheur oubliait la réalité de la situation et parlait à son père comme s'il était encore en vie. Son visage se ferma et une rage nouvelle déforma ses traits. Il se retourna et agrippa le col de la veste de Simon. Il le releva et le secoua.

« Dis, salaud ! Qu'est-ce que t'as fait à mon père ?

– Bastien, non ! cria Marie en lui saisissant le bras. Arrête ! Laisse-le ! Tu vas le tuer !

– Il a bien tué mon père ce moins-que-rien, hurla Bastien. Ça serait que justice qu'y paye pour ce qu'il a fait !

– Arrête, Bastien, ça sert à rien ! » raisonna Marie. Ça ramènera pas ton père.

Aussi rapidement que la colère était montée, le chagrin s'empara de Bastien. Il lâcha Simon et s'affala sur le plancher de la barque. Il prit le corps de son père sur ses genoux et le serra de toutes ses forces. Marie le regarda, puis revint à Simon. Elle palpa son pouls et cala sa main sous son cou.

« Ça bat pas très fort, mais si on se dépêche, on peut le sauver », dit-elle d'une voix redevenue calme.

Elle quitta sa veste matelassée et emmitoufla le naufragé. Le jeune homme était glacé. Ses lèvres violettes restaient soudées et son bras poursuivait son geste de métronome.

« Arrête, Simon ! chuchota tendrement Marie. Ce n'est plus la peine, tu es sauvé. »

Marie jeta un regard vers Bastien. Le jeune homme, prostré, fixait le corps inerte de son père. Des spasmes soulevaient sa poitrine et une rivière de larmes coulait sur ses joues. Marie eut un hochement de tête de compassion, agrippa la poignée des gaz et fonça droit devant elle.

« Je sais pas où on est, mais on finira bien par arriver quelque part, commenta-t-elle. T'en fais pas, Simon, on va te sortir de là ! »

Elle tendit la main et caressa les cheveux de Bastien.

« Pleure, mon amour ! Pleure ! »

# XXXVIII

LE BROUILLARD AVAIT DURÉ PLUSIEURS JOURS. Puis l'été avait repris sa place. Mais la chaleur n'était plus la même. L'automne s'avançait tout doucement. Sur les flancs nord des monts du Jura, les forêts de hêtres avaient pris des teintes rouille. Le fœhn soufflait. La nature se préparait à affronter l'hiver. Bientôt les premières neiges couronneraient les hauts plateaux de la Moura.

Marie, le nez sur la vitre de la chambre de Simon, observait l'aurore sur le Léman. Elle pensait à ces dernières semaines.

Ses yeux étaient cernés. Elle avait guetté le moindre signe de sa guérison. Le corps de Simon avait eu du mal à réagir. Par moments, Marie pensait qu'il ne voulait plus revenir. Enfin, il avait repris vie.

Bastien venait chaque jour. Il amenait le repas de Marie et de Simon que sa mère préparait, mais il ne rentrait jamais dans la chambre du jeune homme.

Il restait dans la cuisine et s'asseyait sans rien dire. Il buvait un verre de café, puis repartait. Chaque fois que ses yeux se posaient sur la silhouette menue de Marie, son regard s'allumait. Il attendait que la jeune femme soit disponible. La mort de Joseph avait brisé quelque chose en lui. En même temps, cette disparition semblait l'avoir libéré d'un poids. Parfois, une ride amère faisait tomber les coins de ses lèvres. Il s'appesantissait sur lui-même, tentant d'analyser les relations qu'il avait entretenues avec son père. La haine, la rancœur, la honte, la fierté ou le plaisir d'avoir été ensemble sur le lac se heurtaient tour à tour. Marie le laissait à ses pensées. Chacun attendait que le temps fasse son œuvre pour se retrouver.

« Cette fois, je crois que tu es sur le chemin de la guérison », laissa échapper Marie d'une voix enjouée.

Elle prit le thermomètre et nota le résultat sur la courbe de température qu'elle avait affichée sur le mur.

« Tu n'as presque plus de fièvre, reprit-elle. Encore quelques jours et tu seras sur pied. »

Simon ne répondit pas. Il fit une moue, puis retourna à ses pensées. Depuis plusieurs jours, il avait retrouvé ses esprits, mais ne parvenait pas à nouer le dialogue avec sa sœur. À présent, il savait qu'ils étaient de la même famille, pourtant, il ne pouvait se résoudre à la mêler à son histoire, au drame qu'il avait vécu depuis la mort de son père adoptif.

« Tu as faim, Simon ? questionna Marie.

– Un peu, laissa échapper le malade.

– Mais tu parles ! » s'amusa Marie qui retrouvait sa joie de vivre.

Après plusieurs jours à ressasser les souvenirs, la jeune femme avait tourné la page. Elle pensait à l'avenir, aux combats qu'il fallait entreprendre pour sauver le lac et à celui, plus dur encore, qu'elle devait mener pour retrouver l'amour de Bastien.

Alors que Marie allait quitter la chambre, elle entendit le bruit sourd du marteau de la porte d'entrée. Le visiteur avait seulement frappé deux coups timides. Marie dévala les escaliers qui tremblèrent sous ses pas et ouvrit la porte. Elle rencontra le visage d'Agathe.

« Pardonnez-moi de vous déranger ! bredouilla timidement l'épicière. Est-ce que M. Beurel est visible ? »

Marie resta un instant interdite devant cette visite, puis s'élança en disant :

« Attendez, je vais voir s'il peut vous recevoir ! »

Elle remonta l'étage et redescendit presque aussitôt.

« Oui, il veut bien vous voir, dit-elle dans un souffle joyeux. Il a même l'air plutôt content ! Venez avec moi, s'il vous plaît ! »

Agathe suivit Marie dans le couloir. Le visage fin et juvénile de Simon hantait ses nuits depuis qu'elle avait appris le drame. Plusieurs fois, elle avait voulu lui rendre visite, mais sa réserve naturelle l'avait à chaque fois retenue. Enfin, elle était là. Dans le couloir de l'étage, elle remarqua une chaise. Elle s'arrêta et s'assit quelques secondes. Marie avait déjà franchi la porte de la chambre de Simon et l'avait laissée ouverte, pensant être suivie. Enfin, Agathe parcourut les quelques pas qui la séparaient du malade. Comme son visage était pâle et comme il avait l'air malheureux, un enfant perdu ! Agathe en eut le cœur serré. Elle s'approcha du lit et ses yeux se perdirent dans le regard fiévreux de Simon.

« Bonjour Simon, laissa-t-elle échapper dans un souffle.

– Bonjour Agathe », répondit le jeune homme, intimidé.

Marie remarqua leur gêne.

« Bon, je vous laisse », dit-elle en refermant la porte derrière elle.

Une heure passa sans que Marie entendît le moindre bruit. Alors qu'elle s'activait dans la cuisine, elle vit apparaître la commerçante. Son visage était défait.

« Quelque chose ne va pas, Agathe ? questionna Marie, inquiète.

– Non, non, rien. Je venais simplement vous dire au revoir. »

Agathe tendit une main osseuse et serra celle de Marie. Elle fixait la jeune fille avec un air désespéré.

Puis elle tourna le dos et disparut par la porte d'entrée. Marie resta un instant immobile, puis grimpa à l'étage. Que s'étaient-ils dit pour qu'Agathe montre un visage si troublé ?

Simon fermait les yeux. Marie eut la certitude qu'il l'avait entendue entrer mais qu'il ne voulait pas lui parler. La jeune femme sortit et reprit ses occupations.

La journée se passa, presque triste. Marie était inquiète, mais elle attendrait que son frère ait repris des forces pour lui parler. Elle lui monta une soupe sur un plateau et une part de gâteau roulé, fourré à la confiture de griottes, qu'elle avait artistiquement disposée sur une petite assiette. Elle prenait soin de faire craquer l'escalier en montant pour que Simon l'entende et se prépare à sa visite. Marie avait remarqué qu'il détestait être surpris dans ses moments d'intimité. Elle poussa la porte du pied et s'avança dans la pièce. Les volets laissaient filtrer une lumière tamisée. Le lit était dans la pénombre. Marie le distinguait à peine.

« Tu veux que j'allume, Simon ? » lança Marie d'une voix timide.

Personne ne lui répondit. Elle actionna l'interrupteur. La lumière éclaira la pièce. Le lit était vide. Le cœur de Marie battit à un rythme fou. L'armoire était ouverte, les étagères étaient vides. Où était Simon ? Son regard parcourut la pièce à toute vitesse. Ses pupilles heurtèrent le rectangle blanc d'une enveloppe posée en évidence sur le petit bureau. Marie saisit la missive et lut l'inscription qui figurait sur le dessus en grandes lettres noires majuscules : MARIE.

Avec nervosité elle déchira l'enveloppe et en sortit une feuille couverte d'une belle écriture.

*Marie, ma sœur, puisque c'est comme cela que je dois t'appeler à présent.*

*Je ne peux rester ici. Je gâche ta vie. D'ailleurs, je gâche la vie de tout le monde. Grâce à toi, j'ai retrouvé une famille. Mais la douleur de rester est trop forte. Il faut que je parte. Je dois trouver ma place sur cette planète. J'ai besoin d'oublier. Je viens d'accepter une place de grand reporter. J'avais fait suivre mon courrier chez Agathe qui est venue pour m'annoncer la nouvelle.*

*Je suis un obstacle entre Bastien et toi. Je m'en vais donc. Je dois régler mes comptes avec mes vieux démons. Je ne peux le faire que seul.*

*Je t'ai fait beaucoup de mal, pardonne-moi.*

*Je t'aime petite sœur,*

*Simon.*

# *Épilogue*

Les années avaient passé. Il y avait eu Mai 1968. On avait rêvé tout haut à coups de slogans. Les pêcheurs s'étaient joints aux manifestations. Ils avaient dénoncé et montré du doigt les pollueurs. Ceux qui faisaient mourir le lac pour leur profit. Tous s'étaient battus pour tenter de rendre le lac plus propre. On avait donné des coups de poing, cassé des vitrines, menacé des directeurs d'usine, occupé la sous-préfecture de Thonon-les-Bains. On avait même failli mettre le feu à l'Assemblée nationale. Puis la vie avait repris son cours. Des mesures draconiennes avaient été prises et le Léman renaissait. Des espèces qu'on ne pêchait plus depuis des décennies réapparaissaient enfin. Les algues vertes, issues de l'eutrophisation, n'étaient plus qu'un mauvais souvenir. La population des pêcheurs avait diminué de moitié. Nombreux étaient ceux qui étaient partis en ville pour gagner leur vie. Ils se moquaient d'être les héritiers d'un métier aux fortes traditions. Ils voyaient simplement qu'il les tirait lentement vers la misère.

La vie allait sur le lac au rythme lent des changements de vent. Les filets étaient posés au crépuscule et relevés en pleine nuit à la lumière des lampes halogènes. Les lueurs dansantes des escabelles étaient alimentées par des batteries et le filet de perche avait supplanté la féra et l'omble chevalier.

Le village avait grandi et une nouvelle digue en béton fermait le port. La plaisance prenait le pas sur la pêche. Les vitrines voûtées de l'épicerie ouvraient à présent sur les cimaises d'une galerie d'art où trônaient des toiles d'art contemporain. Agathe était partie un beau matin de printemps et personne ne savait ce qu'elle était devenue. Le Bar du Port s'appelait désormais le Café du Léman, et le cabanon de Marie était une verrue accolée à un restaurant qui avait fait du filet de perche sa spécialité.

La maison des Grangez dominait toujours le lac. Les arbres avaient poussé et leurs branches basses couvertes de fruits caressaient l'herbe rase. La façade avait été repeinte d'une couleur ocre et les volets d'un bleu profond. Le gravier de l'allée avait été remplacé par de grandes dalles de béton gratté précédées de deux piliers de pierre de taille qui soutenaient un portail en fer forgé.

Simon s'approcha. Sa silhouette s'était un peu empâtée. Son pas était devenu plus sûr et son visage en lame de couteau avait cédé la place à une figure ronde, burinée par tous les climats de la planète. Ses cheveux blonds, coupés en brosse, faisaient ressortir ses yeux clairs et perçants. Il s'arrêta devant le portail. Une plaque en cuivre qui scintillait au soleil attira son regard. Il s'approcha et lut :

MARIE SERVOZ-GRANGEZ
PÉDIATRE

Un sourire se dessina sur ses lèvres fines en même temps qu'une violente émotion empourprait son visage. Il remit la bretelle de son sac de voyage et allait pousser le portail lorsqu'il remarqua une autre plaque sur le second pilier. Un poisson bleu outremer survolait un canot de pêche sur fond blanc. Sous le logotype, il lut l'inscription suivante :

BASTIEN SERVOZ
PÊCHEUR PROFESSIONNEL
SPÉCIALISTE DU FILET DE PERCHE

Simon se frotta le visage d'un revers de manche, poussa le portail et entra d'un pas décidé.

« Alors petite sœur, tu as choisi une autre voie ! » murmura-t-il.

Au rez-de-chaussée, une verrière protégeait les marches du perron des assauts de la bise et du sudois. À présent, un couloir aux murs tendus de tissu aux motifs asiatiques donnait accès à un petit bureau, précédé d'une salle d'attente.

Un panneau exposait des coupures de presse, des photos et des dessins d'enfants. Simon s'approcha et détailla les coupures. Tous les articles traitaient de la pollution du lac et des remèdes apportés. Sur les photos de manifestations, Simon remarqua la silhouette gracile de Marie accompagnée de Bastien. Simon laissa aller sa curiosité sur les dessins d'enfants. La naïveté des traits et la gaieté des couleurs le firent sourire. Il allait se détourner lorsqu'il fut attiré par les noms des enfants. Il y avait trois prénoms et ils s'appelaient Servoz. Simon sourit d'aise.

« Eh bien, Marie, tu n'as pas perdu ton temps en mon absence ! » commenta le voyageur avec humour.

Dans le bureau, une femme entre deux âges, penchée sur le clavier d'une machine à écrire électrique, leva un visage interrogateur.

« Bonjour, monsieur… Vous voulez prendre rendez-vous pour votre enfant avec le docteur ?

– Non, je viens seulement voir ma sœur et mes neveux ! »

## Dans la même collection

Les textes de la collection Terre de Poche nourrissent la mémoire collective à travers l'histoire d'une famille ou d'un village de nos régions, un récit de voyage, un document historique ou une chronique intime. Grâce à ces destins croisés, ces descriptions animées, ces analyses précises, le lecteur voit resurgir à chaque page ses souvenirs de jeunesse, la reconstitution de la vie de ses aïeux, des paysages contrastés : autant de témoignages précieux en ce début de siècle.

1 - *La Bête du Gévaudan*, François Fabre et Jean Richard.
2 - *Voyages avec un âne dans les Cévennes*, Robert Louis Stevenson.
3 - *Le Pain de Lamirand*, Jean Anglade.
4 - *La Montagne aux sabots*, Georges Rey.
5 - *La Dernière Estive*, Antonin Malroux.
6 - *Clémentine*, Jean-Louis Chantelauze.
7 - *Tintinou, paysan*, Justin Bourgeade.
8 - *Le Pain de cendre*, Paule Valette.
9 - *Le Retour de Rose*, Yveline Gimbert.
10 - *Le Troisième Prétendant*, Jean-Pierre Fournier la Touraille.
11 - *Les Porteurs de terre*, Jean Rosset.
12 - *Les Galoches rouges*, Paul Perrève.
13 - *La Meule éclatée*, Paule Valette.
14 - *La Tondue*, Marie de Palet.

15 - *Julien, berger des collines*, Julien Ventre.
16 - *Le Secret de Marie*, Jean Chauvigné.
17 - *La Roque-Basse*, Claude-Rose Touati.
18 - *Le Refus*, Christian Marcon.
19 - *Les Arbres de mai*, François Cognéras.
20 - *La Tuile à loups*, Jean-Marc Soyez.
21 - *Le Sentier aride*, Marie de Palet.
22 - *La Petite Fadette*, George Sand.
23 - *La Vallée des forges*, Joseph Gourgaud.
24 - *Antoinette, une vie de femme en 1900*, René Proriol.
25 - *La Demoiselle du presbytère*, Yvette Frontenac.
26 - *Jacquou le Croquant*, Eugène Le Roy.
27 - *La Belle Ouvrage*, Gérard Boutet.
28 - *Mémoires de femmes*, Gérard Boutet.
29 - *Saisons paysannes*, Gérard Boutet.
30 - *Les Encriers de porcelaine*, Jean-Paul Malaval.
31 - *Comme le scorpion sous la lauze*, René Évrard et Aimé Vielzeuf.
32 - *L'Étoile rousse*, Yvette Frontenac.
33 - *La Rosée blanche*, Jean-Paul Malaval.
34 - *Là où les chèvres sont pires que les loups*, Michel Verrier.
35 - *Adieu lou païs*, Micheline Boussuge.
36 - *Les Mains au dos*, Jean Anglade.
37 - *Le Destin des Vanbergh*, Gilberte-Louise Niquet.
38 - *L'Enfant oublié*, Marie de Palet.
39 - *Les Forestiers*, Gérard Boutet.
40 - *Métiers insolites*, Gérard Boutet.
41 - *Nos grands-mères aux fourneaux*, Gérard Boutet.

Poches pratiques

P1 - *Saints, anges et démons*
P2 - *Mots d'amour*
P3 - *Citations, proverbes et dictons de chez nous*
P4 - *Trucs et conseils à l'ancienne*
P5 - *Grandes et petites histoires de la gourmandise française*
P6 - *Aux plaisirs du jardin – Jardinez à l'ancienne avec la météo*
P7 - *Confitures et gourmandises – Conserves et boissons à faire soi-même*
P8 - *Vertus et bienfaits des plantes – Tisanes, infusions, décoctions*
P9 - *La Cuisine sauvage au jardin*
P10 - *La Cuisine sauvage des haies et des talus*
P11 - *Le Saisonnier – Guide du jardinage naturel*
P12 - *Secrets de beauté*

*Photocomposé par Nord Compo*
*à Villeneuve-d'Ascq*

Achevé d'imprimer sur les presses
de l'imprimerie «La Source d'Or»
63200 Marsat
Imprimeur n° 13174